DER GEBROCHENE DUKE

DER 1797 CLUB – BUCH 3

JESS MICHAELS

Übersetzt von
MARTIN WICK

Von allen Helden, über die ich je geschrieben habe, ist Graham einer meiner Lieblingshelden. Meine Hoffnung ist, dass Sie sich genauso tief in ihn verlieben wie Adelaide.

Vielen Dank für all Ihre Unterstützung und dafür, dass Ihnen die 1797 Club-Reihe gefällt.

Dieses Buch, wie alle meine Bücher, ist für Michael. Ich kann mich nicht verwirklichen, wenn du nicht an meiner Seite bist. Danke, dass du mir immer den Rücken gestärkt hast.

KAPITEL 1

Oktober 1810

Graham Everly, Duke of Northfield, saß in der Ecke einer schmuddeligen Taverne, einen Becher Ale in der Hand. Er hatte getrunken, aber er war nicht betrunken. Noch nicht. Diesen Umstand wollte er so schnell wie möglich ändern.

Doch bevor er einen weiteren Schluck nehmen konnte, bewegten sich zwei Männer durch die Menge und steuerten auf ihn zu. Ewan Hoffstead, der Duke of Donburrow, und sein Cousin Matthew Cornwallis, der Duke of Tyndale, trugen beide ihre eigenen Getränke, und sie tauschten einen nicht ganz so subtilen Blick aus, bevor sie an seinem Tisch Platz nahmen. Graham seufzte, denn er hatte gehofft, dass die beiden bereits gegangen waren. Nun, es schien, als wären sie es nicht.

Aber in den letzten zwei Monaten war keiner von ihnen sehr oft von seiner Seite gewichen. Er hatte versucht, ihnen aus dem Weg zu gehen, so wie er seit „dem Vorfall", wie er es gerne nannte, allen seinen Freunden aus dem Weg gegangen war. Aber Ewan und Tyndale waren unerbittlich.

Wie um das zu demonstrieren, kramte Ewan in seiner Manteltasche und holte ein kleines Notizbuch und einen dicken Kohlestift heraus. Er kritzelte einen Moment lang, während Graham ihn beobachtete. Ewan war von Geburt an stumm, und das Schreiben war seine wichtigste Form der Kommunikation mit Freunden und Familie.

Er schob das Notizbuch herüber und Graham las die saubere, gleichmäßig geschriebene Zeile. „Sitz nicht die ganze Nacht hier herum. Du trinkst dich nur dumm und dämlich.“

Graham schob das Notizbuch zurück und blickte ihn an. „Danke, Kumpel. Weißt du, es ist möglich, dass das Trinken mich nicht dumm macht. Vielleicht bin ich auch einfach so dumm, ganz ohne die Hilfe des Alkohols.“

Ewan schüttelte den Kopf und grinste über die Selbstironie, aber die Sorge in seinen dunklen Augen war nicht zu übersehen.

Tyndale schien nicht weniger besorgt zu sein, als er sich vorlehnte und sagte: „Komm schon, du kannst es nicht leugnen, auch wenn du es herunterspielst. Seit zwei Monaten schleichst du durch die Londoner Pubs und gehst jedem aus dem Weg, der dich mag. Ich erkenne die Zeichen, weißt du.“

Graham zuckte zusammen. Wenn es jemand tat, dann Tyndale. Schließlich war die Frau, die er geliebt hatte, vor Jahren gestorben, was Tyndale bis ins Mark erschüttert hatte. Eine Tatsache, die Grahams Probleme sehr klein erscheinen ließ. Aber er wollte dieses Thema wirklich nicht diskutieren. Das war genau der Grund, warum er seinen gesamten Freundeskreis gemieden hatte. Er wollte ihr Mitleid nicht. Er wollte einfach nur vergessen.

„Ich treffe mich doch ständig mit euch beiden, nicht wahr?“, knurrte er und machte sich wieder einmal über das Thema lustig, von dem er sehen konnte, dass die anderen beiden es unbedingt ansprechen wollten.

Ewan schrieb etwas und schob es herüber. „Nun, wir mögen dich ja auch nicht.“

Trotz seiner selbst begann Graham zu lachen und Matthew stimmte mit ein. Für einen Moment verblassten seine Sorgen, aber dann legten sie sich wieder auf seine Schultern. Und dieses Mal schien es, als könne er dem Thema nicht mehr so leicht ausweichen wie zuvor.

„Hört zu", sagte er und stellte seinen Drink beiseite. „Ich weiß, ich sollte darüber hinwegkommen. Aber Crestwood war einer meiner besten Freunde und er hat mein Vertrauen missbraucht."

Matthews Gesichtsausdruck wurde weicher. „Sie war deine Verlobte, Northfield. Und es war eine komplizierte Situation angesichts ihrer Gefühle füreinander, aber egal wie die Umstände waren, Simon hätte sie nicht ... so nehmen dürfen, wie er es getan hat. Es war falsch."

„Keiner missgönnt dir den Schmerz, den du empfinden musst", fügte Ewan hinzu. „Wir machen uns nur Sorgen darüber, wie du diesen Schmerz ausdrückst."

Graham starrte auf die Worte in Ewans Notizbuch und seufzte. Er war sieben lange Jahre mit Margaret Rylon, der Schwester eines anderen aus ihrer Gruppe, verlobt gewesen. Er hatte sie nie geliebt, auch wenn er verzweifelt versucht hatte, dieses Gefühl in seinem Herzen zu empfinden.

Aber die Vorstellung, dass Simon ihn verraten würde ... Simon, der wie sein Bruder war, seit sie dreizehn waren ... nun, das hielt ihn nachts wach. „Es geht nicht um sie, weißt du."

Matthew nickte, und wieder war da dieses Flackern von Traurigkeit in seinem Ausdruck. „Ich weiß."

„Du musst wieder anfangen dein Leben zu leben", schrieb Ewan und klopfte Graham dann auf die Schulter. „Es ist an der Zeit, meinst du nicht auch?"

Graham verzog den Mund. Sie hatten natürlich recht. Er hatte sich lange genug versteckt, geschmollt und geschmort, während der Rest der Welt ohne ihn weitermachte. Irgendwann musste er sich zusammenreißen. Er musste sich der Gesellschaft stellen und den Freunden, denen er aus dem Weg gegangen war, und der Zukunft, die jetzt weit offen und ganz anders schien als in den Jahren, in denen er sich mit einer lieblosen arrangierten Ehe abgefunden hatte.

„Was schlagt ihr also vor?", fragte er langsam und unsicher.

Ewan und Matthew tauschten ein Grinsen aus, bevor Ewan kritzelte: „Heute Abend wird ein Theaterstück aufgeführt, das du unbedingt sehen musst. Alle reden darüber. Komm mit uns."

Graham stieß einen langen Seufzer aus. „Ich weiß nicht. Theater? Das ist ein großer Sprung, nachdem ich mich wochenlang in Pubs versteckt habe."

„Wir schleichen uns erst spät hinein", versicherte ihm Tyndale. „Keiner muss wissen, dass du da bist, es sei denn, du willst es. Komm mit. Das ist besser als hinter irgendeiner Taverne einzuschlafen und sich von Ewan und mir nach Hause tragen zu lassen, nicht wahr?"

Graham warf Ewan einen Blick zu. Er war ein massiger Mann, weit über zwei Meter groß und aus reinen Muskeln gebaut. „Du hast in deinem Leben noch nie etwas nach Hause getragen, Tyndale, nicht wenn dein Cousin dabei ist."

Als Ewan grinste, stieß Matthew ihn mit dem Ellenbogen an und warf Graham einen Blick zu. „Heißt das, du kommst mit?"

Graham nickte. „Ja. Ich werde es tun", seufzte er. „Zumindest wird es mich ablenken."

Die anderen beiden Männer sahen glücklich über seine Entscheidung aus, als sie sich alle erhoben, um die Taverne zu verlassen, aber Graham fühlte nicht dasselbe. Das Letzte, was er wollte, war, sich zu einer öffentlichen Veranstaltung zu schleppen, wo jeder über ihn urteilen konnte. Ganz zu schweigen davon, ein paar Stunden damit zu verschwenden, sich irgendein Stück anzusehen, das wahrscheinlich schrecklich sein würde.

Aber nach allem, was sie getan hatten, um ihn zu unterstützen, war er es seinen Freunden schuldig, es zumindest zu versuchen. Und es war ja schließlich nur ein Abend.

~

Graham saß in einer Loge mit Blick auf die dunkle Bühne. Obwohl er, Ewan und Tyndale das Theater erst kurz vor dem Heben des Vorhangs betreten hatten, hatte es das Interesse an seiner Anwesenheit nicht gemindert. Selbst jetzt spürte er die Augen der Menge unten auf sich gerichtet und hatte das Flüstern seines Namens gehört, als er seinen Platz eingenommen hatte.

Seine Wangen und seine Brust brannten vor Demütigung und erneuter Wut. Dank Simon, seinem Freund, bemitleidete und verurteilte ihn die Welt und redete über ihn. Er hatte ein Leben lang versucht, alles zu vermeiden, was andere dazu bringen könnte, genau diese Dinge zu tun, und hier war er nun. Genau da, wo er nicht sein wollte. Er warf einen Blick auf den Ausgang hinter ihm.

„Lauf nicht weg", schrieb Ewan und stieß ihn mit dem Ellenbogen an, um ihn zu zwingen, es im schummrigen Licht zu lesen.

Graham verschränkte die Arme. Offenbar wurde er immer berechenbarer. „Ich gehe nirgendwo hin", grunzte er, als die Lichter auf der Bühne angingen und der Vorhang sich hob.

Er lehnte sich zurück, um sich das anzusehen, was sicherlich eine schreckliche Aufführung sein würde, wie es viele dieser Stücke waren. Das Theater war eher ein Ort für diejenigen, die gesehen werden wollten, als für etwas, das es wert war, gesehen zu werden. Doch zu seiner Überraschung verstummte der übliche Lärm der plaudernden Leute und jeder schien wirklich aufmerksam zu sein, als eine Frau die Bühne betrat.

Er lehnte sich vor, als sie zu sprechen begann. Sie war wunderschön, mit honigblondem Haar, das ihr in Wellen um die Schultern fiel. Sie hatte eine feine, klare Stimme, die sogar bis zu den Dachsparren hinauf trug. Aber was am meisten auffiel, war ihr Selbstvertrauen. Als sie über die Bühne schritt, war es unmöglich, nicht jede ihrer Bewegungen zu beobachten.

„Ich bete für den Tod", sagte sie, ihre Stimme zitterte vor etwas, das sich wie echte Emotion anfühlte. „Um mich von diesem

Schmerz zu befreien. Streck mich nieder, bitte. Beende diese Farce von einem Leben."

Graham starrte. Sie war gut.

Er sah eine Weile gebannt zu, als ein anderer Schauspieler auf die Bühne kam und die Frau sich ihm zuwandte, ihr Gesicht von Emotionen verzerrt. Der Mann wurde von dem Licht ihres Könnens überschattet. Schließlich lehnte er sich zu Ewan und flüsterte: „Wer ist sie?"

Ewan warf ihm einen Seitenblick zu und schrieb dann einen Moment lang in sein Notizbuch. Als er es an Graham weiterreichte, stand da: „Lydia Ford. Sie ist derzeit der Trumpf des Londoner Theaters. Der Grund, warum alle dieses Stück sehen wollen."

„Lydia", wiederholte er, während er das Notizbuch seinem Freund zurückgab. Er starrte die Lady erneut an. Sie hatte ihr Gesicht gedreht und schaute zu der Loge hoch, zu ihm, obwohl das nur ein Trick des Lichts war. Er wusste, dass sie ihn in den Schatten nicht wirklich sehen konnte.

„Schön", flüsterte er.

Er war sich bewusst, dass Ewan und Tyndale einen Blick austauschten, aber es war ihm egal. Zum ersten Mal seit einer gefühlten Ewigkeit flammte ein heißes Interesse in seiner Brust auf. Ein Bedürfnis nach einer Frau. Nach dieser Frau. Lydia Ford.

Und er wollte sie kennenlernen, um zu sehen, ob dieses Verlangen länger anhalten würde als die Dauer eines Theaterstücks.

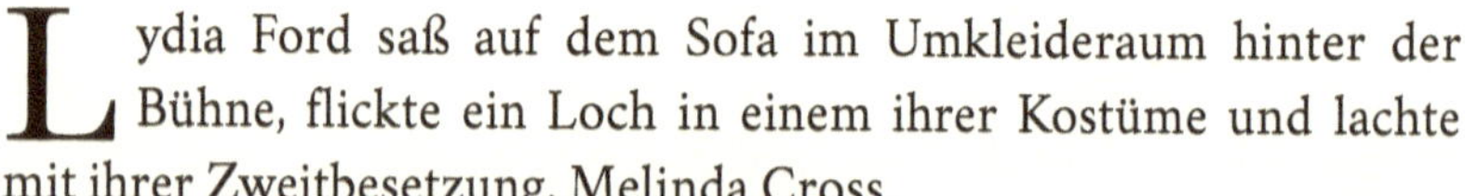

Lydia Ford saß auf dem Sofa im Umkleideraum hinter der Bühne, flickte ein Loch in einem ihrer Kostüme und lachte mit ihrer Zweitbesetzung, Melinda Cross.

„Ich schwöre, Robin muss aufhören, in dieser Todesszene so hart zuzustechen", sagte Lydia, während sie den Kopf schüttelte. „Selbst ein Holzschwert tut höllisch weh und er zerreißt mir ständig das

Kleid. Macht er das auch mit dir? In den Vorstellungen, in denen du die Rolle spielst?"

„Er ist ein Trottel, aber nein, er hat noch nie ein Loch in mein Kleid gestochen." Melinda rollte mit den Augen. „Ich glaube, er ist nur eifersüchtig, dass alle kommen, um deinen Auftritt zu sehen, nicht ihn."

Stolz schwoll in Lydias Brust ob des Kompliments ihrer Freundin, denn sie war zufrieden mit ihren Abenden im Theater. Mehr noch, sie erkannte, wie glücklich sie war, diese Arbeit machen zu können, wenn man bedachte, woher sie kam. Ihre beiden Welten hätten nicht unterschiedlicher sein können.

Es klopfte leicht an der Tür und beide drehten sich um, um zu sehen, wie ihr Inspizient, Toby Westin, die Tür öffnete. Er war ein großer, dünner Mann mit einem nervösen Gemüt und einem Blatt Papier, auf dem eine nicht enden wollende Liste von Dingen stand, die zu erledigen waren. „Lydia, hier ist jemand, der dich kennenlernen möchte."

Lydia schüttelte das Kleid aus, das sie repariert hatte, bevor sie aufstand. „Oh?", fragte sie, als sie das Kleidungsstück aufhängte. Sie versuchte, lässig zu klingen, aber das Grauen stieg in ihrer Brust auf.

Eine Sache, die sie in ihren wenigen kurzen Monaten als Bühnenstar gelernt hatte, war, dass Männer auf Schauspielerinnen abfuhren. Oh, keiner von ihnen würde es wagen, mit einer Schauspielerin in der Öffentlichkeit auszugehen, da jede Lady, die über die Bretter ging, kaum besser als eine Hure angesehen wurde, aber privat wurden sie angezogen wie Motten von einer Flamme.

Schon während ihrer kurzen Zeit als Schauspielerin hatte sie mehrere unverschämte Angebote von Kaufleuten und Gentlemen erhalten und sie alle so freundlich abgelehnt, wie es ihr möglich war, selbst wenn sich ihr dabei der Magen umgedreht hatte.

„Bitte sag uns, dass es nicht dieser schreckliche Sir Archibald ist", warf Melinda mit einem Schaudern ein. „Er weigert sich, mich in

Ruhe zu lassen, egal wie oft ich seine ekelhaften Annäherungsversuche zurückweise."

Lydia warf ihrer Freundin einen unterstützenden Blick zu. Keiner mochte den fiesen Sir Archibald. Er war ein fester Bestandteil des Theaters und drängte sich dorthin, wo er nicht hingehörte, wann immer es möglich war. Außerdem fasste er den Schauspielerinnen an den Hintern und war allgemein lästig, wenn er nach einer Vorstellung hinter die Bühne kam.

„Nein", sagte Toby mit einem besorgten Blick zu Melinda. „Es ist ganz sicher nicht Sir Archibald. Du hast die Aufmerksamkeit eines Dukes erregt, Lydia."

Sie schluckte, als sich der Raum zu drehen begann und ihre Ohren klingelten. Mit jedem bisschen Talent, das sie hatte, kämpfte sie darum, ihre Reaktion zu verbergen und schenkte Toby das Lächeln, von dem sie wusste, dass es von ihr erwartet wurde.

„Ein Duke? Wirklich? Wie ... interessant."

„Interessant?", krächzte Melinda. „Du meinst lukrativ."

„Das hängt vom Duke ab", korrigierte Lydia sie leise. „Wer ist dieser Mann?"

„Northfield", antwortete Toby und zog beide Augenbrauen hoch.

Melinda drehte sich zu ihr um und ihr hübsches Gesicht leuchtete vor lauter Freude. „Der Duke of Northfield. Lydia, du meine Güte! Du weißt, wer er ist, nicht wahr?" Sie wartete die Antwort nicht ab, bevor sie fortfuhr. „Er sieht teuflisch gut aus, und er ist jung. Und reich. Er war mit irgendeiner Tochter eines Adligen verlobt und sein bester Freund hat ihm die Frau vor der Nase weggeschnappt. Seitdem lebt er wie ein Einsiedler."

Lydia schluckte schwer. Sie kannte all diese Informationen. Wenn auch aus ganz anderen Quellen als Melinda sie gehört hatte. „Woher kennst du diese Gerüchte?", fragte sie und zwang ein Lachen durch ihre trockene Kehle.

Melinda grinste. „Im Gegensatz zu dir, kümmere ich mich um die Gesellschaft, Lydia. Eine Frau in meiner Position sollte das tun.

Es gibt viele Wege, die man einschlagen kann, um finanziell abgesichert zu sein."

Toby schnaubte und Lydia schritt davon, als die beiden den gleichen Streit begannen, den sie mindestens einmal pro Woche über Schauspielerinnen hatten, die Mätressen wurden. Trotz ihrer Abneigung gegen Sir Archibald war Melinda nicht abgeneigt, die Geliebte eines wichtigen Mannes zu werden. Sie ermutigte Lydia immer wieder, diese Option in Betracht zu ziehen.

Aber Melinda tat das nur, weil sie die Wahrheit nicht kannte. Die Wahrheit, die Lydia eifrig geheim hielt und sich große Mühe gab, sie auch weiterhin zu verbergen. Doch nun, da der Duke of Northfield Lydia kennenlernen wollte, schien ihr ganzes Werk am Rande eines Abgrunds zu stehen. Er konnte nicht nur diese Welt zerstören, sondern auch die andere, in der sie sich regelmäßig aufhielt, denn wenn er mit ihr in einem Raum war, konnte er sie sehen. Es war eine Sache, sie auf der Bühne zu sehen, aus der Ferne, mit hellen Lichtern, die sie wie etwas erscheinen ließen, das sie nicht war.

Aber bei näherer Betrachtung könnte Northfield das Geheimnis lüften, um das sie jedes Mal kämpfte, wenn sie die Bühne verließ.

Das Geheimnis war, dass sie nicht Lydia Ford war. Sie war Lady Adelaide, das Mauerblümchen, Tochter des längst verstorbenen Earl of Longford. Eine Frau, die niemandem auffiel, nicht einmal genug, um zu bemerken, dass sie sich dreimal pro Woche hinausschlich, um die berühmteste Schauspielerin der Stadt zu werden.

„Wirst du ihn also treffen?", drängte Toby.

Adelaide starrte auf die Hände hinunter, die sie vor sich geballt hatte. Sie zitterten. Wie sollte sie aus dieser Situation herauskommen? „Ich bin mir nicht sicher, ob das klug ist. Warum lässt du ihn nicht Melinda treffen?"

Toby schüttelte sofort den Kopf und sein Stirnrunzeln vertiefte sich. „Er hat klar gesagt, was er will, und er scheint nicht die Art von Mann zu sein, die man zurückweist. Er will dich kennenlernen, Lydia, und das ist alles, was ihn befriedigen wird. Ich bin mir nicht sicher, ob er nicht einfach hier hereinplatzen würde, wenn ich Nein sagen würde."

Adelaide seufzte. Natürlich hatte Toby recht. Sie hatte ihr ganzes Leben in der Gesellschaft verbracht, sie hatte viele Männer mit Macht und Privilegien kennengelernt. Und sie hatte auch viel Zeit gehabt, Northfield zu beobachten, denn er war schwer zu ignorieren. In einem Raum voller Männer, die durchschnittlich waren, war er es ... nicht. Vielleicht lag es an seinen stechend blauen Augen oder an dem harten Ausdruck in seinem Gesicht oder daran, dass er selten tanzte, nicht einmal mit der Lady, die einmal seine Verlobte gewesen war.

Was auch immer es war, Toby hatte recht mit seiner Einschätzung, dass Northfield nicht der Typ war, der ein Nein als Antwort akzeptierte.

Sie betrachtete sich im Spiegel. Sie hatte ein schlichtes Kleid angezogen, aber sie hatte ihr Bühnen-Make-up noch nicht entfernt und ihr Haar war offen. Sie sah immer noch wie Lydia aus und nicht wie die schlichte, mausgraue Adelaide. Vielleicht würde Northfield sie gar nicht wiedererkennen.

Es war schließlich nicht so, dass er jemals in der Gesellschaft mit ihr gesprochen hätte. Dort war sie eine Mücke und er war ein Gott.

„Gut, dass ich noch vorzeigbar aussehe", sagte sie mit einem Seufzer. „Ja, natürlich, lass ihn eintreten."

Toby ging, um den Mann zu holen, und Melinda sprang auf. „Oh, Lydia! Was für ein Abend. Stell dir vor, du könntest dein Vermögen mit ein paar gut platzierten Worten vermehren."

Adelaide schürzte die Lippen. „Ich bin vollkommen zufrieden mit meinem Leben, so wie es ist, Melinda", erwiderte sie. „Ich versuche nicht, mir eine bessere Stellung zu verschaffen."

Melinda starrte sie an, als hätte sie Latein gesprochen oder ihr wäre ein zweiter Kopf gewachsen. „Du willst dir keine bessere Stellung erarbeiten?"

Adelaide lachte über die Verwirrung im Ton ihrer Freundin. „Meine Güte, Melinda, ist es dir nie in den Sinn gekommen, dass ich vielleicht einfach nur gerne auf der Bühne stehe? Dass ich nichts anderes vorhabe, als die Zeit zu genießen, die ich dafür habe?"

„Nun, jedem das Seine." Melinda schüttelte den Kopf. „Aber ich sage immer noch, wenn du nicht wenigstens versuchst, mit dem Mann zu flirten, verschwendest du deine Zeit und eine einmalige Gelegenheit."

Adelaide seufzte. „Wie wäre es damit? In dem Moment, in dem er merkt, dass ich nichts als eine langweilige Maus bin, schicke ich ihn zu dir."

„Oh, ja!", lachte Melinda, als es ein zweites Mal an der Tür klopfte. Diesmal war es härter, selbstbewusster, und Adelaides Herz sank. Er war es.

Melinda warf ihr einen letzten Blick zu, dann öffnete sie die Tür und gab den Blick auf den Duke of Northfield frei. Und während sie ihn anstarrte und versuchte, nicht zu viel zu verraten und nicht vor Nervosität umzufallen, blieb Adelaide fast das Herz stehen.

KAPITEL 2

Adelaide erstarrte, als der Duke of Northfield sich unter dem niedrigen Türrahmen hindurchduckte und in ihre Garderobe trat. Plötzlich kam ihr die Kammer winzig vor, weil er den Raum so vollständig ausfüllte. Er war ... *wunderschön.* Es war die einzige Art einen Mann zu beschreiben, der so gut gebaut war wie der, der vor ihr stand. Ein hochgewachsener, breitschultriger Adonis mit blondem Haar, das er zurückgebunden trug, weil es für die aktuelle Mode zu lang war, einem stoppeligen Bart über dem gut definierten Kiefer und blauen Augen, die die Farbe eines wolkenlosen Himmels innehatten.

Er schaute quer durch den Raum zu ihr. Ihre Blicke trafen sich und sie konnte an nichts anderes denken, nichts tun, nichts sein, außer einer sprachlosen Närrin, während er sie anstarrte.

Melinda hingegen hatte kein solches Problem. Sie vollführte einen tiefen Knicks. „Euer Gnaden", sagte sie, ihr Tonfall erfüllt von der Art theatralischer Ehrerbietung, die man normalerweise für Aufführungen von Shakespeares Werken reservierte.

Northfield ließ seinen Blick zu Adelaides Zweitbesetzung schweifen, obwohl er kein Interesse an der hübschen Brünetten zeigte. „Guten Abend."

„Melinda Cross, Euer Gnaden", gurrte Melinda, rückte näher und klimperte verführerisch mit den Wimpern. „Ich bin die Zweitbesetzung von Mrs. Ford."

„*Mrs.* Ford", wiederholte Northfield und zog die Augenbrauen hoch.

Adelaide schaffte es irgendwie, einen ruhigen Gesichtsausdruck zu wahren. Die Schauspielerinnen bezeichneten sich alle als eine Mrs. Es war der beste Weg, um ein Mindestmaß an Sicherheit und Anstand in einem Beruf aufrechtzuerhalten, auf den die sogenannten Bessergestellten herabblickten.

„Guten Abend, Euer Gnaden", sagte Adelaide und trat endlich vor. „Ich bin Lydia Ford."

„Ja, ich weiß", sagte Northfield, wobei ein winziges Grinsen seine vollen Lippen umspielte.

Großer Gott, warum musste ihr Gehirn sich darauf konzentrieren, wie voll sie waren? Jetzt konnte sie sie nur noch anstarren. Aber er trug sicherlich nie *diesen* Gesichtsausdruck, wenn er in Ballsälen war, weder wenn er sich anständig verhielt noch … teuflisch. War teuflisch ein Wort? Sie wusste es nicht einmal genau. Wie auch immer, er sah gerade so … *verrucht* aus.

Melinda sah langsam zwischen ihnen hin und her und seufzte dann. „Nun, ich kann sehen, dass ich nicht erwünscht bin. Guten Abend."

„Schließ nicht die …", begann Adelaide zu sagen, aber Melinda schlüpfte aus dem Raum und schloss sie gemeinsam ein. „… Tür."

Northfield legte den Kopf schief. „Wollt Ihr nicht mit mir allein sein?"

Adelaide holte tief Luft und dachte kurz an ihren ersten Abend auf der Bühne. Sie war genauso versteinert gewesen wie in diesem Moment und es war gut gelaufen. Bis jetzt hatte Northfield keine Anzeichen gezeigt, dass er ihre wahre Identität kannte. Alles, was sie tun musste, war sich so zu präsentieren, wie er es erwartete. Dann würde es ihr gut ergehen.

Hoffentlich.

„Wir haben uns gerade erst kennengelernt", sagte sie und war verblüfft, wie heiser ihre Stimme klang. Diese Tatsache würde ihr natürlich helfen, denn ihre Stimme klang ein bisschen anders als ihr normaler Ton. Aber warum fühlte sich ihre Kehle so eng an? „Findet Ihr es angemessen, dass wir allein sind?"

Er schien die Frage zu überdenken. „Vielleicht nicht. Aber ich habe mich schon zu lange angemessen verhalten und es hat mir …"

Er brach ab und für einen kurzen Moment sah sie ein Aufblitzen von Emotionen über sein Gesicht huschen. Ein Aufblitzen von Bedauern und Schmerz und Wut, das ihre Seele berührte. Sie kannte all diese Emotionen selbst sehr gut und wenn man bedachte, was er in letzter Zeit durchgemacht hatte, glaubte sie, dass er jedes Recht dazu hatte.

Aber sie war nicht dazu bestimmt, diese Dinge zu wissen, Klatsch oder nicht. Also lächelte sie. „Was hat es Euch gebracht?"

„Nichts", beendete er den Satz mit einem kleinen Kopfschütteln. „Jedenfalls nichts Gutes."

Sie erschauderte darüber, wie nah sie beieinander standen und wandte sich ab, um sich selbst etwas Platz zu verschaffen, zumindest in ihrem überfüllten Gehirn. „Warum wolltet Ihr mich treffen, Euer Gnaden?"

Er schmunzelte. „Ich bin sicher nicht der erste Mann, der nach einer Aufführung in Eure Garderobe kommt, um mit Euch zu sprechen."

Sie schenkte ihm einen Blick über die Schulter und erfreute sich erneut daran, wie gut er aussah. Das wurde langsam lächerlich. „Es wäre eine Lüge zu sagen, dass Ihr es seid."

„Und Ihr lügt nicht?", fragte er, seine Augen verengten sich zu Schlitzen.

Sie sah ihn an. Eine gewisse Schärfe lag in seiner Stimme. In seiner Körpersprache. Eine Spannung und eine geballte Kraft, die sich sehr … gefährlich anfühlte. Und doch wollte sie sich nicht von ihm abwenden.

„Ich bemühe mich sehr, es nicht zu tun", erklärte sie, obwohl das an sich schon eine Unwahrheit war.

Im Moment war ihre ganze Persona eine Lüge. Lydia Ford, die Schauspielerin, die dieser Mann begehrte … nun, es fühlte sich an, als würde er sie wie ein wildes Tier jagen. Jedes Mal, wenn sie zurückwich, bewegte er sich vorwärts und das war sehr ablenkend. Aber er verfolgte *Lydia* und Lydia existierte nur für ein paar Stunden pro Woche. Dann wurde sie weggepackt wie die Kostüme, die Adelaide trug und die Sätze, die sie sprach.

„Ihr werdet rot", sagte Northfield mit einem weiteren Lächeln. „Mache ich Euch nervös?"

Sie schluckte und zog ihre Schultern leicht zurück. „Ja, denn ich bin mir immer noch nicht sicher, warum Ihr hier seid, Euer Gnaden."

„Ah", machte er und verschränkte die Arme, was seine breite Brust noch deutlicher definierte. „Nun, da kann ich Abhilfe leisten. Ich bin gekommen, um Euch für eine gelungene Vorstellung zu gratulieren."

Sie legte den Kopf schief. In der Gesellschaft mochte man sie für eine unschuldige Lady halten, aber das war genauso eine Maske wie Lydia. Adelaide war nicht dumm und sie kannte den Grund, warum die Männer hinter der Bühne mit den Schauspielerinnen sprachen.

„Ihr wart der Meinung, ich habe gut gespielt, aye?", fragte sie und wölbte eine Augenbraue.

„Das klingt, als würdet Ihr mir nicht glauben", meinte Northfield lachend.

Sie zuckte mit den Schultern. „Was war Euer Lieblingssatz von mir? Was habe ich Eurer Meinung nach besonders gut dargestellt?"

Er begegnete ihrem Blick und sie sah, dass er erkannte, dass sie seinen Bluff durchschaut hatte. Zu ihrer Überraschung lehnte er sich vor. „Mein Lieblingssatz war, als Ihr sagtet, *'Wir gehen alle als Schatten durch diese Welt, als Geister. Manche von uns verstecken es nur besser.'"* Er warf ihr einen Blick zu und trat dann einen Schritt zurück. „Ihr seid auch sehr hübsch gestorben."

Ihrer selbst zum Trotz lachte Adelaide über seine Worte und sein Gesicht leuchtete auf, als hätte er etwas gewonnen. Es war komisch, denn sie kannte diesen Mann schon fast ihr ganzes Erwachsenenleben lang. Er und seine Freunde, allesamt Dukes, alle Mitglieder eines exklusiven kleinen Clubs, waren unmöglich zu ignorieren. Zum Teufel, ihre eigene beste Freundin Emma hatte gerade einen von ihnen geheiratet, weniger als sechs Monate zuvor.

Aber sie hatte Northfield nie *gekannt*. Sie war nur von ihm eingeschüchtert. Aber nun fand sie heraus, dass sie ihn mochte. Es war unmöglich, es nicht zu tun, da sein seltenes Lächeln ihn noch attraktiver machte.

„Nun gut, Ihr *habt* also dem Stück Aufmerksamkeit geschenkt", gab sie zu. „Ihr müsst mir verzeihen, dass ich an Euch gezweifelt habe, denn die meisten Männer, die hierherkommen, um mir Komplimente zu machen, könnten mir nicht einmal sagen, worum es in der Vorstellung ging. Sie kommen, um ..."

„Euch zu verführen?", fragte Northfield und sein Lächeln verblasste und wurde ersetzt durch einen Blick, den man nur als schwelend bezeichnen konnte. Der Mann funkelte sie an und die Stelle zwischen ihren Beinen begann zu kribbeln, obwohl sie es nicht wollte.

„Ja", keuchte sie.

Er bewegte sich vorwärts, überbrückte den Abstand, den er zugelassen hatte und schmiegte seinen großen Körper gegen ihren.

„Versteht mich nicht falsch, Mrs. Ford, ich bin auf jeden Fall hierhergekommen, um Euch zu verführen."

Adelaide quiekte. Sie wollte nicht kichern, aber das Geräusch entkam ihren Lippen, bevor sie merkte, dass es passierte oder sie es zurückhalten konnte. Aber wie hätte sie das auch verhindern sollen? Northfield stand direkt vor ihr, sein Körper berührte den ihren auf höchst unpassende Weise, drängte sie gegen ihren Schminktisch und er ... beanspruchte einfach die ganze Luft im Raum. In ihrer Lunge. Er vertrieb alle Proteste aus ihrem Verstand, wenn er ihr so nahe war.

All diese Reaktionen machten ihr deutlich, dass sie in den Jahren, in denen sie ihn durch die Gesellschaft hatte streifen sehen, weit mehr als nur eingeschüchtert von ihm gewesen war. Sie hatte sich zu ihm hingezogen gefühlt. Aber während ein Mann wie Graham Everly, der reiche und beliebte Duke of Northfield, Adelaide Longford, die unverheiratete Tochter eines toten Earls von geringer Bedeutung, nicht zweimal anschaute, schenkte er Lydia Ford weit mehr als nur ein wenig Aufmerksamkeit.

Und gerade jetzt gefiel es ihr, Lydia Ford zu sein, mehr als je zuvor.

„Glaubt Ihr, Ihr könntet es?", flüsterte sie, schockiert von den koketten Worten, die ihr so leicht von den Lippen fielen. „Erfolg haben, obwohl alle anderen Männer, die hierhergekommen sind, versagt haben?"

Er lächelte erneut. „Ah, eine Herausforderung. Ich habe mich immer gern einer Herausforderung gestellt, Mrs. Ford. Lydia."

Ihre Hände zitterten und sie griff hinter sich, um sich auf dem Tisch hinter ihr abzustützen, damit er das Zittern nicht sehen konnte. Heute Abend war sie Lydia, eine Person, die sie geschaffen hatte, damit sie tun konnte, was sie wollte. Und Lydia war mutig und selbstbewusst, während Adelaide es nicht war. Sie *musste* Lydia sein. Was war daran schon schlimm? Es war nur eine vorübergehende Laune von ihm. Sie würden flirten und das wäre das Ende davon.

Aber er redete und flirtete nicht mehr. Er bewegte sich vorwärts und plötzlich drückte einer seiner massiven, muskulösen Oberschenkel gegen ihre Röcke, dann glitt er weiter nach oben. Seine Brust berührte ihre. Er streckte die Hand aus und glitt an ihrem Kiefer entlang, hinauf in ihr Haar. Es war das erste Mal, dass er sie berührte und sie war schockiert über die kribbelnde Hitze, die von seinen Fingerspitzen durch ihren zitternden Körper schoss.

Er neigte ihren Kopf zurück und zwang sie, nach oben in sein hübsches Gesicht zu schauen. „Ich werde dich küssen, Lydia", versprach er und sein Mund bewegte sich auf ihren zu. „Es sei denn, du sagst mir, ich soll es nicht tun."

Adelaide schluckte schwer. Sie sollte ihn abweisen. Das wollte sie, denn das war das, was sich gehörte. Denn sie kannte bereits die Konsequenzen, wenn man seinen Wünschen nachgab … wenn man sich selbst vergaß.

Nur konnte ihr Mund die Worte einfach nicht formen. Ihr Körper konnte sich nicht zurückziehen. Sie stand da, stumm und starr, und sah zu, wie sich die vollen Lippen dieses Mannes auf die ihren zubewegten. Und dann küsste er sie.

Zuerst war es nur eine Berührung der Lippen, sanft, sogar ein bisschen zaghaft. Sein Bart fühlte sich weich auf der zarten Haut ihres Kinns an. Ihre Augen flatterten zu und sie hörte auf zu denken, hörte auf, mit sich selbst zu hadern, hörte auf, Adelaide und Lydia zu bekämpfen. Aber dann verstärkte sich der Druck seines Mundes und sie hielt den Atem an, als sich seine Lippen leicht teilten.

Er nutzte ihre Überraschung aus und seine Zunge glitt an ihren Lippen vorbei. Die Realität verflüchtigte sich. Sie hob ihre Hände zu seinen Oberarmen, umklammerte seinen Bizeps, während sie sich selbst einen leisen, hungrigen Laut der Lust ausstoßen hörte.

Und es *war* ein Vergnügen. Dieser Mann wusste, wie man küsste. Er fuhr mit seiner Zunge in ihren Mund, streichelte ihre und entfachte ein Feuer der Leidenschaft, das sie selten zuvor gefühlt hatte, weil es ihr normalerweise Angst machte. Aber da war es, außer Kontrolle, als er eine Hand auf ihre Taille legte und sie hart gegen seinen unnachgiebigen großen Körper zog.

Sie ließ ihre Zunge mit seiner spielen, während das Feuer durch ihre Adern loderte, ihre Glieder hinunterströmte und die Hitze ihre harten Brustwarzen, ihr kribbelndes Geschlecht und ihre zitternden Knie vereinnahmte.

Er stieß ein raues Stöhnen tief in seiner Kehle aus, als er sie auf den Schminktisch hinter ihr hob, ihren Po auf die Kante setzte und sich mit seinem ganzen Gewicht in sie hineinlehnte. Sie grub ihre

Finger in seine Schultern, als sie sich an diesem Geräusch erfreute. Es war ein Geräusch der Hingabe, der völligen Überwältigung.

Der Duke of Northfield wurde von *ihr* mitgerissen.

Und sie war in dieser Hinsicht nicht weit hinter ihm. Er benutzte einen seiner muskulösen Oberschenkel, um ihre Beine zu spreizen und trat zwischen sie, ballte ihr Kleid in einer Hand und ließ sie die harte, eindringlichen Macht seiner Erektion gegen ihren Bauch spüren. Ihre Augen wurden groß, als er sie weiter küsste, denn er war in jeder Hinsicht ein *großer* Mann.

Seine Hände begannen sich zu bewegen und ihr Geist leerte sich erneut. Er umfasste ihre Hüfte, dann glitten seine Hände an ihrer Seite hinauf, bis er mit den Fingerspitzen ihre Brust berührte. Sie wölbte sich ihm entgegen, das Gefühl übermannte sie, als er mit seinem Daumen über ihre empfindliche Brustwarze strich.

Er lächelte gegen ihren Mund und zog sich zurück, ihre keuchenden Atemzüge stimmten in dem stillen Raum überein. Er hielt ihren Blick fest, zwang sie, in seinen blauen Tiefen zu ertrinken, während er seinen Daumen um ihre Knospe rollte. Elektrisch aufgeladenes Vergnügen, heiß und schwer, schoss durch ihren Körper und sie stieß einen leisen Schrei aus, als sie sich in hilfloser Lust gegen ihn stemmte.

Ihr ganzer Körper pulsierte, Feuchtigkeit überflutete ihr Geschlecht, ihre Beine zitterten und sie musste befürchteten, dass sie ihren Körper nicht mehr tragen würden, wäre sie gezwungen, ohne Hilfe zu stehen. Dieser Mann machte Dinge mit ihr … und es war klar, dass er mehr wollte.

Noch klarer war, dass sie ihm erlauben würde, sich mehr zu nehmen. Sie würde sich seinen Zärtlichkeiten hingeben, denn das Verlangen war wie ein beständiger Trommelschlag. Und sie war ihm hilflos ausgeliefert, auf eine Weise, die sie noch nie zuvor erlebt hatte.

Er senkte seinen Mund wieder und gerade bevor er sie küssen konnte, klopfte es an der Tür hinter ihnen.

Sie erstarrten beide, sahen sich tief in die Augen, dann wich er langsam von ihr zurück. Er streckte eine Hand aus und half ihr, vom Tisch herunterzuhüpfen. Sie glättete ihren verhedderten Rock und ihre Wangen flammten auf, als die Realität in diese wilde und wollüstige Fantasie eindrang, die sie eben durchspielt hatte.

„Ja?", rief sie, ihre Stimme rau und stockend vor Lust und Vergnügen.

Toby streckte seinen Kopf in den Raum und zuckte zusammen, als er Adelaide und Northfield zusammen in der Mitte des Raumes stehen sah. „Tut mir leid, Lydia, ich wusste nicht, dass du noch Besuch hast", sagte er und ließ seinen Blick auf den Boden schweifen. „Richard möchte wissen, ob du vorhast, am Dienstag aufzutreten."

Adelaide schluckte und versuchte, ihren von Küssen überwältigten Geist zu ordnen. Normalerweise hatte sie eine Vorstellung am Samstag und zwei unter der Woche, vorausgesetzt, sie konnte sich freinehmen. Den meisten Schauspielerinnen war diese Art von Unabhängigkeit bei der Wahl ihres Zeitplans nicht vergönnt, aber ihre Popularität hatte ihr eine gewisse Freiheit verschafft. Das war auch gut so, denn es war sehr mühsam, ihrem Zuhause und den wachsamen Augen ihres Vormundes zu entkommen.

„Ja", hauchte sie. „Dienstag."

„Gut", sagte Toby und machte sich eine Notiz auf einem Stück Papier. „Nun, ich … wir sehen uns dann. Gute Nacht, Lydia."

Sie nickte und er warf ihr einen letzten Blick zu, als er die Tür wieder schloss. Adelaide spürte, dass Northfield sie beobachtete, als sie sich von ihm entfernte. Sie spürte die Hitze seines Blicks und die Versprechen, die er enthielt. Und ein großer Teil von ihr wollte sofort dort weitermachen, wo sie unterbrochen worden waren.

Aber die Realität war zurückgekehrt. Nicht nur die Realität des Ortes, an dem sie sich befanden und der Lage, in der sie sich befanden … sondern die Realität dessen, wer sie wirklich war. Sie konnte sich nicht der Leidenschaft mit dem Duke of Northfield hingeben. Es war töricht, das auch nur in Erwägung zu ziehen.

„Du runzelst die Stirn", sagte Northfield, seine Stimme tief und verführerisch.

Sie schaute ihn über die Schulter an und ihr Herz kam ins Stottern. Herr im Himmel, sie wollte sich wieder an ihn schmiegen, sich an seine Brust lehnen und alle Vorsicht in den Wind schlagen. Aber sie schob diesen ungehorsamen Teil von sich beiseite und schüttelte den Kopf.

„Ich erinnere mich nur an die Realität, Euer Gnaden. Und wo ich bin."

Er legte den Kopf schief. „Wenn der Ort, an dem wir uns gerade aufhalten ein Problem darstellt, hätte ich eine Lösung parat."

Sie sah ihn langsam an. „Und welche wäre das?"

„Komm mit zu mir nach Hause", schlug er vor. „Und lass uns dort fortsetzen, was wir hier angefangen haben."

Sie zögerte. Was er ihr anbot, war schockierend für Lady Adelaide, eine Lady der gehobenen Londoner Gesellschaft. Es wäre ihm nie in den Sinn gekommen, *ihr* so etwas anzubieten. Aber der Schauspielerin Lydia Ford? Nun, warum sollte er ihr nicht eine Nacht voller Sünde und Leidenschaft andienen? Wie viele Schauspielerinnen in ihrem Bekanntenkreis hatten Affären mit Männern wie ihm?

Aber sie *war nicht* Lydia, nicht wirklich. Und sich dieser Leidenschaft hinzugeben, die er ihr anbot, war gefährlich für sie in ihrem wirklichen Leben. Also schüttelte sie den Kopf, auch wenn es sie große Mühe kostete, dies zu tun.

„Ich glaube nicht, Euer Gnaden", flüsterte sie. „Ich habe mich vorhin hinreißen lassen, aber ich bin nun wieder klaren Kopfes und ich denke, es wäre das Beste, wenn ich Euch einfach meinen Dank für Euer Kompliment zu meiner Leistung ausspreche und gute Nacht sage."

Seine Augen weiteten sich, als wäre er von ihrer Antwort überrascht und sie hielt den Atem an, als sie darauf wartete, dass er wütend auf sie wurde. Zu drängen, wie es so viele taten, wenn sie nicht bekamen, was sie wollten. Die Sir Archibalds dieser Welt nutzten ihre Macht, um Kontrolle auszuüben und sicherlich hatte der Duke of Northfield weit mehr Macht als die meisten, um Druck auszuüben.

Aber stattdessen verzog sich sein Mund zu einem bezaubernden Lächeln und er nickte. „Sehr wohl, Lydia. Ich wünsche dir eine gute Nacht. Für den Moment. Aber ich denke, wir wissen beide, dass wir noch etwas zu erledigen haben." Er ging auf die Tür zu und öffnete sie. Dann nickte er ihr zu. „Ich freue mich schon sehr auf unsere nächste Begegnung."

Dann war er weg. Adelaide ließ sich gegen den Tisch sinken, auf dem er sie fast genommen hatte. Er ließ sie zurück und sie konnte nicht anders, als über seine Worte nachzudenken. Ihre nächste Begegnung würde vielleicht nicht dort sein, wo der Duke sie erwarten würde. Und sie konnte nur hoffen, dass diese Nacht nicht alles zum Einsturz bringen würde, was sie sorgfältig aufgebaut hatte, um sich zu schützen.

KAPITEL 3

Graham schaute sich im Raum um, betrachtete die sich drehenden Paare in ihren Ballkleidern und konnte ein Seufzen kaum zurückhalten. Er war seit Monaten nicht mehr auf einem Ball gewesen, nicht seit dem Verrat, der ihn in eine Spirale der Selbstzerstörung gestürzt hatte. Er fühlte sich unbehaglich, vor allem, weil alle im Saal entschlossen zu sein schienen, ihn anzustarren. Ihn beurteilten. Über ihn flüsterten.

Tyndale trat neben ihn und hielt ihm einen Drink hin. „Hier, um deine Kräfte zu stärken."

Graham schüttelte den Kopf. „Ich bezweifle, dass ein verwässerter Drink etwas bringt", sagte er, obwohl er das Angebot annahm, bevor er wieder in die Menge schaute. „Ich will nicht hier sein."

Tyndale wandte sich ihm zu, echte Freundlichkeit und Verständnis funkelten in seinen dunkelgrünen Augen. „Ich weiß, mein Freund. Ich weiß es wirklich. Nachdem Angelica gestorben war, war es eine Qual, in die Gesellschaft zurückzukehren. Der Verlust war noch frisch und das Geflüster hat den Schmerz vergrößert. Aber ich verspreche dir, es wird leichter, je öfter du es tust."

Graham zuckte mit den Schultern. „Es muss dich krank machen, mich über Simon und Meg jammern zu hören, wenn man es mit deinem Verlust vergleicht."

Tyndales Stirn legte sich in Falten und er streckte die Hand aus, um Grahams Arm zu packen. „Schmerz ist kein Wettbewerb. Du hast ein Recht auf die Gefühle in deinem Herzen. Ich möchte nur nicht zusehen, wie du in ihnen ertrinkst."

Gemeinsam sahen sie sich wieder im Raum um und einen Moment lang waren beide still. Dann blickte Tyndale ihn aus dem Augenwinkel an. „Warum hast du dich entschieden, heute Abend herzukommen?"

Graham wand sich unter dem unnachgiebigen Blick seines Freundes. Die Antwort darauf war unerwartet und kompliziert. Nach seiner impulsiven und höchst leidenschaftlichen Begegnung mit Lydia Ford im Theater war ihm das Leben ein wenig weniger … düster erschienen. Und als Tyndale ihn gedrängt hatte, zum Ball zu kommen, war ihm die Einladung weniger entsetzlich vorgekommen als die ersten zwanzig Male, als er von einem wohlmeinenden Freund gebeten worden war, in die Gesellschaft zurückzukehren.

„Es war einfach an der Zeit", sagte er mit einem Seufzer. „Ich kann mich nicht ewig verstecken, nicht wahr?"

Tyndale wollte gerade antworten, so schien es, als es am Eingang des Ballsaals einen lauten Tumult gab. Beide Männer drehten sich um und alles in Grahams Welt verlangsamte sich. Ein Paar hatte den Raum betreten und der Butler kündigte sie gerade an.

„Der Duke und die Duchess of Crestwood", ertönte die Stimme.

Graham starrte, als Simon und Meg den Raum betraten. Simon lächelte, dieses helle, verschmitzte Grinsen, das er immer innehatte, seit Graham ihn zum ersten Mal getroffen hatte. Er war das Licht zu seiner eigenen Dunkelheit, als sie noch Jungen waren. Seine Brust schmerzte, als jede glückliche Erinnerung, die sie geteilt hatten, auf ihn einprasselte und ihn daran erinnerte, wie nahe sie sich gestanden hatten. Er wünschte sich, sie könnten sich wieder nahe sein, auch wenn Simons Verrat immer noch schmerzte.

Meg klammerte sich an Simons Arm, ihr Gesicht leuchtete

glücklich. Er hatte seine ehemalige Verlobte nicht mehr gesehen, seit dem Tag, an dem sie ihre Verlobung gelöst hatten und er das Haus ihres Bruders James in Richtung London verlassen hatte.

Er hatte Simon nicht mehr gesehen, seit sie sich kurz danach bei Whites fast geprügelt hatten.

„Mein Gott", murmelte Tyndale und unterbrach seine Gedanken. „Es tut mir leid, Northfield, ich hatte keine Ahnung, dass sie heute Abend anwesend sein würden."

Graham schluckte hart, denn es hatte sich ein Kloß in seiner Kehle gebildet. Am liebsten wollte er aus dem Raum flüchten. Aber er spürte in diesem Moment auch gefühlt alle Augen der Welt auf sich gerichtet. Die Anwesenden im Saal beobachteten ihn noch konzentrierter und flüsterten noch lauter als sie es getan hatten, als sie merkten, dass er auf die Party gekommen war.

Wenn er ging … nun, das würde diesen Skandal, der durch Simons und Megs Unvorsichtigkeit verursacht worden war, vervielfachen. Sie würden alle darunter leiden.

In diesem Moment blickte Simon quer durch den Raum und traf Grahams Blick. Das Gesicht seines Freundes war von Schock, Schmerz und Bedauern erfüllt, und Grahams Magen drehte sich. Er wollte nicht mit Simon reden. Nicht hier. Nicht jetzt. Noch nicht.

„Ich muss … ich muss etwas frische Luft schnappen", murmelte Graham, mehr zu sich selbst als zu Tyndale. Er wartete nicht auf die Antwort seines Freundes, sondern eilte durch die Menge, suchte blindlings nach einem Ausweg aus der Situation und den Gefühlen, die sie in ihm hervorrief.

Er musste etwas zu tun finden, etwas, womit er sich beschäftigen konnte, damit er nicht belästigt, angesprochen, ausgefragt oder bloßgestellt wurde. Und als er sich auf der Tanzfläche wiederfand, fiel es ihm die perfekte Lösung ein.

Er würde tanzen. Er tat es selten, es hatte ihm nie Spaß gemacht, aber er war dazu fähig. Und wenn er tanzte, dann konnte ihn niemand stören.

Aber der Trick war, die richtige Partnerin zu finden. Er musterte die beobachtenden Gesichter am Rande des Ballsaals. Die meisten der Frauen waren auf der Jagd, auf der Suche nach Ehemännern oder einer reichen Fundgrube für Klatsch und Tratsch. Mit einer von ihnen zu tanzen, würde die Situation nicht besser, sondern schlimmer machen, denn er war sicher, dass sie versuchen würden, ihn zu trösten, auszuhorchen und zu locken.

Er wollte nicht gelockt werden. Er tanzte einfach nur schweigend mit.

Also wandte er seine Aufmerksamkeit den Mauerblümchen zu, die normalerweise in einer ruhigen Ecke an der Wand standen. Heute Abend schien dort nur eine Lady an ihrem Platz zu stehen, eine Frau mit dunkelblondem Haar, das streng zu einem schlichten Dutt zurückgezogen war. Sie trug eine kleine, dunkel gerahmte Brille und ein Kleid mit hohem Ausschnitt, das unförmig wirkte.

Lady … Gott, wie war ihr Name? Sein verwirrter Verstand suchte danach und fand ihn schließlich.

Adelaide. Er würde mit Lady Adelaide tanzen. Daraus konnte sicher nichts Schlimmes gedeutet werden. Also richtete er seine Aufmerksamkeit auf sie und pirschte sich an sie heran.

Adelaide hatte das gesellschaftliche Drama, das sich vor ihr abspielte, mit einem solchen Maß an Entsetzen und Empathie verfolgt, dass ihr die Brust wehtat. Als sie Northfield mit dem Duke of Tyndale den Ballsaal hatte betreten sehen, war sie zunächst in Panik geraten. Seine Rückkehr in die Gesellschaft so kurz nach ihrer Begegnung im Theater hatte sich alles andere als zufällig angefühlt und sie hatte Angst gehabt, er könnte erkannt haben, wer sie wirklich war und hierhergekommen sein, um sie zu suchen.

Schnell hatte sie jedoch begriffen, dass er nach niemandem suchte, schon gar nicht nach ihr. Sie hatte sowohl Enttäuschung als auch Erleichterung über diese Erkenntnis empfunden. Aber ein kleiner Teil von ihr war *stolz* auf diesen Mann.

Es konnte nicht einfach sein, zu dem Getuschel der Menge zurückzukehren, aber er stellte sich der Gesellschaft tapfer. Doch dann hatten der Duke und die Duchess of Crestwood den Saal betreten und alle waren in Unruhe ausgebrochen. Die Leute hatten angefangen zu reden, zu starren und dann hatten sich die beiden Männer angeschaut und …

Gott, es war einfach so schwer mit anzusehen. Sie wollte zu Northfield eilen und ihn trösten, egal wie. Ihn von dem Schmerz ablenken, den ihm diese verfluchte Situation offensichtlich bereitete. Sie tat es natürlich nicht, denn das war nicht ihre Aufgabe. Northfield wollte nicht sie, er wollte eine Illusion. Er wollte Lydia. Und sie wollte die Grenzen zwischen sich und der Person, die sie erschaffen hatte, nicht verwischen.

Als er sich also umgedrehte, um quer durch den Raum zu kommen und sein Blick sich plötzlich auf sie richtete, war es, als wäre die Welt zum Stillstand gekommen. Seine Augen leuchteten so hell, sein langes Haar war in einem Zopf gebändigt und seinen Bart war gestutzt, wenn auch nicht rasiert. Er war … *fabelhaft*. Und nun war er fast bei ihr und es wurde immer unwahrscheinlicher, dass er auf jemand anderen zuging.

„Oh, Gott“, murmelte sie, als er sie erreichte. „*Merde.*“

Er blieb stehen und lächelte zu ihr hinunter, aber es war keines seiner sinnlichen Lächeln, die er Lydia zwei Nächte zuvor geschenkt hatte. Nein, dieses war falsch und gezwungen, und er begegnete nicht einmal ihrem Blick mit seinem. Aber Herr im Himmel, wie gut er roch. Wie Leder. Er trug nicht einmal Leder.

„Guten Abend, Lady Adelaide“, grüßte er.

Sie schluckte beim Klang seiner tiefen Stimme. Es erinnerte sie wieder an diese gestohlenen Momente in ihrer Garderobe. Alles, woran sie denken konnte, war sein Körper, der sich gegen ihren bewegt hatte.

„Euer Gnaden“, krächzte sie.

Seine Augen verengten sich, als er ihr Gesicht betrachtete und ihr Herz hörte auf zu schlagen. Hatte er ihre Stimme erkannt? Hatte er *sie* wiedererkannt?

Aber dann schüttelte er den Kopf und sagte: „Ich bin gekommen, um Euch um einen Tanz zu bitten, Mylady. Falls Eure Tanzkarte noch nicht voll ist."

Sie starrte zu ihm auf und hasste sein falsches Lächeln und seinen übermäßig fürsorglichen Ton. Alles an dem, was er sagte, war … künstlich. Er wollte sie nicht. Er wollte einen Weg, um zu entkommen und er sah sie – ein Mauerblümchen – als den einfachsten Weg an, ebendies zu tun.

Er benutzte sie. Verärgerung flammte in ihrer Brust auf, als sie die Arme verschränkte. „Warum?"

Er hielt bei ihrer Antwort inne. „Warum?"

Sie nickte langsam. „Ja, warum?"

Er warf dem Duke und der Duchess of Crestwood über die Schultern einen kurzen Blick zu. Sie hatten sich kurz nach ihrem Eintreffen zum Duke und der Duchess of Abernathe gesellt. Die Duchess, Emma, war eine von Adelaides engsten Freundinnen, und Adelaide konnte die Sorge auf Emmas Gesicht deutlich sehen. Sie unterhielten sich alle sehr intensiv und ganz offensichtlich über Northfield.

„Weil…", begann Northfield, und dann veränderte sich seine Miene. Die gefälschte Freundlichkeit verblasste und wurde durch etwas Echteres ersetzt. „Weil ich dieser Welt für eine Weile entkommen muss, Mylady. Aber ich kann nicht einfach so aus diesem Saal fliehen, wenn ich jemals wieder hierher zurückkehren möchte."

Ihre Lippen teilten sich dank der Ehrlichkeit seiner Antwort. Es milderte ihre Irritation und sie streckte eine Hand aus. „Nun gut", sagte sie. „Ich würde mich freuen, mit Euch zu tanzen, Euer Gnaden."

Erleichterung erfüllte seine Züge und er ergriff ihre Hand, um sie auf die Tanzfläche zu führen. Ein Bewusstsein über die Situation durchzuckte sie wie ein elektrischer Schlag als er sie berührte, auch wenn es durch zwei Paar Handschuhe hindurch passierte. Sie dachte daran, erneut in seinen Armen zu liegen, leidenschaftlich geküsst zu werden. Sein großer Körper, so hart und eindringlich und …

Er räusperte sich, als die Musik begann und sie schüttelte die Gedanken so gut sie konnte ab, um sich auf die Schritte zu konzentrieren. Sie bewegten sich eine Weile schweigend, näherten sich einander, dann entfernten sie sich wieder, denn es war ein aufwändiger Tanz, für den er sich entschieden hatte. Er bewegte sich mit Anmut und Selbstvertrauen, und sie ertappte sich dabei, wie sie ihn aus dem Augenwinkel heraus beobachtete.

„Ihr könnt das gut", sagte sie schließlich, unfähig, ihre Zunge zu zügeln.

Er bewegte sich auf sie zu und berührte ihre Handfläche mit seiner, während sie gemeinsam über die Tanzfläche glitten. Dann wandte er sich ab, sodass sich nur noch ihre Finger berührten. „Seid Ihr überrascht?", fragte er.

Sie zuckte mit einer Schulter und hielt den Blick nach vorne gerichtet, anstatt seinen Blick zu erwidern. Es war fast unmöglich, denn sie fühlte sich nun auf eine viel tiefere Weise von ihm angezogen, als sie es jemals zuvor getan hatte. Immerhin wusste sie, wie er schmeckte.

„Ja, ich gebe es zu", sagte sie. „Immerhin weiß doch jeder, dass Ihr nicht tanzt."

„Ich tanze nicht *gerne*", korrigierte er sie, als sie sich wieder gegenüberstanden.

Sein Gesichtsausdruck war nun etwas entspannter als vor einem Augenblick, als er sie angesprochen hatte. Sie war froh darüber, denn sie hatte das Gefühl, denselben Mann vor sich zu haben, der im Theater mit ihr gesprochen hatte. Der andere, derjenige, der sich vor Unbehagen und Schmerz krümmte … er war schwer anzuschauen. Zumindest ohne dem Verlangen nachzukommen ihm Trost anzubieten, den er nicht wollte.

Sie drehten sich weg und kamen in schneller Folge zurück, dann beendete er seine Aussage. „Das heißt nicht, dass ich nicht ausgebildet wurde, ein guter Tänzer zu sein."

Sie seufzte. „Natürlich seid Ihr darin perfekt, so wie Ihr es in allen Dingen seid."

In dem Moment, als die Worte ihre Lippen verließen, sehnte sie sich danach, sie zurückzurufen. Vor allem, als sich seine hellen Augen weiteten und er den Kopf neigte, als würde er sie genauer untersuchen. Erneut krampfte sich ihr Magen zusammen. Würde er sie erkennen? Und wenn er es tat, was würde er tun?

Sie trat weg, duckte den Kopf, als sie sich zur Seite drehte, froh, dass die lächerlich komplizierten Schritte sie davon abhielten, in seinen Armen zu sein. Einmal dort, würde sie den Verstand verlieren. Einmal dort, könnte ihre Identität ans Licht kommen.

„Ich bin nicht perfekt", sagte er leise, als sie wieder zusammenkamen.

Sein Blick war nicht mehr auf sie gerichtet, sondern auf die Menge. In Richtung des Duke und der Duchess of Crestwood. Sie folgte seinem Blick und versuchte, ihn zu lesen. Sie versuchte, den Schmerz zu verstehen, der unter der Oberfläche brodelte, aber sie konnte die Quelle nicht ausmachen. Es konnte sein, dass er einfach nur durch die Umstände gedemütigt wurde, aber es konnte auch sein, dass er die Frau, die ihm Hörner aufgesetzt hatte, wirklich gemocht hatte – vielleicht sogar immer noch mochte.

Eine Tatsache, die ihr Bauchschmerzen bereitete.

Er schüttelte den Kopf und sein Blick huschte wieder zu ihr. „Ihr seid ebenfalls eine sehr gute Tänzerin, Lady Adelaide", sagte er.

Sie lächelte und wiederholte seine frühere Frage. „Seid Ihr überrascht?" Sein kurzer Moment des Zögerns verriet ihr die Antwort und sie schüttelte den Kopf. „Mein Mangel an Partnern hat nichts mit meinem Können zu tun, Euer Gnaden. Ich tanze tatsächlich gerne."

Es gab einen Moment, in dem Überraschung seine Züge durchkreuzte und sie fast über seine Verwirrung lachte. Natürlich war er verwirrt. Dank seines Selbstbewusstseins konnte er ihre Position wahrscheinlich nicht im Geringsten verstehen.

„Dann solltet Ihr es öfter tun", sagte er und bewies damit genau ihren Standpunkt.

Ihr Lächeln wurde breiter. „Ich kann es mir nicht immer aussuchen."

Wieder wanderte sein Blick von ihr weg, zurück zu seinen Freunden. Sein Mund schmälerte sich, die vollen Lippen verzogen sich zu einer Linie schmerzhafter Emotion. „Nein. Ich schätze nicht."

Sie legte ihren Kopf schief und musterte ihn, als sie wieder schwiegen. Nun kehrte seine Aufmerksamkeit immer wieder zu der Gruppe um die Crestwoods zurück, sein Blick wurde mit jeder Drehung ihres Tanzes stumpfer und stumpfer.

Und sie sehnte sich wieder einmal danach, ihn zu trösten. Oder ihn zumindest aus seinem Nebel herauszuholen. Aber das war nicht ihre Aufgabe. Selbst als Lydia, die Frau, die er in einer Garderobe fast genommen hatte, war es nicht ihre Aufgabe.

Aber sie scherte sich in diesem Moment nicht um ihren Platz.

„Darf ich Euch eine Frage stellen?"

Er zuckte zusammen, fast so, als hätte er vergessen, dass sie da war und richtete seine Aufmerksamkeit wieder auf sie. „Ihr dürft."

Sie schluckte schwer, bevor sie fragte: „Habt Ihr die Duchess of Crestwood geliebt?"

Eine Fülle von Emotionen überflutete sein Gesicht bei dieser Frage. Zuerst war da der Schock, dass sie es wagte, sie überhaupt zu stellen. Dann Schmerz und schließlich Wut. Wut auf sie. Wut auf sich selbst. Seine blauen Augen verengten sich und er schenkte ihr einen Blick, der zweifellos schon so manchem Gegner das Herz hatte gefrieren lassen.

„Die meisten würden nicht so kühn oder so dumm sein, mich so etwas zu fragen", knurrte er.

Sie nahm an, dass der tiefe Ton sie erschrecken sollte, aber er ließ sie nur an seine sinnlichen Worte im Theater ein paar Abende zuvor denken.

Sie hob ihr Kinn und kämpfte um die Zuversicht, die ihr als Lydia so leicht fiel. „Vielleicht nicht, aber Ihr habt mich in Eure Dramen involviert, indem Ihr mich zum Tanzen aufgefordert habt. Nun schauen alle auf mich und auch auf Euch. Ich kann nicht anders, als neugierig zu sein, was uns hierhergeführt hat."

Er hielt ihren Blick für einen langen Moment stand, dann entfernte er sich für ein paar Schritte des Tanzes. Als er zurückkehrte, um ihre Hand erneut zu ergreifen, war sein Ausdruck weicher als zuvor.

„Nein", sagte er, seine Stimme so leise, dass sie über der Musik kaum wahrnehmbar war. „Ich habe sie nicht geliebt."

Die Erleichterung, die Adelaide in diesem Moment empfand, war viel zu stark. Es fühlte sich an, als hätte jemand Gewichte von ihren Schultern gehoben. Als ob sie nun frei war. Aber das war sie natürlich nicht. Dieser Mann erkannte sie nicht einmal als diejenige, die er zu verführen versucht hatte. Und selbst wenn, es gab keine Versprechen. Nur eine lustvolle Begegnung, die er wahrscheinlich bereute und nie wiederholen würde.

Aber zu wissen, dass er die schöne Frau, die er ständig anstarrte, nicht liebte, beruhigte sie trotzdem. Sie ertappte sich dabei, dass sie wieder zu der Gruppe der Crestwoods schaute. Vor allem zu Duchess Margaret. Keiner konnte ihre Schönheit leugnen. Sie hatte ein reizendes Lächeln und dunkle, seelenvolle Augen. Solche, die ihren gutaussehenden Ehemann in gespannter Aufmerksamkeit hielten.

Es gab eine Verbindung zwischen ihnen, die stark war, spürbar, sogar in einem überfüllten Raum. Es war offensichtlich das Crestwood sie liebte. Und sie liebte ihn im Gegenzug.

„Sie scheinen glücklich zu sein", murmelte Adelaide.

Northfields Hand spannte sich in ihrer an und er runzelte die Stirn. „Ich danke Euch für Eure Beobachtungen. Das ist sehr hilfreich."

Sie wandte ihr Gesicht ruckartig dem seinen zu. „Ich will damit nur sagen, dass das, was passiert ist, vielleicht nur zum Besten ist, wenn Ihr sie nicht geliebt habt und er sie offensichtlich liebt."

Einen Moment lang blieb sein Ausdruck unlesbar. Dann, zu ihrer Überraschung, entspannte er sich wieder. Als wäre er nur einen Bruchteil von Sekunden von seinen Sorgen befreit worden.

„Ihr seid sehr dreist", sagte er, obwohl die Worte keinen Vorwurf enthielten.

Sie lächelte leicht. „Mauerblümchen haben das Vorrecht darauf."

Sein Mundwinkel hob sich zu einem halben Grinsen und ihr Herz geriet ins Stottern. *Das* war derselbe verführerische Blick, den er ihr vor einigen Abenden zugeworfen hatte, als sie noch Lydia war. *Als er sie wollte.* Natürlich war das in dieser Situation völlig unmöglich, aber sie spürte trotzdem die Folgen seines Begehrens.

Die Musik verklang und er verbeugte sich vor ihr, bevor er ihren Arm nahm und begann, sie von der Tanzfläche zu führen. „Möchtet Ihr eine Runde auf der Veranda drehen?", fragte er.

Sie stolperte, überrascht von der unerwarteten Frage und er stützte sie mit einer leichten Berührung ihres Rückens. Sie holte ein paar Mal tief Luft, bevor sie sich ihm zuwandte.

„Versucht Ihr immer noch, all diesen Blicken auszuweichen?", fragte sie und spürte sie auch jetzt noch deutlich.

Er wölbte eine Augenbraue. „Zum Teil."

„Und was ist der andere Teil?", flüsterte sie, verloren in der Intensität seines Gesichtsausdrucks. Verloren in dem Verlangen, das sie immer noch für ihn empfand, auch wenn er nicht wusste, wer sie war oder was sie getan hatten.

„Ich mag mutige Frauen", sagte er leise.

Ihre Lippen teilten sich vor Überraschung. Ihr Unterbewusstsein schrie sie an, ihn abzuweisen. Sie erinnerte sie daran, dass jeder Moment, den sie mit diesem Mann verbrachte, es wahrscheinlicher machte, dass ihre Geheimnisse aufgedeckt werden würden. Dann wäre sie verloren.

Und doch ertappte sie sich dabei, dass sie langsam nickte. „Nun gut", stimmte sie zu.

Er streckte wieder seinen Ellenbogen aus und sie nahm ihn. Dann ließ sie sich von ihm aus dem Ballsaal hinaus in die kühle Nachtluft führen.

34

KAPITEL 4

Es gab nur ein beständiges Gefühl, das Graham empfand, als er Lady Adelaide auf die Veranda begleitete, und das war völlige Verwirrung. Er hatte die letzten vierundzwanzig Stunden damit verbracht, über Lydia Ford zu grübeln und zu fantasieren. Nun war er fasziniert von diesem bebrillten Mauerblümchen, das kaum gegensätzlicher sein konnte als die selbstbewusste, sinnliche Schauspielerin.

Offensichtlich war der Brunnen seiner Begierde kurz vorm Überlaufen und nun war keine Frau mehr vor ihm sicher.

Als ob sie seine Gedanken lesen konnte, drängte sich Adelaide an die Wand der Terrasse, in den Schatten und weg von den hellen Lichtern des Hauses. Fast so, als würde sie sich vor ihm verstecken. Aber warum sollte sie das tun? Er wusste, wie er sich während ihres Tanzes verhalten hatte.

Wie *sie* sich verhalten hatte, war viel überraschender.

„Ihr wisst bestimmt, dass ich eine Freundin von Emma bin", sagte sie. „Äh, der Duchess of Abernathe."

Graham zögerte. In Wahrheit hatte er sich an dieses Detail nicht erinnert. Er hatte in den vergangenen Jahren sehr selten über Mauerblümchen nachgedacht. Emma war nicht einmal in seinem

Blickfeld aufgetaucht, bis sie und James begannen, sich gegenseitig zu umwerben. Aber Graham mochte die neue Duchess, so seltsam und angespannt die Situation auch war.

Die Tatsache, dass Emma Adelaide zu ihren Freundinnen zählte, war eher eine Empfehlung der Frau als eine Verurteilung. Aber er verstand, warum sie darauf hinwies.

„Heißt das, Ihr werdet zu ihr zurücklaufen und ihr alles über unsere Begegnung berichten?", fragte er.

Sie schaute über ihre Schulter und für den Bruchteil eines Augenblicks lag ein unerwartet sinnlicher Ausdruck in ihrem Blick. Dann lachte sie. „Nein. Ganz sicher nicht."

Er beugte sich vor und versuchte zu verstehen, warum ihre Worte ihn so in den Bauch trafen, wie sie es taten. Ihn dazu brachten, näher an sie heranzutreten. Sie ein wenig in die Ecke zu drängen, nur um zu hören, wie sie nach Luft schnappte.

Es war *Wahnsinn*.

„Was ist Eure Geschichte?", fragte er, sein Ton ein wenig zu scharf.

Sie drehte sich nun ihm zu und stand ihm gegenüber. Ihre Augen waren groß und sie ballte die Hände vor sich. „Meine ... meine Geschichte?"

Er verschränkte die Arme. „Kommt schon. Jeder hat eine Geschichte. Im Moment frage ich mich, wie um alles in der Welt *Ihr* ein Mauerblümchen geworden seid. Ihr seid interessant und intelligent."

Sie rollte leicht mit den Augen. „Die beiden wichtigsten Attribute eines Mauerblümchens, Euer Gnaden, das müsst Ihr doch wissen."

Er beugte sich zu ihr. Nur ein wenig. Nicht genug für seinen Geschmack, aber genug, dass sich ihre Augen in der Dunkelheit ein wenig weiteten. „Und reizend", fügte er hinzu und war überrascht, dass er das Gefühl hatte, es sei tatsächlich wahr.

Trotz ihres eng zusammengebundenen Haares, des hässlichen Kleids und der Brille, die ihm den Blick auf ihre Augen versperrte, hatte ihr schlankes Gesicht etwas Interessantes an sich. Hohe Wangenknochen, volle Lippen, ein langer, schöner Hals.

Sie machte einen langen Schritt von ihm weg und ihre vollen Lippen verzogen sich, während sie ihm einen finsteren Blick schenkte. „Was macht Ihr da?"

Er blinzelte. Die meisten Ladies hätten über sein Kompliment gekichert und geträllert, aber Adelaide sah tatsächlich … *wütend* aus.

„Was ich tue?", wiederholte er und kam sich ziemlich dumm vor, weil er ihr nachplapperte.

Sie nickte. „Ihr spielt mit mir. Ihr wart schon dutzende Male mit mir in denselben Ballsälen und habt mich nie auch nur eines Blickes gewürdigt."

Er bewegte sich fast unmerklich. „Tja, ich bin nun nicht mehr verlobt."

Sie legte ihre Stirn in Falten und ihre Hände ballten sich an ihren Seiten. Sie starrte ihn einen Moment lang an – zwei Momente, zu lang, zu nah. Und dann schockierte sie ihn, indem sie um ihn herum trat und zurück in den Ballsaal ging.

„Gute Nacht, Euer Gnaden", sagte sie über ihre Schulter, kalt und abweisend.

Graham drehte sich um, um sie zu beobachten. Er sah, wie sie die Tür hinter sich schloss und ihn allein auf der Terrasse zurückließ. Und es schockierte ihn, dass er ihr am liebsten gefolgt wäre. Dass er ihren Arm ergreifen wollte, um sie zu zwingen, ihre Unterhaltung fortzusetzen.

Das hatte er nicht erwartet, als er sie zum Tanzen ausgewählt hatte. Nein, das war nichts, was er wollte. Ganz und gar nicht.

Adelaides Gesicht glühte heiß wie Feuer, als sie den Ballsaal unter dem aufsteigenden Geflüster der Anwesenden betrat. Dutzende Augenpaare schweiften zu ihr und die meisten verengten sich, als sie hinter ihren Fächern tratschten. Aber es war nicht ihr Geschwätz, das ihr Schwindelgefühle und Unbehagen verursachte.

Es war Northfield. Der verdammte Northfield und sein intensiver Blick und sein lieblicher Geruch und die Art und Weise, wie er sich auf eine Person konzentrieren und ihr das Gefühl vermitteln konnte, sie sei einzigartig und wichtig und schön. Natürlich wusste sie etwas, was die meisten Frauen in ihrer Position nicht wussten.

Er konnte es mit *jeder* Frau tun. Schließlich hatte er erst einen Tag zuvor versucht, Lydia zu verführen. Wie konnte ihm also sein Flirt auf der Terrasse mit ihr – Adelaide, ihrem *wahren* Ich – etwas bedeuten? Schlimmer noch, warum *wollte* sie, *dass* es etwas bedeutete? Das Interesse dieses Mannes an ihr war gefährlich für ihr Doppelleben. Das Beste, was sie tun konnte, war, in beiden Bereichen vor ihm zurückzuschrecken und zu hoffen, dass er für immer verschwinden würde.

„Adelaide?"

Sie drehte sich um und sah Emma, die Duchess of Abernathe, auf sie zukommen. Adelaide konnte nicht anders, als zu lächeln, trotz ihrer aufgewühlten Gefühle. Sie und Emma waren schon seit Jahren befreundet, als sie gemeinsam wie Mauerblümchen in einer Ecke der Ballsäle ausgeharrt hatten. Und sie hatte Emma nun schon seit Monaten kaum noch gesehen, dank der Heirat der Duchess, ihrer Schwangerschaft und den folgenden Unstetigkeiten, ob der Vermählung ihrer Schwägerin.

Sie trat vor, streckte die Hände aus und Emma umarmte sie fest, oder so fest, wie sie es mit ihrem süßen runden Bauch im Weg schaffen konnte.

Adelaide lachte, als sie sich trennten und ließ eine Hand auf die Schwellung gleiten. „Du wirst wohl bald dein Wochenbett aufsuchen, um die Geburt dieses Wonneproppens abzuwarten, den du in deinem Bauch trägst."

Emma lächelte und sie sah so glücklich aus, dass Adelaide sie kaum als die herzliche, aber besorgte Freundin erkannte, auf die sie so lange gezählt hatte.

„Was auch immer da drin ist, bewegt sich nun sehr viel", erklärte Emma. „Aber ja, nur noch ein paar Bälle und dann werde ich hier in London mein Wochenbett aufsuchen. James besteht darauf, dass wir in der Nähe von Ärzten bleiben."

Sie warf einen Blick über ihre Schulter, und Adelaide folgte ihrem Blick zu dem sehr gut aussehenden Duke of Abernathe. Er war eine einschüchternde Person, denn er war das goldene Kind der Gesellschaft. Und doch hatte Emma ihn nicht nur als Ehemann an Land gezogen, sondern ihn zu einer tiefen und dauerhaften Liebe für sie verführt – zumindest seinem Dackelblick nach zu Urteilen.

„Der Mann ist hin und weg", flüsterte Adelaide. „Also sind die Gerüchte wahr."

„Ja", sagte Emma mit einem zufriedenen Grinsen. „Ich habe ihn mit Leib und Seele verzaubert, genau wie er mich. Unsere war in der Tat eine Liebesheirat und ich könnte nicht glücklicher sein."

Adelaide ignorierte den Anflug von Eifersucht, der sie kurzzeitig erfüllte und drückte die Hand ihrer Freundin. „Niemand hat es mehr verdient, Emma. Niemand auf der Welt."

„Nun, du schon", antwortete Emma. „Ich bin so froh, dich zu sehen. Und es tut mir so leid, dass ich dich bei all der Hektik und Aufregung der letzten Monate nicht früher habe sehen können."

„Du weißt, dass meine Tante mir nie erlaubt hätte, zu deiner Hochzeit nach Abernathe zu kommen, selbst wenn ich es rechtzeitig geschafft hätte", erklärte Adelaide mit einem Seufzer.

Emmas Stirnrunzeln vertiefte sich. „Sie ist also immer noch dieselbe."

„Oh, Tante Opal ändert sich nie. Sie ist so berechenbar wie die Sonne, die jeden Tag auf- und untergeht. Sie will, dass ich Teil der Gesellschaft bin, aber sie mag es, wenn ich vom Rande aus zusehe. Wenn ich zu sehr von mir eingenommen bin, gibt sie mir eine Ohrfeige, um es mir auszutreiben."

Emma schenkte ihr einen bestürzten Blick. „Aber sie hat dich seither nicht mehr geschlagen, oder?"

Adelaide hielt den Atem an. Es war noch nicht lange her, dass sie sich mit ihrer Tante gestritten hatte – ein furchtbarer Streit. Über Dinge, von denen Emma nichts wusste. Sie wusste nichts über ihre Schauspielkarriere, denn ihre Tante tappte genauso im Dunkeln wie alle anderen. Es ging um etwas anderes. Etwas Schlimmeres. Etwas Schmerzhafteres. Und im Eifer des Gefechts hatte ihre Tante sie so hart geschlagen, dass Adelaide zwei Wochen lang keinen Ball besuchen konnte, während der Bluterguss um ihr Auge herum abheilte.

Natürlich war Emma zu Besuch gekommen und hatte das Ergebnis des Angriffs gesehen. Ihre Freundin hatte diesen Akt der Gewalt nie vergessen. Adelaide hatte es ihrer Tante nie ganz verziehen. Es war ein Teil ihrer rücksichtslosen Rebellion gewesen, die sie zur Bühne geführt hatte.

„Nein", sagte Adelaide leise. „Nicht seit diesem ersten Mal."

Emma stieß ihren angehaltenen Atem aus und seufzte. Dann verschränkte sie die Arme mit Adelaides. „Kommst du mit und lernst meine Familie kennen?", fragte sie. „Ich möchte so sehr, dass du sie so sehr magst wie ich."

„Gern", sagte Adelaide und ließ sich von ihrer Freundin in Richtung Abernathe ziehen. Doch dann stockte ihr der Atem. Neben dem Mann standen der Duke und die Duchess of Crestwood. Sie hatte gedacht, sie wären weggegangen, aber sie schienen zurück zu sein. Nicht, dass es überraschend gewesen wäre. Immerhin war die Duchess Abernathes Schwester. Was sie nun auch zu Emmas Schwester machte.

Emma zog sie mit sich und sprudelte fast vor Aufregung über, als sie die Gruppe erreichten. „James, erinnerst du dich an meine Freundin, Lady Adelaide?"

Abernathe wandte sich mit einem breiten Lächeln an Adelaide und sie konnte nicht anders, als den Atem anzuhalten. Er war gut gekleidet. Nicht so gut wie sein Freund Northfield, aber man konnte nicht leugnen, dass Emma einen guten Fang gemacht hatte.

„Lady Adelaide", grüßte er, nahm ihre Hand und führte sie kurz an seine Lippen. „Wie schön, Euch zu sehen. Meine Frau spricht in den höchsten Tönen von Euch und ich hoffe, dass wir gute Freunde werden."

Adelaide lächelte, denn dieser Mann schenkte ihr seine Ehrlichkeit. Er spielte keine Spielchen. Er wollte sie wirklich mögen, und sei es nur, um Emma glücklich zu machen. Und da niemand jemals viel Zeit damit verbracht hatte, Emma glücklich zu machen, freute es Adelaide sehr, zu sehen, dass ihr Liebster das *wirklich* tat.

„Es wäre mir ein Vergnügen, Euer Gnaden", antwortete sie mit einem leichten Nicken. „Immerhin haben wir dank unserer Liebe zu Emma viel gemeinsam."

Emma errötete und winkte ab. „Meine Güte, mir wird noch schwindelig, dank der Komplimente. Adelaide, darf ich dir ebenfalls meinen Schwager und meine Schwägerin vorstellen, den Duke und die Duchess of Crestwood."

Adelaide drehte sich langsam zu den beiden Personen um, die sie zu ignorieren versucht hatte und fand sich zwei lächelnden, ziemlich freundlichen Gesichtern gegenüber wieder. Der Duke of Crestwood war gutaussehend, mit blauen Augen, die dunkler waren als die Northfields, samt einer schelmischen Ausstrahlung. Aber er war nicht das Hauptaugenmerk ihrer Aufmerksamkeit. Adelaide nahm die Duchess genauer unter die Lupe.

Margaret war reizend. Niemand konnte sagen, dass sie nicht reizend war. Mit dunklem Haar, das hellere Strähnchen innehatte, tiefbraunen Augen und einer geschmeidigen, schönen Figur gab es keinen Zweifel, warum die Frau so lange der Mittelpunkt der Gesellschaft gewesen war. Aber während Adelaide eigentlich sie ansah, konnte sie vor ihrem geistigen Auge nur Northfields gutaussehendes Gesicht sehen, das sich dank des Schmerzes des Verrats verzog, als die beiden den Raum betreten hatten.

Starke Abneigung schoss bei dieser Erinnerung durch Adelaide.

„Lady Adelaide", sagte die Duchess und reichte ihr die Hand zur Begrüßung. „Ich bin so erfreut, Eure Bekanntschaft zu machen. Emma spricht so gut von Euch, dass ich das Gefühl habe, Euch bereits zu kennen."

Adelaide nahm die Hand der Duchess mit Widerwillen und schüttelte sie kurz. „Euer Gnaden", sagte sie, ihr Ton kühl.

Falls die Duchess ihre Abneigung spürte, ließ sie es sich nicht anmerken. Als Nächstes wurde Adelaide vom Duke begrüßt, der ebenso freundlich war wie seine Frau. Sie wusste, unter normalen Umständen hätte sie beide gemocht.

Aber in diesem Moment blieb sie ... zögerlich. Nein, nicht zögerlich. Das war überhaupt nicht das richtige Wort. Was sie fühlte, war ihr Beschützerinstinkt. Sie beschützte Northfield. Einen Mann, den sie kaum kannte und der sich einen Dreck um sie scherte.

Das alles war lächerlich.

Die Gruppe unterhielt sich einen Moment lang über belanglose Dinge. Aber Adelaide konnte nicht verhindern, dass ihr Blick immer wieder zu Margaret zurückglitt. Und sie bemerkte, dass die Duchess sie ebenfalls ansah, mehr als alle anderen. Vielleicht, weil sie das neueste Mitglied in ihrem Kreis war. Vielleicht, weil sie Adelaide vorhin beim Tanzen mit ihrem ehemaligen Verlobten gesehen hatte.

Aber die Frau hatte kein Recht auf Gefühle diesbezüglich.

Mit einem Stirnrunzeln wandte Adelaide ihre Aufmerksamkeit wieder Emma zu und wollte sie gerade nach ihrem schönen Kleid fragen, als hinter ihr ein Räuspern zu hören war. „Adelaide."

Adelaide versteifte sich, als sie die Stimme ihrer Tante vernahm, die ihren Namen in demselben eisigen Ton sagte, in dem sie ihn schon seit anderthalb Jahrzehnten sagte. Sie hatte sie nach dem Tod ihrer Eltern aufgenommen, aber Tante Opal war darüber nicht erfreut gewesen.

Sie warf Emma einen Blick zu, fand ihre Freundin aufmunternd lächelnd vor und drehte sich langsam um. „Tante Opal", sagte sie mit falscher Leichtigkeit. „Da bist du ja. Darf ich dir den Duke of Abernathe vorstellen, Emmas Ehemann. Und seinen Schwager und seine Schwester, den Duke und die Duchess of Crestwood."

Ihre Tante nickte der Gruppe vage zu. „Guten Abend. Und gute

Nacht, denn ich fürchte, es ist Zeit für Adelaide und mich, zu gehen."

Adelaides Mund öffnete sich. Es war noch nicht einmal zehn Uhr, die Party würde noch mindestens ein paar Stunden weitergehen. Natürlich war das ihrer Tante egal. Opal hatte es sich in den Kopf gesetzt, dass die Nacht vorbei war und Adelaide hatte sich ihr noch nie widersetzt.

Emma trat vor, bevor Adelaide antworten konnte. „Oh, Lady Opal, könnten wir Euch nicht überreden, Adelaide zu erlauben, zu bleiben? Das ist das erste Mal seit einer Ewigkeit, dass ich sie sehe, und ich möchte so gerne alles nachholen. Mein Mann und ich würden gerne an Eurer Stelle ihren Anstand wahren und sie nach Hause bringen, sobald der Ball vorbei ist."

Opal ließ ihren Blick langsam an Emma auf und ab gleiten und Adelaide spannte sich an. Ihre Tante war in der Lage, sich sehr seltsam zu verhalten, was Emma wusste, was aber auch Adelaides Position in den Augen von Abernathe oder den Crestwoods schaden konnte.

„Ich bin nicht sicher, ob ich *Euch* als Anstandsdame vertrauen würde, Emma", sagte Opal leise und ließ ihren Blick erst zu Abernathe, dann zu Margaret und ihrem Mann gleiten.

Adelaide schnappte nach Luft. „Tante Opal!", platzte sie heraus und schickte Emma einen entschuldigenden Blick. Sie konnte es kaum ertragen, James oder seine Familie anzusehen, denn sie konnte bereits seinen empörten Gesichtsausdruck und den Schock auf den Gesichtern des Dukes und der Duchess of Crestwood sehen.

„Ich bitte um Verzeihung, Madam?", sagte James, genauso sanft wie Tante Opal, aber mit einem gefährlichen Unterton, der von all der Macht sprach, die dieser Mann ausüben konnte, wenn er wollte.

Emma griff nach hinten und berührte sanft seinen Arm, bevor sie sagte: „Ich würde niemals zulassen, dass Adelaide etwas zustößt. Ich glaube, das wisst Ihr, Mylady."

„Vielleicht Ihr nicht …", sagte Opal achselzuckend, die Grausamkeit war aus ihrer Stimme verschwunden. Ob das daran lag, dass sie die subtile Stärke von Abernathe fürchtete, oder daran, dass sie einfach schon genug Schaden angerichtet hatte, konnte Adelaide nicht sagen. „Trotzdem, unser Abend ist vorüber. Ihr werdet in den nächsten Wochen noch viel Zeit haben, Adelaide zu sehen, denn wie ich höre, werdet Ihr Eure Niederkunft in der Stadt abwarten. Guten Abend."

Opal ergriff Adelaides Arm und führte sie nicht allzu sanft von ihrer Freundin weg. Adelaide warf Emma einen entschuldigenden Blick zu, als sie rief: „Gute Nacht!"

Sie entwand sich dem Griff ihrer Tante, als sie gemeinsam den Raum durchquerten und blickte sie an. „Warum in aller Welt hast du vor meinen Freunden eine Szene gemacht?"

Opal antwortete nicht, als sie in das Foyer hinausging und einem Diener ein Zeichen gab. Sie war ebenso schweigsam, als sie auf die Kutsche warteten und ihnen schließlich in das Gefährt geholfen wurde, das sie nach Hause bringen sollte. Erst als sie allein waren, verschränkte ihre Tante die Arme und blickte Adelaide an.

„Du sprichst davon, dass *ich* Szenen mache? Ich drehe dir für zehn Minuten den Rücken zu und du machst dich zum Gespött der Leute."

Adelaide presste die Lippen fest aufeinander. „Redest du davon, dass ich mit dem Duke of Northfield getanzt habe?"

„Mit ihm zu Tanzen war schlimm genug", erwiderte Opal mit einem Schnauben des Ekels. „Dieser Mann ist in einen Skandal verwickelt, den er nie hinter sich lassen wird. Aber worauf ich mich bezog, war, dass du mit ihm *allein* auf die Terrasse gegangen bist."

Adelaides Mund klappe auf. „Tante Opal, ich habe nur ein wenig Luft mit ihm geschnappt. Es ist nicht ungewöhnlich, dass sich ein Tanzpaar zusammen auf der Terrasse abkühlt."

Sie fügte natürlich nicht hinzu, dass sie sich zu Northfield hingezogen gefühlt hatte. Auch nicht, dass sie sich mit ihm in einer Garderobe in wilder Hingabe verloren hatte. Ihre Tante würde wahrscheinlich mehr tun, als sie nur zu schlagen, wenn sie diese bitteren Wahrheiten erfahren würde.

„Aber *du* bist keine gewöhnliche Frau", zischte Opal. „Wir wissen bereits, dass du deine Lüsternheit nicht kontrollieren kannst. Es liegt dir im Blut. Ein Mann wie Northfield ist in der Lage, das zu erschnüffeln."

Adelaides Brust zog sich zusammen. „Das ist schon lange her, Tante Opal."

Opal wandte ihr Gesicht ab und blickte aus dem Kutschenfenster in die Dunkelheit der Straße. „Einmal ein Lüstling, immer ein Lüstling", zischte sie.

Adelaide ließ sich zurück auf den Sitz fallen und schloss die Augen. „Was willst du von mir?", fragte Adelaide. „Wenn ich so eine Enttäuschung für dich bin, warum drängst du mich dann, in den gesellschaftlichen Kreisen zu bleiben? Es ist wie ein Drahtseilakt mit dir. Nicht zu viel, nicht zu wenig. Ich weiß kaum, wie ich dich zufriedenstellen soll."

Opal starrte sie an, antwortete aber nicht und versank in ihr berüchtigtes Schweigen. Adelaide seufzte, aber in Wahrheit begrüßte sie die kühle Behandlung. Es war besser, als beschimpft zu werden. Besser, als an längst vergangene gebrochene Herzen erinnert zu werden. An mutwillige Impulse, die wiedergeboren zu werden schienen, wenn sie in Northfields Nähe war.

Und vielleicht war das der beste Grund von allen, ihn von nun an zu meiden.

Als Emma am nächsten Tag durch die Salontür glitt, konnte Adelaide nicht anders, als breit zu lächeln. Die beiden Frauen umarmten sich und nahmen dann zum Tee Platz. Für einen Moment fühlte es sich so an, als hätte sich zwischen ihnen nichts verändert.

Außer dass Emmas schwangerer Bauch und Adelaides umherschweifende Gedanken deutlich machten, dass sich doch eine ganze Menge geändert hatte. Bald schien es, als ließe sich diese Tatsache nicht mehr verleugnen, denn nach einer Weile stellte Emma ihre Tasse ab und warf ihr einen abwägenden Blick zu.

„Wir haben genug über mich und mein neues Leben geredet", sagte sie. „Ich möchte über *dich* reden."

Adelaide wich ihrer Aussage aus. „Was gibt es da zu besprechen? Während du weggegangen bist und dich verliebt hast, war ich hier in London und habe das getan, was ich immer tue. Ich bin ziemlich berechenbar, weißt du."

Emma wölbte eine zarte Braue. „Bist du das? Ich glaube nicht, dass du es bist. Solange ich dich kenne, habe ich immer vermutet, dass deine stillen Wasser sehr tief sind."

Adelaide unterdrückte ein Lachen. Wenn Emma nur die Wahrheit wüsste, wäre sie schockiert. Wie oft hatte Adelaide daran gedacht, ihr zu erzählen, wie sie sich dem Theater zugewandt hatte, und was sie dorthin getrieben hatte … selbst in diesem Augenblick wollte sie mit ihr über Northfield sprechen, um Informationen aus erster Hand über den Mann bekommen.

Aber sie tat nichts von alledem. „Du bist zu charmant, meine liebe Freundin", beharrte Adelaide, obwohl sie ihren Blick von Emmas abwandte. „Zu denken, ich hätte Geheimnisse, die ich vor dir verberge."

„Ich habe dich gestern Abend mit Graham tanzen sehen", sagte Emma leise.

Graham. Adelaide hielt kurz inne, als sie seinen Vornamen vernahm. Es war sicherer, ihn als Northfield zu bezeichnen. North-field war ein Titel, ein Herzogtum, es bedeutete Distanz. Fast so, als wäre er nicht … *real.* Graham war eine Person. Ein Mann. Ein Mann mit vollen Lippen, die nach Sherry schmeckten, mit starken Armen und mit einer inneren Gebrochenheit, die sie unbedingt beheben wollte, auch wenn das in keinem ihrer beiden Leben ihre Aufgabe war.

„Adelaide?"

Adelaide blinzelte und verdrängte ihre Gedanken, so gut sie konnte. „Gestern Abend haben mich alle Anwesenden mit North-field tanzen sehen", gab sie zu. „Was hätte ich tun sollen, als er fragte? Abzulehnen wäre unhöflich gewesen."

Emma zögerte. „Kennst du ihn?"

„Nein", antwortete Adelaide zügig. „Eigentlich gar nicht. Ich meine, ich habe ihn schon einmal gesehen. Wir haben diese Männer immer in dem Club gesehen, dem dein Mann vorsteht."

Emmas Lächeln wurde weicher. „Der 1797 Club", stellte sie klar. „Eine Bruderschaft von Dukes mit sehr schlechten Vätern."

Adelaide runzelte die Stirn. „Nicht gerade eine Bruderschaft, wenn man bedenkt, was Crestwood Northfield angetan hat."

Emma versteifte sich und Adelaide wünschte sich umgehend, sie könnte die Worte zurücknehmen. Sie hörten sich zu emotional an, denn sie waren ihre überstürzte Verteidigung eines Mannes, von dem sie gerade behauptet hatte, dass sie ihn nicht kannte.

Sie konzentrierte sich darauf, ihre Tassen erneut mit Tee zu füllen. „So sagen es die Klatschbasen zumindest", fügte sie hinzu.

Emma schüttelte den Kopf. „Es ist viel komplizierter, als es der Klatsch vermuten lässt, das versichere ich dir. Es ist natürlich eine unglückliche Situation und Graham hat ein gutes Recht auf seine Gefühle."

„Das kann man wohl sagen", brummte Adelaide und dachte wieder an die Verzweiflung in seinem Gesicht, als er sie am Abend zuvor zum Tanz aufgefordert hatte.

Emma wölbte eine Augenbraue und fuhr fort. „Aber Meg und Simon tun die Umstände sehr leid. Sie hätten fast ihre Chance auf ein gemeinsames Glück verloren, um das wiedergutzumachen, was sie getan haben."

Adelaide runzelte die Stirn. Nachdem sie am Abend zuvor so glücklich gewesen waren, war es schwer vorstellbar, dass Northfields Leiden sie nachts wachhielten. Aber Emma schien unnachgiebig zu sein und sie war noch nie jemand gewesen, der log. Es lag nicht in ihrer Natur.

„Ich bin mir sicher, dass ich nichts davon weiß", sagte Adelaide mit einer Handbewegung. „Und ich bezweifle, dass ich jemals wieder Zeit mit Northfield verbringen werde, also geht es mich wirklich nichts an."

„Ist das der Grund, warum du Meg nicht magst?", drängte Emma.

Adelaide hatte einen Schluck Tee genommen und spuckte ihn fast quer durch den Raum. Sie wischte sich den Mund ab, während sie versuchte, die Fassung wiederzuerlangen.

„Ich mag die Duchess of Crestwood nicht?", wiederholte sie fragend. „Wie um alles in der Welt kommst du darauf?"

Emma lehnte sich vor. „Weil ich dich kenne, meine Liebe. Ich kann sehen, wann du dich falsch und wann wahrhaftig äußerst. Du warst gestern Abend seltsam." Sie schüttelte den Kopf. „Wenn ich es mir recht überlege, warst du in letzter Zeit sehr oft seltsam. Schon vor meiner Heirat. Gibt es etwas, das du mir sagen willst?"

Noch einmal erwog es Adelaide, ihrer Freundin alles zu beichten, was sie zu verbergen hatte, entschied sich aber dagegen. Es war ein zu großes Risiko. „Natürlich nicht." Sie suchte einen Themenwechsel und fand ihn. Allerdings war es kein Thema, das ihr gefiel, als sie sagte: „Es tut mir leid, dass meine Tante gestern Abend so unhöflich zu dir war."

Emma zuckte mit den Schultern. „Es ist mir völlig egal, was deine Tante Opal zu mir sagt."

„Dein Abernathe sah aus, als wolle er sie zum Duell herausfordern", sagte Adelaide kopfschüttelnd. „Pistolen im Morgengrauen mit meiner unverheirateten Tante."

„Er ist beschützend", erklärte Emma mit einem Lächeln auf den Lippen. „War sie danach sehr hart zu dir?"

Adelaide zuckte mit den Schultern. „Es war wie immer. Du kennst sie und ihr sprunghaftes Verhalten."

Emma runzelte die Stirn. „Du könntest zu James und mir kommen und bei uns bleiben", schlug sie vor.

„Sie würde es nie erlauben", sagte Adelaide prompt. „Wie dem auch sei, es lief … gut. Mir geht es gut."

Emma sah nicht überzeugt aus. „Nun, wie wäre es, wenn du einfach mit uns zu Abend isst? Meinst du, Opal würde das erlauben?"

Adelaide überlegte einen Augenblick. Sie würde erst am nächsten Abend für eine weitere Vorstellung ins Theater zurückkehren. „Ich glaube, ich könnte sie überzeugen", sagte sie schließlich. „Wenn meine Zofe als Anstandsdame dabei wäre."

Emmas Gesicht leuchtete auf. „Wunderbar. Ich möchte so gerne, dass du unser Haus und die Kinderstube siehst und James besser kennenlernst."

Adelaide konnte nicht anders, als über Emmas Begeisterung zu strahlen. „Nun, meine Liebe, ich freue mich auch auf all das. Es wird schön sein, einen Abend wegzukommen, an dem ich einfach ich selbst sein kann und mich um nichts anderes kümmern muss als darum, wie viel Nachtisch ich essen kann."

„Euer Gnaden?" Graham blickte von seinem Hauptbuch auf, um seinen Butler Rogers an der Tür zu seinem Arbeitszimmer stehen zu sehen. Der Mann war bereits in den Diensten seines Vaters gewesen und hatte auch nach dem Tod des vorigen Northfields vor fast acht Jahren die Anstellung nicht verlassen. Aufgrund ihrer langen Bekanntschaft wusste Graham, dass der Diener seine Sorgen lesen konnte, wahrscheinlich besser als die meisten.

Graham konnte das Gleiche tun. An der Art, wie der ältere Mann sein Gewicht immer wieder verlagerte, konnte er erkennen, dass das, was Rogers sagen wollte, nicht angenehm war.

„Was gibt es?", fragte Graham, setzte vorsichtig seine Schreibfeder ab und konzentrierte sich so gut es ging. Ein schwieriges Unterfangen, wenn man bedachte, dass ihm schon seit Tagen der Kopf schwirrte.

„Ihr habt einen Besucher", sagte Rogers leise. „Der Duke of Abernathe."

Graham erstarrte. Obwohl er sich eigentlich nur mit Simon zerstritten hatte, war auch seine Beziehung zu James schon seit Monaten angespannt. Nicht angespannt – regelrecht zerstört. Vor dem Ball am gestrigen Abend hatte er den Mann, den er einst als seinen Bruder betrachtet hatte, nicht mehr gesehen, seit er Monate zuvor aus dessen Haus auf dem Lande verschwunden war.

„Ich verstehe", sagte er und stand auf. „Ich nehme an, er lässt sich nicht abwimmeln?"

Ein Hauch von einem Lächeln zog über Rogers' Gesicht. „Ihr kennt den Duke, Sir. Er war schon immer recht eigenwillig."

„Stur wie ein Esel", korrigierte Graham. „Ja, ich weiß. Nun gut, führ ihn herein."

Rogers schien erfreut über Grahams Reaktion und ging hinaus, um seinen Gast zu holen. Dies verschaffte Graham einen Moment Aufschub, bevor er sich dem stellte, was nun kommen würde. Er glättete seine Weste und schüttelte seine plötzlich kribbelnden Hände aus.

Dann betrat James langsam den Raum. Er hielt an der Tür inne und Graham starrte ihn an. Sein Freund sah fröhlicher aus als jemals zuvor, glücklicher dank seiner kürzlichen Heirat. Die Sorge in seinen Augen galt nur seinem Freund, nicht seinen eigenen Problemen.

Graham konnte nicht anders, als sich über diese Tatsache zu freuen. Er wusste, dass sein Freund das Glück, das er gefunden hatte, verdiente.

„Graham", sagte James schließlich. „Ich gebe zu, dass ich befürchtet habe, du würdest mich nicht empfangen."

Graham räusperte sich. „Hast du deshalb deinen Besuch nicht vorher angekündigt?"

James drehte sich. „Nach unserer letzten Begegnung hielt ich es für das Beste, dir deinen Freiraum zu lassen. Ich wusste, dass es dir gut ging oder zumindest so gut, wie man es erwarten konnte, weil ..."

„Deine Spione", grunzte Graham. Obwohl James überrascht schien, lachte er leise. „Oh ja, ich weiß, dass Ewan und Matthew und sogar Kit dir Bericht erstatten, wenn sie mich sehen. Du bist schließlich unser furchtloser Anführer. König der Dukes."

James seufzte. „Was für ein König. Ich habe zugelassen, dass mein Königreich zerstört wird."

Graham schüttelte den Kopf. „Das warst nicht du, mein Freund. Auf jeden Fall bin ich ..." Er zögerte, dann begegnete er James' Blick. „Ich bin froh, dich zu sehen", gab er zu.

James' Gesichtsausdruck wurde weicher und er durchquerte den Raum mit ausgestreckter Hand. „Und ich bin so froh, dich zu sehen."

Graham starrte auf die Hand, dann ergriff er sie und zog James zu einer kurzen Umarmung heran. Er klopfte James auf den Rücken und wich zurück. Beide Männer blickten ob des Unbehagens dieser emotionalen Darstellung zur Seite.

„Ein Drink?", fragte Graham und wandte sich ab, um seine Gefühle wieder unter Kontrolle zu bekommen.

„Ja." James' Stimme klang belegt.

Graham schenkte jedem von ihnen einen Scotch ein und deutete zu den Sesseln vorm Feuer. Sie saßen zusammen und tranken einen Moment lang, bevor James sein Glas beiseite stellte, sich nach vorne lehnte und die Unterarme auf den Knien abstützte.

„Heißt das, dass du beschlossen hast, deinen Freunden zu verzeihen?"

Graham schloss seine Augen. James meinte damit Simon. James wollte zur Normalität zurückkehren. Graham hatte in letzter Zeit immer öfter daran gedacht, aber Simon am Abend zuvor zu sehen, hatte ihm klar gemacht, wie sehr dessen Verrat immer noch schmerzte.

Er seufzte. „Ich weiß, dass es nicht deine Schuld ist. Dieser Streit zwischen Simon und mir ist ..."

„Komm einfach zum Abendessen", unterbrach ihn James.

Graham öffnete seine Augen und starrte James lange an. Sein Freund sah ein wenig verzweifelt aus, als er den Vorschlag machte. „Ich weiß nicht", sagte er langsam.

James schüttelte den Kopf. „Es werden nur Emma und ich anwesend sein", beruhigte er ihn. „Bitte, es ist nur ein Anfang. Ich will nur einen Schritt in die richtige Richtung machen, Graham."

Graham stand abrupt auf und schritt durch den Raum, während er über die Bitte nachdachte. Er vermisste James wirklich. Er vermisste alle seine Freunde und die Kameradschaft und die Familie, die sie für ihn in all den Jahren, in denen sie ihrem Club angehörten, dargestellt hatten. Sie waren die einzige Familie, die ihm jemals etwas bedeutet hatte.

„Nun gut", sagte er schließlich.

James sprang auf die Füße, und sein Grinsen war kaum zu übersehen. „Ganz ausgezeichnet", freute er sich. „Ich bin so glücklich und ich weiß, dass Emma auch begeistert sein wird."

Graham legte den Kopf schief. „Du bist zufrieden", sagte er, eine Feststellung, keine Frage.

„Ich bin mehr als zufrieden. Ich bin glückselig. Ich hätte nie gedacht, dass ich so glücklich sein könnte, noch dass ich es verdiene, so tief geliebt zu werden, wie sie mich liebt. Aber ich bin es. *Ich habe es verdient*." Er betonte den letzten Satz. „Und *du* auch."

Graham konnte nicht anders, als ein Bild von blassblondem Haar und weichen Lippen vor seinem geistigen Auge aufblitzen zu lassen, das sich über ein anderes von einer dunkel umrandeten Brille und scharfem Verstand legte. Er schüttelte die Disharmonie ab. „Nun, nicht alle von uns können so viel Glück haben."

James hielt einen Moment inne, bevor er sagte: „Du hast gestern Abend mit Adelaide getanzt."

Graham rollte mit den Augen. „Um das Getuschel der Menge zu vermeiden, als Simon und Meg hereinkamen. Ich versichere dir, da war … da war nichts zwischen uns."

James schürzte die Lippen. „Nun, sie ist ein Mauerblümchen. Ich weiß aus eigener Erfahrung, dass Mauerblümchen die besten Ehefrauen abgeben."

Graham winkte ab. „Für dich vielleicht. Aber im Moment versichere ich dir, dass eine Frau zu finden an letzter Stelle auf einer langen Liste von Dingen steht, die ich tun möchte."

James zuckte mit einer Schulter. „Wenn du das sagst. Fürs Erste werde ich mich einfach freuen, dass du um Abendessen kommst."

„Ja, für den Moment muss ein Abendessen ausreichend sein", stimmte Graham zu, dann stieß er seinen Freund mit dem Ellenbogen an. „Lust auf eine Partie Billard?"

James' Gesicht leuchtete auf. „Auf jeden Fall. Seit du nach London abgehauen bist, hatte ich kein anständiges Spiel mehr."

Sie bewegten sich gemeinsam auf den großen Raum zu und Graham grinste. „Du meinst, du hast Emma noch nicht beigebracht, wie man spielt?", neckte er.

James stieß ein Lachen aus. „Jedes Mal, wenn ich es versuche, werde ich ... von ihr *abgelenkt*", gab er zu.

Graham schüttelte den Kopf, auch wenn ihn ein warmes Gefühl der Zugehörigkeit erfüllte ... eines, das er seit Monaten nicht mehr zugelassen hatte. Diese Tür zu öffnen, wenn auch nur einen winzigen Spalt, fühlte sich richtig an. Und er freute sich auf einen ruhigen Abend mit seinem Freund, bevor er sich wieder in das verworrene Durcheinander seines Lebens stürzte.

KAPITEL 6

Adelaide stand in der Kinderstube von Emmas Londoner Wohnhaus und schwärmte über das süßeste Taufkleid, das sie je gesehen hatte. „Diese Spitze ist fantastisch", sagte sie und betastete den zarten Stoff.

„Es ist seit Generationen in James' Familie", erklärte Emma mit einem zufriedenen Seufzer. „Er trug es, genauso wie Meg. Und jetzt wird unser Baby die Tradition fortsetzen."

„Oh, Emma", flüsterte Adelaide und war schockiert, dass ihr plötzlich Tränen in die Augen stachen. Sie drehte sich weg, damit ihre Freundin es nicht sah, aber sich von sich selbst abzuwenden, war nicht möglich.

Sie missgönnte Emma ihr Glück nicht, ganz und gar nicht. Aber sie war neidisch. Obwohl sie sich hinausschlich, um im Theater zu spielen, obwohl sie weiterhin Partys und Bälle besuchte, war ihr Leben vorhersehbar geworden. Ihre Vergangenheit würde ihr nicht die Zukunft erlauben, die Emma nun genoss.

Sie würde wahrscheinlich allein leben und sterben. Sie hatte diese Tatsache akzeptiert, so gut sie konnte. Ihre Fluchten waren die Art, wie sie damit umging.

„Adelaide", begann Emma, aber bevor sie fortfahren konnte, ertönten männliche Stimmen in der Halle.

Adelaide nutzte die Ablenkung und trat aus dem Raum, während sie sagte: „Es klingt, als sei Abernathe angekommen."

Emma musterte sie genau, nickte dann aber. „In der Tat. Komm, lass uns ihn begrüßen."

Adelaide folgte ihrer Freundin hinunter ins Foyer und sammelte sich mit jedem Schritt mehr. Es ging ihr gut. Das hier war in Ordnung. Alles würde gut werden.

Ihr beruhigenden Gedanken wurden unterbrochen, als sie den Fuß der Treppe erreichte und sah, dass Abernathe nicht allein war. Dort, neben ihm, stand Northfield.

Graham erkannte, dass Emma sprach und James antwortete, aber er hatte keine Ahnung, worüber sie sprachen. Er war zu sehr damit beschäftigt, Lady Adelaide anzustarren. Sie stand noch drei Stufen weiter oben auf der Treppe, die Hand um das Geländer geballt, ihre Knöchel weiß. Und sie starrte ihn direkt durch diese Brille an, die ihre Augen so frustrierend schwer lesbar machten. Überhaupt schwer zu sehen. Alles, was er wusste, war, dass sie auf ihn gerichtet waren.

Und diese Tatsache begrüßte er.

„Du kennst Adelaide bereits, nicht wahr, Graham?"

Graham zuckte zusammen, als Emma eine warme Hand auf seinen Unterarm legte und seine Aufmerksamkeit wieder auf ordentliche und praktische Dinge wie ihre Vorstellung lenkte.

„Ja", krächzte er und trat vor, um die Hand auszustrecken. „Lady Adelaide, wie schön, Euch wiederzusehen."

Adelaide schluckte und dann kam sie die letzten paar Stufen herunter. Sie starrte einen Augenblick zu lange auf seine ausgestreckte Hand, bevor sie sie nahm und ihm erlaubte, sich kurz über sie zu beugen.

„Ich wusste nicht, dass Ihr hier sein würdet, Euer Gnaden", sagte sie. Ihre Wangen verdunkelten sich in dem Moment, als sie die Worte aussprach. „Ich... ich meine, guten Abend."

Emma blickte zwischen den beiden hin und her und wies dann auf den Raum neben dem Foyer. „Meine Güte, lasst uns nicht die ganze Nacht in der zugigen Halle stehen. Kommt, wir gehen in den Salon."

Sie und James gingen voran, und Adelaide folgte neben Graham. In dem Moment, in dem sie eintraten, verließ sie seine Seite und bewegte sich zum gegenüberliegenden Ende des Salons. Sie war nun so weit von ihm entfernt, wie sie körperlich nur konnte, ohne das Glas zu zerbrechen und sich zur Flucht aus dem Fenster und auf die Straße zu stürzen.

Er beobachtete sie. Sie fühlte sich unwohl aufgrund seiner Anwesenheit. Natürlich tat sie das. Ihr Abschied gestern Abend war abrupt gewesen, hervorgerufen durch sein Kompliment und ihre scharfe Reaktion darauf.

Er war ihr danach nicht mehr nachgegangen und hatte andere Wege gefunden, Simon und Meg aus dem Weg zu gehen, bevor er mit einem, wie er hoffte, geringen Aufsehen den Ball verließ. Aber er hatte seitdem an Adelaide gedacht, Bilder von ihr verschmolzen und kollidierten mit denen von Lydia Ford.

Er schüttelte den Kopf, als James sagte: „Wir sind gleich wieder da."

Graham blinzelte, als Emma und James den Raum verließen und ihn mit Adelaide genauso allein ließen, wie er es auf der Terrasse gewesen war. Er verlagerte sein Gewicht. „Wo wollen sie hin?", fragte er. „Ich fürchte, ich habe nicht darauf geachtet."

Adelaide spießte ihn mit einem Blick auf. „Sie *behaupteten,* das Personal informieren zu wollen, dass es zwei zusätzliche Gäste zum Abendessen geben würde. Aber da jeder von ihnen diese Aufgabe allein hätte erledigen können oder einen Diener darum hätte bitten können, glaube ich, dass sie eigentlich darüber reden wollten, dass jeder von ihnen einen von uns eingeladen hat, ohne dass der andere davon wusste."

Er legte den Kopf schief. „Ist das ein Problem für dich, Adelaide?"

Sie versteifte sich bei seiner weniger förmlichen Anrede und wandte ihr Gesicht ab, um auf die dunkle Straße hinauszublicken. „Es ist kein Problem für mich, Euer Gnaden."

„Gut", sagte er, und dann tat er das, was er schon tun wollte, seit sie den Raum betreten hatten. Er machte einen Schritt auf sie zu.

Sie sah ihn nicht an, aber er wusste, dass sie die Bewegung bemerkte, weil ihr Atem stockte und ihre Hand sich langsam zu einer Faust an ihrer Seite ballte. Dinge, die ihn nur noch mehr anspornten.

„Gestern Abend auf dem Ball habe ich etwas zu dir gesagt, das dich eindeutig beleidigt hat", sagte er und warf einen Blick zur Tür, um sicherzugehen, dass sie nicht gleich unterbrochen wurden.

„Natürlich habt Ihr das nicht", erwiderte sie leise und weiterhin förmlich und weigerte sich, ihn anzuschauen.

„Natürlich *habe* ich das", korrigierte er sie. „Sonst hättest du die Terrasse nicht so schlagartig verlassen. Ich bin mir nicht ganz sicher, wie ich dich beleidigt habe, aber ich entschuldige mich trotzdem."

Sie schnappte nach Luft und nun war sie es, die einen langen Schritt auf ihn zu machte. Der Abstand zwischen ihnen schrumpfte schnell und er fand, dass er das nicht bereute.

„Ihr seid Euch nicht *sicher?*", fragte sie und hielt ihren Ton gedämpft, obwohl die Wut darin deutlich zu hören war. „Ihr habt mit mir gespielt, *Euer Gnaden.*"

„Das hast du mir gestern Abend ebenfalls vorgeworfen", sagte er. „Und ich versichere dir, dass ich keine Spielchen spiele."

Sie schüttelte den Kopf. „*Alle* Männer spielen Spiele."

Ihr Tonfall hatte etwas an sich, das Graham kurz aufschrecken ließ und er starrte sie an. Monatelang war er in seinen eigenen Schmerz, Verrat und Liebeskummer vertieft gewesen. Er war unfähig gewesen, die Gefühle eines anderen Menschen zu erkennen. Aber nun erkannte er ihre, die über ihr schlankes Gesicht huschten, bevor sie sie unterdrückte und versteckte.

Und ein seltsamer Teil von ihm sehnte sich danach, diese Gefühle auszugraben. Ihr zu erlauben, sie auszudrücken, wie sie es offensichtlich nicht oft tat. Sie zu trösten.

Das tat er natürlich nicht. Es stand ihm nicht zu. Weder in dieser noch in einer anderen Welt. Aber nur weil er keine Verbindung zu dieser Frau hatte, hieß das nicht, dass er sich nicht wie ein Gentleman verhalten konnte. Er hatte die Fähigkeit dazu, er war nur in letzter Zeit nicht in Übung gewesen.

„Adelaide, lass mich dir versichern, dass ich gestern Abend kein Spiel mit dir gespielt habe. Ich habe mit dir getanzt, weil ich mich in der Situation unwohl fühlte, aber ich war diesbezüglich ehrlich zu dir, nicht wahr?"

Ihre Lippen teilten sich und seine Aufmerksamkeit wurde sofort auf ihren Mund gelenkt. Er schüttelte die Reaktion ab, als sie sagte: „Nun ... ja."

„Ich wählte dich, weil ich dachte du würdest mich nicht wegen Meg und Simon ausfragen. Was du natürlich doch getan hast."

Sie keuchte empört auf. „Das habe ich nicht!"

Er ertappte sich dabei, dass er ein wenig lachte, als er den Kopf schüttelte und war darüber schockiert. Er hatte schon sehr lange nicht mehr gelacht. „Das *hast* du, Adelaide. Aber irgendwie haben mich deine Fragen nicht gestört. Es sind die gleichen, um die alle meine Freunde seit Monaten herumtanzen. Du bist die Erste, die so verdammt direkt war und vielleicht brauchte ich das in dem Moment, in dem ich mich so ... *verletzlich* fühlte."

Sie runzelte die Stirn. „Oh."

„Und ich gebe zu, dass ich dich gefragt habe, weil ich nicht dachte, dass du meine Einladung, eine Runde auf der Tanzfläche zu drehen, als Zeichen dafür sehen würdest, dass ich den Rest meiner Tage mit dir verbringen möchte."

Sie schloss ihren Mund, als sie bemerkte, dass ihr die Kinnlade heruntergeklappt war. „Natürlich nicht, macht Euch nicht lächerlich."

Er nickte. „Siehst du, du bist praktisch veranlagt. Das mag ich an dir. Wie auch immer, der Grund, warum ich dich danach auf die Terrasse gebeten habe, war, dass mir der Tanz gefallen hat und ich nicht aufhören wollte, mit dir zu reden. Nichts davon war ein Spiel. Nichts davon war eine Lüge."

„Aber was ist mit dem, was Ihr auf der Terrasse gesagt habt?", konterte sie. „Ihr habt gesagt, dass Ihr mich hübsch findet und ich *weiß*, dass das eine Lüge ist. Eine, die Ihr wahrscheinlich ohne nachzudenken erzählt, weil es das ist, was alberne, sich lächerlich machende Närrinnen hören wollen, wenn Ihr ihnen in die Augen schaut und vorgebt, sie zu mögen."

Er schüttelte langsam den Kopf. Was zum Teufel hatte man mit dieser Frau gemacht? Ihre scharfe Reaktion war zu spezifisch, um nicht zu denken, dass sie nicht aus einer bitteren Erfahrung heraus geboren worden war.

„Erstens...", sagte er und tippte mit einem Finger auf den anderen, „...war es keine Lüge. Du hast ein interessantes Gesicht, Adelaide. Zweitens habe ich einer lächerlichen Närrin seit fast einem Jahrzehnt nicht mehr in die Augen geschaut und ihr etwas gesagt. Wenn du dich erinnerst, war ich bis vor Kurzem verlobt. Ich war also nicht darauf aus, jemanden zu verführen, seit ich neunzehn war." Er stieß den Atem aus. „Aber wenn du nicht willst, dass ich dich hübsch nenne, dann werde ich das sicher nie wieder tun. Ich werde dir nur Komplimente über deine Intelligenz und deinen Humor machen und die Tatsache, dass du vielleicht die frustrierendste Person bist, mit der ich je das Vergnügen hatte, zu sprechen."

Er hielt abrupt inne. Großer Gott, was hatte er gerade zu dieser Frau gesagt? Zu dieser Lady? Dieser Fremden? Und nun starrte sie ihn nur an, die Augen unter ihrer Brille geweitet, das Gesicht unlesbar, aber voller Spannung.

Er öffnete den Mund, um sich zu entschuldigen, aber bevor er es tun konnte, warf sie den Kopf zurück und begann zu lachen. Der Klang überraschte ihn völlig, denn es war ein kehliges, volles Lachen, das in dem kleinen Raum um sie herum widerhallte. Ein schönes Lachen. Ein sinnliches Lachen, um genau zu sein.

Und ein Lachen, das ihn lockte und ihn seiner selbst zum Trotz zum Lächeln veranlasste.

„Meine Güte, es tut mir so leid“, sagte sie, als sie ihre Fassung wiedergewann. „Ich muss wie eine jammernde Maid gewirkt haben, die viel zu heftig auf ein paar einfache Worte reagiert.“

Graham schüttelte den Kopf. „Das hast du nicht. Aber warum hast du so stark reagiert?“

Sie zuckte mit den Schultern und die Freude verließ ihr Gesicht. „Erfahrung, Euer Gnaden. Wir alle haben sie, nicht wahr? Und manchmal ist es unmöglich, die Vergangenheit aus der Gegenwart zu verbannen. Oder sogar aus der Zukunft, ohne sie zu gefährden.“ Sie bewegte sich wieder auf ihn zu, *vorsichtig*. „Aber nun sieht es so aus, als würden wir beide mehr voneinander sehen. Ich stehe Emma so nahe, und wenn Ihr Eure Freundschaft mit Abernathe erneuert, könnten wir uns dem nicht entziehen, selbst wenn wir es wollten. Also … erlaubt Ihr mir einen Neuanfang?“

Er nickte, obwohl er von ihrem Selbstvertrauen unter dieser wandelnden Mauerblümchen-Front überrascht war. Es fühlte sich irgendwie … vertraut an, obwohl er keine Ahnung hatte, warum.

„Ja“, sagte er. „Das würde ich gerne.“

Sie streckte eine Hand aus. „Adelaide“, sagte sie, um sich vorzustellen.

Er starrte auf ihre angebotene Hand und nahm sie dann mit einem leichten Schütteln an. „Graham“, sagte er und verzichtete auf seinen Titel. „Zumindest unter vier Augen.“

„Graham“, sagte sie und ließ ihre Hand aus seiner gleiten. „Es ist mir eine Freude, dich kennenzulernen.“

In diesem Moment betraten ihre Gastgeber wieder den Raum und Adelaide errötete, als sie von ihm zurücktrat.

„Nun, es ist alles arrangiert“, verkündete Emma strahlend,

obwohl ihr Blick zu Adelaide und dann langsam zu Graham huschte. „Ich hoffe, ihr beide konntet euch in der Zwischenzeit gut unterhalten."

Graham nickte. „Das konnten wir in der Tat. Deine Freundin ist eine charmante Begleiterin."

Adelaide neigte den Kopf und der Schatten eines Lächelns umspielte ihre Lippen, als ob ein privater Scherz zwischen ihnen stattgefunden hätte. Graham fand, dass er das mochte. Er mochte es, dass sie sich in seiner Gegenwart wohlfühlte. Und das war gut, denn wie sie sagte, würden sie sich wahrscheinlich viel sehen, wenn er seine Beziehung zu James und Emma wieder aufnahm.

Es wäre gut, eine Verbündete zu haben, während er herausfand, wie er nun in seinen alten Freundeskreis passte.

~

Adelaide nippte an ihrem Absacker und beobachtete, wie Graham sich über den Billardtisch beugte, um einen Stoß auszuführen. Anstatt sich nach dem Essen zu trennen, hatte James vorgeschlagen, dass sie sich zu ihnen gesellen sollten, um sich zu unterhalten, während die Männer ihr Spiel spielten. Jetzt war Adelaide froh, dass sie das getan hatten, denn sie konnte den schönen Anblick von Grahams durchtrainiertem Hintern genießen, während er sich vorbeugte.

„Hattest du eine gute Zeit?", fragte Emma.

Adelaide zuckte ob der unerwarteten Worte ihrer Freundin zusammen. Sie zwang sich zu einem Lächeln und wandte sich mühsam von ihren Begleitern ab. „Ja, das hatte ich. Ich bin so froh, dass du mich eingeladen hast – es war eine willkommene Abwechslung von der Langeweile und dem Unbehagen meiner üblichen Abendgesellschaft."

Emma lächelte. „Und du hast dich nicht davon abschrecken lassen, dass Graham hier ist? Ich hatte keine Ahnung, dass James ihn heute überhaupt treffen wollte, geschweige denn, dass er ihn zum Abendessen einladen würde."

„Natürlich nicht", sagte Adelaide ernst, denn sie glaubte ihrer Freundin. „Er ist ein charmanter Begleiter."

Emmas Gesichtsausdruck wurde vor Erleichterung weicher. „Das ist komisch, denn er hat dich vorhin genauso beschrieben. Aber er *ist* charmant, nicht wahr? Ich kannte ihn vor seiner Verlobung mit Meg nicht und nach meiner Heirat mit James ging alles so schnell, dass ich nur wenig Zeit mit ihm verbracht habe. Aber heute Abend verhielt er sich wie der Mann, den mein Mann immer als seinen besten und treuesten Freund bezeichnet hat."

Adelaide erlaubte sich einen weiteren Blick auf Graham. Er stützte sich nun auf seinen Queue und zu ihrer Überraschung starrte er sie direkt an. Er lächelte, als er sich ertappt fühlte und schockierte sie mit einem Zwinkern.

Ihr Atem stockte und sie drehte sich erneut Emma zu. Was tat er da? Noch vor einer Woche hatte er Lydia Ford gegen einen Schminktisch gepresst und sie geküsst, bis ihre Knie weich wurden. Heute flirtete er mit einem Mauerblümchen und tat so, als wäre das alles verdammt normal.

Und er sagte, *sie* sei die frustrierendste Person auf Erden. Aber wenn sie ihn ansah, fühlte sie sich nicht frustriert. Sie fühlte … nun, sie fühlte Dinge, die sie als Lady Adelaide, unverheiratete Tochter eines toten Earls, nicht fühlen sollte. Als Lydia konnte sie diese Dinge vielleicht fühlen. Ihnen sogar nachgehen.

„Was hältst du von ihm?", fragte Emma.

Adelaide zuckte zusammen und erwiderte Emmas Blick. Spielte sie die Heiratsvermittlerin? Aber der Ausdruck ihrer Freundin war ruhig und unleserlich. Natürlich würde sie das nicht tun. Frauen wie Adelaide passten nicht zu Männern wie Graham.

Sie senkte ihren Blick und seufzte. „Nun, ich kenne ihn kaum gut genug, um mir eine Meinung zu bilden", sagte sie, bereit, das Thema zu wechseln. „Du erwähntest beim Abendessen etwas über eine Damengesellschaft für wohltätige Zwecke. Daran wäre ich sehr interessiert.“

Emma zögerte und Adelaide konnte erkennen, dass ihre Versuche, das Thema zu wechseln, ein wenig plump waren, aber Emma ließ es zu. Sie begann, über die Gruppe zu sprechen und Adelaide zwang sich, wirklich zuzuhören.

Aber in ihrem Hinterkopf hörte sie eine Stimme, die ihr zuflüsterte. Ihre eigene Stimme, die ihr sagte, dass sie durchaus eine Meinung über Graham hatte, auch wenn sie sich nicht traute, diese mit Emma zu teilen. Sie *mochte* ihn. Und das war zu gefährlich, um es zuzugeben. Sie würde vorsichtig vorgehen müssen.

Dann dies war die einzige Möglichkeit, sich zu schützen.

KAPITEL 7

Der Applaus dröhnte immer noch durch das Theater, als Adelaide in ihre Garderobe trat. Normalerweise freute sie sich über den Beifall, aber heute Abend fühlte er sich ein wenig fad an. Sie war abgelenkt und das hatte sie bei ihrem Auftritt gespürt. Im zweiten Akt hatte sie eine Zeile komplett ausgelassen und der andere Hauptdarsteller, Robin, hatte genüsslich gegrinst und etwas Abfälliges darüber gesagt, als sie sich beeilten, die Kostüme für ihre letzte Szene zu wechseln.

„Erbärmlicher Mann", murmelte sie, während sie tief durchatmete und zu ihrem Schminktisch ging.

In diesem Moment hörte sie ein Schniefen aus der Ecke des Raumes, aus einem versteckten Bereich hinter ihren Kostümen. Sie drehte sich um.

„Wer ist da?", rief sie, als sie die Kleider wegschob und Melinda darunter vorfand. Tränen liefen über ihre Wangen.

„Du liebe Güte, Melinda!", keuchte Adelaide, beugte sich hinunter, um die Arme ihrer Freundin zu ergreifen und sie auf die Füße zu ziehen. „Was ist nur los?"

Melinda zitterte, als Adelaide sie zur Couch führte und sie sich setzten.

„Es … es ist dieser *schreckliche* Sir Archibald", gab Melinda zu, als sie aufgehört hatte zu weinen und wieder zu Atem kam. „Oh, Lydia, er kam während der Aufführung wieder hinter die Bühne."

Adelaide biss sich auf die Lippe, bis sie Blut schmeckte. Dieser Mann war eine Bedrohung. „Toby hat ihn nicht aufgehalten?"

Melinda schüttelte den Kopf. „Er war mit der Vorstellung beschäftigt. Ich stand hinter den Kulissen und habe deinen Text mitgesprochen, und plötzlich war er direkt hinter mir."

Adelaide betrachtete sie. Melinda war oft ein bisschen albern und sie neigte zu Theatralik, aber in diesem Moment konnte Adelaide erkennen, dass sie wirklich aufgeregt war.

„Was hat Sir Archibald getan?", flüsterte sie.

Melinda zitterte. „Er zerrte mich in eine Ecke hinter der Bühne – die dunkelste. Dann drückte er mich gegen die Wand und küsste mich." Sie würgte. „Er schmeckte nach Schweiß, billigen Zigarren und Whiskey. Dann fing er an, seinen harten, ekligen Schwanz an mir zu reiben."

Adelaide ergriff ihre beiden Hände. „Oh, Liebes, er hat doch nicht …"

Sie brach ab und Melinda verzog das Gesicht. „Nein. Ich habe es geschafft, mich von ihm loszureißen und bin weggelaufen. Deshalb habe ich mich in der Garderobe versteckt. Er hat nach mir gesucht. Ich konnte hören, wie er den Flur hinaufstürmte und mich mit allen möglichen Namen beschimpfte, aber er hat mich nicht gefunden."

Lydia stieß einen Seufzer der Erleichterung aus. „Es tut mir so leid, dass er dich so verletzt hat", sagte sie. „Aber ich bin froh, dass es nicht schlimmer gekommen ist. Wir müssen Toby sagen, dass er jemanden finden soll, der während der Aufführung hinter den Kulissen Wache hält. Es gibt zu viele Männer von Sir Archibalds Sorte, die glauben, sie könnten sich nehmen, was ihnen nicht ange- boten wird, besonders von Frauen wie uns."

„Bitte sag es nicht Toby", flüsterte Melinda und ihre Wangen flammten rot auf.

Adelaide starrte sie an. „Warum denn nicht? Es ist seine Aufgabe als Leiter, dafür zu sorgen, dass …"

„Ich weiß und er würde sich schrecklich fühlen, wenn er die Wahrheit wüsste." Melinda senkte den Kopf. „Toby hat bereits ein paar Männer angeheuert, aber Sir Archibald hat damit geprahlt, das er sie bestochen hat."

Wut flammte bei dem Gedanken in Adelaide auf. Es gab so viele Männer aus ihrer Schicht, die dachten, ihnen stünde mehr zu, als eine Frau zu geben bereit war. Ihre Macht war eine Waffe und ein Schutzschild zugleich. „Aber natürlich *müssen* wir dich und die anderen beschützen."

Melinda zuckte mit den Schultern. „Das nächste Mal sorge ich dafür, dass Robins Zweitbesetzung bei mir ist. Oder ich stelle mich neben Toby. Das sollte helfen, oder?"

Adelaide war sich da nicht so sicher, aber bevor sie mehr dazu sagen konnte, klopfte es an ihrer Tür und Toby selbst kam herein.

Er warf einen Blick auf Melinda und das Lächeln auf seinem Gesicht verschwand. „Was ist los, Melly?"

Melinda strahlte und setzte ihr bestes Bühnengesicht auf. „Überhaupt nichts, Toby. Wir haben nur ein paar Zeilen zusammen geübt." Sie lehnte sich vor. „Was versteckst du hinter der Tür?"

Toby schien von Melindas Lüge nicht überzeugt zu sein, aber er holte eine Vase mit wunderschönen Blumen hinter der Tür hervor. „Blumen für Lydia", erklärte er. „Von …"

„Mir", beendete eine Stimme für ihn den Satz und die Tür wurde ganz aufgestoßen, um Graham dort zu enthüllen

Adelaide kam auf die Füße, als sie ihn anstarrte. Seit der letzten Nacht mit James und Emma hatte sie an nichts anderes als an ihn gedacht. Er war die Ursache für ihre Ablenkung, damals wie heute.

„Euer Gnaden", schaffte sie es herauszukrächzen, als sie ihn den Raum betreten sah. Seine Präsenz füllte den Raum. Er war übermenschlich. Aber wieder einmal schien er sich dessen nicht bewusst, als er zu ihr herunterlächelte.

„*Mrs.* Ford", sagte er, genauso förmlich, aber mit einem Hauch von Humor in seinem Ton.

Melinda hatte sich aufgerappelt, als er hereinkam und nun ging sie zur Tür. „Komm, Toby, ich helfe dir beim Abbauen."

Adelaide wandte ihren Blick nicht von Graham ab, als die beiden hinausgingen und die Tür hinter sich schlossen. Sie schluckte schwer. Wieder war sie mit ihm allein. Mit diesem Mann war sie in den letzten Tagen öfter allein gewesen als mit irgendeinem anderen, seit …

Nun, es war schon eine ganze Weile her.

„Geht es deiner Freundin gut?", fragte er.

Sie erstarrte, ob der unerwarteten Frage. „Melinda?"

Er nickte. „Sie sah aus, als ob sie geweint hätte."

Natürlich hatte er es bemerkt. Adelaide begann zu erkennen, dass Graham zwar eine distanzierte Miene aufsetzte, sich aber in Wirklichkeit seiner Umgebung und der Menschen darin sehr bewusst war.

„Es geht ihr … gut", versicherte Adelaide, denn es hatte keinen Sinn, ihm die Wahrheit über Sir Archibald zu sagen. Was konnte er schon dagegen tun? Männer seines Ranges durften tun, was sie wollten. Sie und Melinda würden einen eigenen Weg finden müssen, damit umzugehen.

Er legte den Kopf schief, als würde er ihre Antwort abwägen, doch dann kam er näher. „Du warst wunderbar heute Abend."

„Ich war abgelenkt", gab sie zu, bevor sie es sich anders überlegen konnte.

Er wölbte eine Braue. „Wovon?"

Er war ihr nun so nah. Zu nah. Er sah bedrohlich aus, obwohl er nichts Einschüchterndes an sich hatte. Eher verlockend. Warm. Stark. *Sicher.*

Obwohl das Letzte, was Graham für sie sein sollte, *sicher* war. Sie hatte keine Ahnung, warum ihr diese Beschreibung in den Sinn gekommen war. Auch nicht, warum ihr auf seine Frage keine andere Antwort einfiel als die Wahrheit.

„Ihr, Euer Gnaden", flüsterte sie schließlich.

Seine Augen weiteten sich und dann breitete sich ein Grinsen auf seinem Gesicht aus. Es war wild und besitzergreifend und heiß und so verdammt echt, dass sie darum kämpfte, sich nicht in seine Arme zu stürzen. Es schien unausweichlich, aber sie wollte sich so lange wie möglich davon zurückhalten.

„Du hast dich von *mir* ablenken lassen?", schnurrte er praktisch. „Du schmeichelst mir, Lydia."

„Es war kein Kompliment, Graham", erwiderte sie und nutze seinen Vornamen in ihrer Rolle als Lydia zum ersten Mal. Dann hob sie eine Hand an ihre Lippen. Er hatte *Adelaide* erlaubt, ihn Graham zu nennen, nicht Lydia. „Es tut mir leid, Mylord – Euer Gnaden meine ich natürlich", stammelte sie. „Das war unpassend von mir."

Sein Lächeln verblasste nicht. „Ich mag es, wenn du mich bei meinem Vornamen nennst", sagte er. „Es wäre mir viel lieber, wenn du meinen Namen stöhnst, anstatt meines Titels, den zuletzt ein Bastard innehatte. Die bloße Erinnerung an ihn sorgt dafür, dass sich mir der Magen umdreht."

Adelaide zögerte bei diesem unerwarteten Geständnis. Es war ein kurzer Einblick in eine Vergangenheit, die sie unbedingt verstehen wollte. Er gab ihr jedoch nicht die Chance dazu, denn er sprach weiter. „Ich bin hergekommen, weil ich auch nicht aufhören konnte, an dich zu denken, Lydia. Du bist alles, was mir durch den Kopf geht, seit ich dich das letzte Mal berührt habe."

Adelaide runzelte die Stirn, denn unerwartete Eifersucht riss sie mit sich. Eifersucht auf sich selbst, was lächerlich und unglaublich verwirrend war. Aber er sagte ihr, dass er, während er mit ihr – Adelaide – getanzt hatte, während er mit ihr gesprochen, sie geneckt, ihr zugezwinkert und sie im Allgemeinen … *nervös* gemacht hatte, an Lydia Ford gedacht hatte.

Die nicht einmal real war.

Nur in diesem Moment fühlte sie sich *sehr real*, vor allem, als Graham eine Hand ausstreckte und seine Finger an ihrem Kiefer entlang glitten. Seine Berührung war schockierend und sie erschauderte angesichts der Kraft der unmittelbaren Reaktion ihres

Körpers auf seine Berührung. Sie fühlte sich heiß und kalt zugleich, ihre Brustwarzen kribbelten und ihr Geschlecht fühlte sich warm und feucht an. Das ließ sich nicht kontrollieren. In Wahrheit wollte sie es aber auch nicht kontrollieren, denn es war sehr lange her, dass sie ein solches Bedürfnis verspürt hatte, und noch nie zuvor war es so unabdingbar und kraftvoll gewesen.

Er lehnte sich vor und sie wich nicht zurück. Sie hob einfach ihren Mund zu seinem und ließ sich küssen.

Anders als beim ersten Mal, als er ihren Mund beansprucht hatte, fegte er sie diesmal nicht vom Fleck. Er drückte sie nicht mit dem Rücken gegen einen Tisch. Er rieb sich nicht an ihr, als wären sie Tiere in unbestreitbarer Hitze. Diesmal küsste er sie sanft, seine Zunge erforschte ihre Lippen und dann ihren Mund, als sie sich ihm mit einem Seufzer öffnete.

Als er sich zurückzog, waren seine Pupillen geweitet, bis nur noch ein Hauch von Blau zu sehen war, und sein Atem ging kurz. „Lydia, komm mit mir nach Hause."

Ihre Augen weiteten sich. Diese Einladung konnte man nicht missverstehen. Er lud sie nicht zu sich nach Hause zum Tee ein. Wenn sie sein Angebot annahm, würde er sie nehmen. Und ihre rationale Seite warnte sie vor der Gefahr, die das mit sich brachte. Die Gefahr, sich auf eine Affäre mit einem mächtigen Mann einzulassen, die Gefahr, dass er ihre wahre Identität entdecken könnte und die Gefahr, ihm mehr als nur ihren bebenden Körper zu geben. Sobald sie sich diesem Mann hingegeben hatte, der ihr Leben bereits völlig auf den Kopf gestellt hatte, wäre sie verloren. Ob sie nun Lydia oder Lady Adelaide war.

Doch schon konnte sie ihre rationale Seite mit Leichtigkeit zum Schweigen bringen, als er mit einem Finger an der Haut ihres Halses hinunterglitt, ihr Haar beiseiteschob und ihr Schlüsselbein mit sanften Berührungen seiner Fingerspitzen nachzeichnete.

„Bitte, Lydia."

Sie schluckte. Trotz ihres verruchten Abstechers ins Theater war ihr Leben wirklich in Stein gemeißelt. Sie war eine alte Jungfer, die bei einem Vormund lebte, der sie verachtete und hatte keine Aussicht auf eine Zukunft. Nie wieder würde ihr diese Art von Leidenschaft geboten werden.

Und sie wollte es. Sie wollte ihn.

„Nun gut", würgte sie hervor. „Ja. Aber ich ... ich nehme meine eigene Kutsche."

Er schien sowohl von ihrem Einverständnis als auch von ihrem Vorbehalt überrascht zu sein, aber er widersprach nicht. Er nickte nur, als er ihre Hand in seine Ellenbeuge legte und sie aus der relativen Sicherheit der Garderobe in die wilde und unvorhersehbare Zukunft dessen führte, was als Nächstes passieren würde.

Graham kam als Erster zu Hause an und befahl seinen Dienern, zu Bett zu gehen. Er wollte heute Abend keine übertriebenen Höflichkeiten und Vorstellungen. Er wollte nur Lydia.

Nun schritt er in seinem Foyer umher und schaute gelegentlich durch die Fenster, während er auf die Ankunft ihrer Kutsche wartete. Die kleine, unmarkierte Kutsche, in die er ihr nicht hatte hineinhelfen dürfen. Sie hatte ihn nur gebeten, ihrem Fahrer die Wegbeschreibung zu geben und ihm dann die Tür vor der Nase zugeschlagen.

Er wusste nicht, wie er diese Frau deuten sollte. Vielleicht war das ein Teil des Reizes. Sie war aufgeweckt und unberechenbar und anders als alle anderen, die er je gekannt hatte. Aber genau das brauchte er nach den Geschehnissen der letzten paar Monate. Verdammt, nach den letzten paar Jahren. Es war besser als all die Mauerblümchen, die ihn herausforderten. Ganz sicher.

Bei diesem Gedanken hielt er inne. Woher war er gekommen? Erinnerungen an Adelaide, in einem Moment wie diesem, gerade als er im Begriff war, mit einer Frau zu schlafen, die ihr genaues Gegenteil war? Es war ungehörig.

Nun, vielleicht nicht ihr *genaues* Gegenteil. Sie hatten beide blondes Haar, nicht dass er die wahre Farbe von Adelaides Haar dank ihres unerbittlich strengen Dutts wirklich erkennen konnte. Und ihre Augen waren blau. Aber Lydias waren weit und sinnlich, während Adelaides unter der Brille versteckt waren, die sie nie abnahm.

„Warum vergleichst du sie?", knurrte er laut und rügte sich selbst. „Lächerlich."

Lydias Kutsche bog in seine Einfahrt ein und er richtete sich auf, als er zur Tür ging. Er öffnete sie und sah zu, wie ihr Fahrer ihr beim Aussteigen half. Sie blickte zu seinem Stadthaus hinauf und er wartete auf ihre Reaktion. Es war prächtig. Jede Frau sagte das. Er hasste das Haus, aber es war eine ganz andere Geschichte.

Doch Lydia schürzte nur die Lippen, scheinbar unbeeindruckt von dem riesigen Gebäude, und ihre Augen senkten sich, um ihn zu mustern. In diesem unbewachten Moment, der nur von den Lichtern im Haus hinter ihm beleuchtet wurde, sah sie fast … ängstlich aus. Unsicher. Sein Magen krampfte sich bei diesem Anblick zusammen, denn er war fast unschuldig.

Aber sie konnte doch nicht unschuldig sein, oder? Die meisten Ladies der Bühne waren es nicht. Und sie war *Mrs.* Ford. Er war sich immer noch nicht sicher, ob das eine Lüge oder die Wahrheit war.

Der Blick verflog, als sie zu ihm die Treppe hinaufschritt. Sein Verstand leerte sich, alle Fragen und Gedanken und alle Gefühle verflogen, außer dem erneuten Drang, diese Frau auf die ursprünglichste Weise zu beanspruchen, die er kannte. Sein Schwanz schmerzte, als sie vor ihm stehenblieb und in sein Gesicht starrte.

„Bittest du mich herein?", fragte sie.

Er blinzelte und merkte, dass er fast dreißig Sekunden lang stumm dagestanden hatte. „Natürlich, bitte."

Er trat zur Seite und sie betrat sein Haus. Wieder sah sie sich nur flüchtig um, dann wandte sie sich ihm zu, die Hände vor sich gefaltet.

„Haben nicht die meisten Männer Eures Ranges Diener, Euer Gnaden?", fragte sie neckisch.

Er schloss die Tür, lehnte sich dagegen und starrte sie an. Großer Gott, sie war wunderschön. Ihr Haar hing immer noch in ungezähmten Wellen um ihre Schultern und ihre kleinen, aber perfekt geformten Brüste. Er wollte sie betrachten, während nur ihr Haar sie bedeckte.

„Ich habe sie ins Bett geschickt", sagte er. „Ich wollte nicht gestört werden."

Sie lächelte leicht. „Eine gute Idee", flüsterte sie.

Er konnte sich nicht mehr zurückhalten. Mit einem leisen Stöhnen ging er auf sie zu, umfasste ihren Hinterkopf und presste seinen Mund auf ihren, voller unkontrollierbarer animalischer Hitze. Sie widersetzte sich ihm nicht, sondern griff nach oben, um sein Revers zu umklammern und wölbte sich ihm entgegen, ohne die Unschuld, die er in ihr gespürt hatte.

Er schmeckte sie … Honig und Sherry und etwas, das nur sie war – einfach perfekt. Er wollte in ihrem Duft und diesem Geschmack gebadet werden, wollte es nie mehr missen. Wollte damit gebrandmarkt werden. Etwas tun, damit es nie wieder verflog.

Er zog sich keuchend zurück und deutete zur Treppe. „Sollen wir?"

Sie nickte und streckte eine Hand aus. Er starrte auf ihre schlanken Finger, als sie seine berührten. Sie faltete ihre Hand um seine und für einen Moment wurde er von einem Gefühl unglaublichen Friedens überflutet. Er vergaß alles, was ihn sonst beschäftigte und holte tief Luft.

Aber Verlangen war immer noch Verlangen, Trieb war immer noch Trieb, also ging er endlich die Treppe hinauf, zog sie in sein Gemach und erzitterte ob der Kraft dessen, was er mit ihr machen wollte. Nun konnte er es und er war nicht im Begriff, den Moment zu verschwenden, den sie ihm gewährt hatte.

KAPITEL 8

Adelaide konnte kaum atmen, als Graham sie in ein Gemach am Ende des langen Flurs zog. Der Rest seines Hauses war ihr egal – sie war in ihrem Leben schon in vielen schönen Herrenhäusern gewesen –, aber in diesem Raum nahm sie jedes Detail wahr.

Es war ein großes Schlafgemach, mit einem lodernden Feuer in einem Kamin an der einen Wand und einem großen Himmelbett gegenüber. Die Farben waren in maskulinen Blautönen und stählernen Grautönen gehalten, und sie passten zu dem Mann, der jetzt hinter ihr stand und sie beobachtete, während sie den Raum in sich aufnahm, den sie für hoffentlich ein paar Stunden teilen würden.

Das war natürlich gefährlich, aber sie würde es überleben. Das tat sie immer.

„Sieh mich an", flüsterte er.

Sein Ton war so rau und tief vor Verlangen, dass sie ihm nicht widerstehen konnte. Langsam drehte sie sich zu ihm um und sog dabei den Atem ein. Er war immer noch perfekt gestylt, kein Haar tanzte aus der Reihe und kein Kleidungsstück war zerknittert. Und doch sah er verrucht aus. Und sie wollte ihn ausziehen und sich ihm hingeben, auf jede lüsterne Art und Weise, die sie sich je hatte vorstellen können.

„Du hast das schon einmal gemacht, nehme ich an", sagte er leise.

Sie neigte den Kopf ob der Frage, auch wenn sie ihr Herz mit Schrecken erfüllte. Warum sollte er nach ihrer Unschuld fragen? Wenn es Adelaide wäre, die hier stünde, würde sie es verstehen. Es war eine Vorstellung, die sie in ihrem täglichen Leben darbot, die ihn glauben machte, dass sie noch nie Liebe gemacht hatte. Aber als Lydia hätte er annehmen müssen, dass sie schon einmal berührt worden war.

„Das habe ich", bestätigte sie, wobei ihr Ton kühl und gelassen klang. „Ich nehme an, das habt *Ihr* ebenfalls."

Sein Mund verzog sich zu einem dieser seltenen und spektakulären Grinsen. „Oh, ja", sagte er und streckte die Hand aus, um die Schärpe ihres einfachen Kleides zu ergreifen und sie näher an sich heranzuziehen. „Obwohl ich zugeben muss, dass es schon eine Weile her ist."

Sie erschauderte, als er sie an sich heranzog, ihre Kurven schmiegten sich leicht an seine Härte und ihr Körper reagierte entsprechend. Adelaide schmolz dahin, brannte innerlich, wurde von seinem Verlangen in seinen Bann geschlagen. Sie würde es vielleicht nicht überleben. Aber es war ihr egal.

„Ich hoffe …", flüsterte sie, als sie eine Hand nach oben streckte, um seine Brust zu berühren. Er zischte und atmete tief durch, als sie das tat und es stimmte sie zuversichtlich. „Dass es das Warten wert sein wird."

Er knurrte, anstatt zu antworten und drehte sie herum, sodass ihre Positionen vertauscht waren. Die Tür drückte nun gegen ihren Rücken und er ragte über ihr auf, umschloss sie mit starken, kräftigen Armen, während er ihr ins Gesicht starrte.

Sie waren sich zu nahe und sie verspannte sich wieder, weil sie Angst hatte, er würde etwas von Adelaide in ihrer Lydia-Fassade erkennen. Aber das tat er nicht. Er beugte sich lediglich vor und begann, die Beuge ihres Halses zu küssen. Natürlich würde er

Adelaide nicht erkennen. Er hatte gar nicht an sie gedacht. Nicht auf diese Weise.

Sie schob ihre Enttäuschung über diese Tatsache beiseite und konzentrierte sich auf die Art, wie sich sein Mund auf ihrer erhitzten Haut bewegte. Er war entschlossen, saugte an ihrem Fleisch, aber sanft genug, dass es nicht wehtat. Sie ballte ihre Fäuste gegen seine Brust und bewegte sich, als pures Verlangen durch ihren ohnehin schon hochsensiblen Körper strömte.

Sie löste einen Knopf an seiner Jacke und schob ihre Hände darunter. Graham stieß einen Laut der Lust aus, der ihre Haut in Flammen aufgehen ließ. Die Kontrolle über sein Verlangen spornte sie jedoch an, und sie schob die Jacke zu Boden. Seine Weste folgte als nächstes, als sie sie aufriss und sie ebenso schnell beiseite warf.

Dann hielt sie inne. Sie musste es. Er zog sich zurück und sie konnte ihn nicht weiter berühren. Aber er tat es nicht, um ihr Einhalt zu gebieten. Er tat es, um sie zu drehen, drückte ihre Hände mit einer Hand auf die glatte, kühle Oberfläche der Tür und knöpfte mit der anderen ihr Kleid auf. Sie wölbte sich, als der Stoff sich öffnete und kühlere Luft auf ihre Haut traf. Sie trug nichts darunter, denn ihr Theaterkostüm erlaubte keine Unterkleider.

Als er das Kleid von ihren Schultern schob und diese Tatsache entdeckte, vernahm sie ein leises Stöhnen, dann trafen seine Lippen auf ihre Haut. Er schob ihr Haar zur Seite und fuhr mit seinem Mund an ihrem Nacken entlang, glitt tiefer, um ihre Wirbelsäule nachzuzeichnen, bis ihm ihr Kleid wieder im Weg war.

Erst dann zog er es herunter und ließ es zu ihren Füßen gleiten, sodass sie nur noch mit ihren schlichten Pantoffeln und ebenso schlichten Strümpfen bedeckt war.

„Dreh dich um", flüsterte er, seine Stimme war Bitte und Befehl und Gebet zugleich.

Sie ballte die Fäuste, bevor sie es tat und sammelte all ihren Mut zusammen, so gut sie konnte. Ihre Erfahrungen der Vergangenheit, die, an die sie nicht zu denken versuchte, hatten nicht beinhaltet, dass ein Mann sie völlig nackt ansah. Und nun würde es dieser Mann sein, der es tat.

Dieser Mann.

Sie drehte sich um und stellte fest, dass er zurückgetreten war. Er starrte sie an, seine Augen wanderten von ihrem Kopf bis zu ihren Zehenspitzen. Sie hatte keine Ahnung, was er darüber dachte, was er sah und sie legte eine zitternde Hand über ihr Geschlecht, als sie ihr Gesicht drehte, um seinem durchdringenden Blick zu entkommen.

„Lydia", flüsterte er. Dieser erfundene Name durchbohrte sie nun wie ein Schwert, denn jedes Mal, wenn er ihn sagte, erinnerte er sie daran, was er wirklich wollte.

Sie schob diese Reaktionen beiseite. „Ja?"

Er ergriff ihr Handgelenk und schob ihre Hand sanft von ihrer intimsten Stelle weg. „Du musst dich nicht vor mir verstecken", versicherte er ihr.

Sie zwang sich, aufzublicken und fand, dass ein sanfter Ausdruck seine sonst so harte Miene erfüllte. Eine seltsame Dichotomie, zu der sie sich hingezogen fühlte, so wie sie sich zu allem an diesem Mann hingezogen fühlte.

„Ich bin im Nachteil", brachte sie heraus, ihre Stimme rau vor Verlangen und Angst. „Denn ich bin entblößt und du bist vollkommen ... *perfekt.*"

„Weit gefehlt", entgegnete er mit einem leisen Glucksen. „Aber ich glaube, du meinst, dass ich bekleidet bin. Und das ist etwas, das ich sofort zu beheben gedenke."

Er löste sein Halstuch, während er die Worte sagte, wickelte es mit ein paar Bewegungen ab und ließ es dann an seine Seite fallen. Als er die Hände hob, um sein Hemd zu öffnen, beugte sie sich vor. Sein Körper hatte sie vom ersten Moment an fasziniert, als er sie berührt und so unnachgiebig gegen den Tisch gedrückt hatte. Und als er nun sein Hemd öffnete und es von seinen breiten Schultern schob, hielt sie die Luft an.

Er war so hart, als sie in seinen Armen lag. Alles Muskeln und

Sehnen, von seinen breiten Schultern über seine ungewöhnlich perfekten Arme bis hin zu den schwachen gekräuselten Haaren auf seinem Bauch. Er hatte eine kleine Narbe auf seinem Brustkorb und eine weitere oben auf seiner Schulter, aber diese Dinge machten ihn nur noch attraktiver.

„Deine Augen sind groß wie Untertassen", sagte er, sein Tonfall war sowohl von Humor als auch von Besorgnis geprägt. „Bist du *sicher, dass* du das schon einmal gemacht hast, Lydia?"

Sie schluckte. „Nicht mit jemandem wie dir."

„Was heißt jemand wie ich?", fragte er, aber seine Hände fielen zum Verschluss seiner Hose und er löste ihn langsam, ohne seine Augen von ihr zu nehmen.

„Ich weiß kaum, wie ich dich beschreiben soll, denn ich wiederhole nur die Worte, die andere gesagt haben. Ich bin keine Dichterin", murmelte sie, ihre Kehle war wie zugeschnürt, ihr Körper zitterte. „Der Barde würde dich mit einem Sommertag vergleichen."

„Das wurde für eine Frau geschrieben, nicht wahr?", fragte er kopfschüttelnd.

„Das ist mir egal, es passt", würgte sie hervor, als er seinen Anschlag herunterließ und den dicken, schweren, harten Schaft seines Schwanzes offenbarte. „Du bist gülden und das nicht nur wegen der Farbe deiner Haare. Du bist spektakulär. Und ich bin mir bewusst, dass das hier vergänglich ist und deshalb sollte ich es genießen, so wie man es an einem perfekten Sommertag tut."

Sein Lächeln verging bei ihrem letzten Satz, aber sie gab ihm keine Zeit, um zu antworten oder zu argumentieren. Sie trat auf ihn zu, mutiger als sie sich fühlte und schlang ihre Arme um seinen Nacken, um ihn zu küssen. Sie spürte, wie er auf der Stelle trat und seine Hose hinunterschob, und dann umfasste er plötzlich ihren nackten Hintern und zog sie ganz an sich.

Ihre Welt zerbrach fast in tausend Teile. Sie dachte an nichts außer ihrem weichen Körper, der gegen seinen harten stieß, seine Arme, die sie so sicher und fest und warm hielten. Seinen Schwanz, der gegen ihren Bauch stieß, sie verunsicherte, aber ihr gleichzeitig das Gefühl gab begehrt zu werden.

Er drehte sie noch einmal um, ihr Rücken seinem Bett zugewandt und ihre Beine begannen zu zittern, als er sie auf die Kante hob. Es würde passieren. Es war so weit. Und sie hatte sich in ihrem ganzen Leben noch nie etwas sehnlicher gewünscht.

Sie ließ sich in die Kissen sinken, ohne ihren Mund von seinem zu lösen, während sie ihre Finger in sein dickes blondes Haar gleiten ließ und es aus der Schleife löste, die seine Locken zusammenband.

Graham zog sich zurück, um auf sie herabzusehen und sie konnte kaum atmen. Mit offenem Haar war er der gefallene Engel, der er vorgab, nicht zu sein. Sündhaft und sinnlich. Er führte sie in eine Versuchung, der sie nicht unverändert entkommen würde.

Er grinste auf sie herab, unendlich verrucht, aber dann senkte er seinen Mund nicht auf ihre Lippen, sondern auf ihre Brust. Graham fuhr mit seiner Zunge über ihr Schlüsselbein und Adelaide keuchte ob der Flut unerwarteter Gefühle, die sie durchströmte. Er ließ seine Lippen tiefer gleiten und strich über eine Brust, bevor er sich an ihrer Brustwarze festsaugte.

Sie fuhr mit den Fingern noch einmal in sein Haar und rief seinen Namen in einem erstickten Schrei, der die Stille des Raumes zu zerreißen schien. Er saugte härter, wirbelte seine Zunge herum und herum und herum, bis ihr vor Lust schwindelig wurde. Dann führte er seinen Mund zu ihrer anderen Brust und tat dasselbe, was sie bis zu einem Punkt erregte, an dem sie befürchtete, sie könnte verbrennen.

Aber sie kam nicht. Noch nicht. Sein Mund wanderte tiefer, über ihren flachen Bauch, leckte ihre Hüfte, ihren Oberschenkel und dann spreizte er ihre Beine weit und hielt inne.

Sie setzte sich auf und starrte ihn an, als er sich zwischen ihren Beinen positionierte. „Was tust du da?", keuchte sie.

Er runzelte die Stirn, als er zu ihr aufsah. „Niemand hat das für dich getan?"

Sie schüttelte langsam den Kopf. Sie war sich nicht einmal sicher, was *das* war.

Er runzelte die Stirn. „Lydia, wenn du unberührt bist, musst du ehrlich zu mir sein. Ich will dich nicht verletzen und das werde ich, wenn du noch nie mit einem Mann zusammen warst."

Sie starrte ihn an. Sie war eine Frau, die sie geschaffen hatte, die die meisten Männer seines Ranges als nur knapp über einer Hure eingruppieren würden. Und doch war er sanft zu ihr. Zärtlich. Er wollte ihr nicht wehtun.

„Meine Erfahrungen sind begrenzt", gab sie zu. „Ein Mann, vor drei Jahren. Er hat nichts von dem getan, was du mir heute Abend gegeben hast. Aber er hat mich genommen. Ich bin keine Jungfrau mehr, Graham. Und ich will nicht, dass du aufhörst. Also bitte, bitte … hör nicht auf."

Er legte den Kopf schief, fast so, als würde er erkennen, dass es unter all ihren anderen Lügen auch Ehrlichkeit gab. Es gab sie. Die Geschichte, die Adelaide gerade erzählt hatte, war ihre eigene, nicht Lydia Fords.

„Ich werde nicht aufhören", versprach er. „Und ich werde alle schlechten Erfahrungen, die du in der Vergangenheit gemacht hast, wieder gutmachen."

Als er die Worte sagte, senkte er seinen Kopf und plötzlich traf seine Zunge auf sie, war in ihr. Sie stieß einen erschrockenen und keuchenden Schrei aus und hob ihre Hüften. Was war das? Dieses mächtige Gefühl, das durch ihr ganzes Wesen pulsierte, während er sie unaufhörlich leckte. Natürlich hatte sie sich in der Vergangenheit selbst berührt. Sie wusste um die Erlösung beim Orgasmus. Aber dies war etwas, das weitaus mächtiger war als alles, was sie jemals für sich selbst getan hatte.

Das war magisch.

Er saugte an ihrer Klitoris und sie zuckte zusammen, als ein elektrischer Strom der Lust sie gegen ihren Willen vom Bett zu heben schien. Graham lächelte gegen ihr feuchtes Fleisch und legte eine Hand auf ihren Bauch, hielt sie fest, während er seine ganze

Aufmerksamkeit, seine ganze Leidenschaft, sein ganzes Talent auf ihr Nervenbündel richtete.

Sie drängte sich ihm entgegen, wimmernd, während sich die Lust in ihr aufbaute. Und plötzlich, erreichte sie den Rand der Klippe und stürzte hinab. Ihre Hüften hoben sich, unfähig, selbst von seiner starken Hand gebändigt zu werden. Sie stieß einen markerschütternden Schrei aus, krallte sich an der Bettdecke fest, zerrte an seinen Haaren und grub ihre Fersen in sein Bett, als eine Welle von explosiven Empfindungen nach der anderen über sie hereinbrach. Er leckte sie weiter und zog den Moment in die Länge, bis sie zitternd in den Kissen lag, erschöpft und schwach von dem, was sie gerade erlebt hatte.

Erst dann kroch er der Länge nach an ihrem Körper hinauf. Erst dann küsste er sie und ließ sie den Geschmack ihrer Erlösung schmecken. Sie klammerte sich verzweifelt an ihn, als sie den Kuss erwiderte und den Schmerz des Verlangens nach ihm spürte, der immer noch tief zwischen ihren Beinen pulsierte.

Er positionierte sich, während sie sich küssten, öffnete sie weiter, drückte seinen Schwanz gegen ihren Eingang. Und dann glitt er hinein.

Ihre vorherige Erfahrung war eine gesegnete kurze Erkundung des Schmerzes gewesen, gefolgt von Demütigung und Herzschmerz. Dies hier war anders. Ihr Körper dehnte sich, nahm ihn auf, als wäre er trotz seiner Größe dazu bestimmt. Und es fühlte sich *gut an*, was sie nie erwartet hatte.

Er hob seinen Kopf und beobachtete sie genau, als er sich zurückzog und dann mit einem gekonnten Stoß in sie zurückkehrte. Sie grub ihre Finger in seine Schultern, hob sich an, um ihm entgegenzukommen, während sich ihre Welt auf diesen einen Akt, diesen einen Ort, diesen einen Mann verdichtete.

Er begann, sie zu nehmen, zuerst langsam, seine Hüften kreisend, so sicher bei diesem Akt, wie er bei allem anderen zu sein schien. Aber als ihr Keuchen und Schreien zunahm, als das Vergnügen mit voller Wucht zurückkehrte, konnte sie sehen, dass er kurz davor war, die Kontrolle zu verlieren.

Seine Muskeln spannten sich an, die Adern in seinem Hals zeichneten sich unter seiner Haut ab und er stöhnte vor Vergnügen – halb Mann, halb Tier. Er gab ihr alles, was sie wollte.

Ihre Welt begann zum zweiten Mal zu zerbrechen, als er in sie drang und seine Stöße an Kraft zunahmen, während sie wimmerte und sich ihm entgegenwölbte, um noch mehr Vergnügen zu empfinden. Sie erkannte seine Anspannung, als er versuchte zu warten, versuchte, ihre Erfahrung so lange wie möglich hinauszuzögern. Dann endlich schrie er „Lydia!", und zog sich aus ihr zurück. Sein Samen spritzte auf ihren Bauch, als er sich entleerte.

Sie schlang ihre Arme um seine Schultern, zog ihn an sich, presste ihren Mund auf den seinen, in Verwunderung und Dankbarkeit, während sie sich wünschte, hoffte und betete, dass dieser atemberaubende Moment für immer andauern könnte. Aber sie wusste, dass er viel zu schnell vorbei sein würde.

Lydia lag über Grahams Brust, ihre Hand presste sich sanft gegen seine Haut und ihr Haar kitzelte seine Arme. Es war zwanzig Minuten her, dass sie miteinander geschlafen hatten. Normalerweise würde er nun das Bett seiner Geliebten verlassen, sich irgendeine Ausrede einfallen lassen, um sie wegzuschicken oder um selbst zu gehen.

Natürlich war das letzte Mal, dass er sich eine Geliebte genommen hatte, schon Jahre her. Seine Verlobung mit Meg hatte solche Dinge unangemessen gemacht und er hatte in den Monaten, seit ihre Verbindung so verheerend geendet hatte, niemanden in seiner Nähe haben wollen.

Aber heute Abend verspürte er weder das Verlangen zu gehen, noch Lydia wegzuschicken. Sie heute Abend zu halten, fühlte sich ... richtig an. Und das war ein wenig beängstigend.

Sie hob den Kopf, fast als ob sie seine Gedanken gelesen hätte und lächelte ihn an. „Ich sollte gehen."

Der Trost, den er gefühlt hatte, verflüchtigte sich dank dieser drei kleinen Worte und er musterte ihr Gesicht, um zu sehen, was ihre Beweggründe waren. Er konnte es nicht erkennen. Sie war eine zu gute Schauspielerin und würde nichts preisgeben.

„Zurück zu *Mr.* Ford?", fragte er und dachte an die Geschichte, die sie vor langer Zeit von einem Liebhaber erzählt hatte. Er glaubte, dass das wahr sei, aber sie war eine gute Schauspielerin. Vielleicht entsprach die Story ja doch nicht der Wahrheit.

Sie wölbte eine Augenbraue, stützte sich auf den Ellenbogen und zeichnete ein leichtes Muster auf seiner Brust nach. „Ich denke, du weißt genau, dass es die einzige Möglichkeit für Frauen im Theater ist, sich zu schützen, indem sie vorgeben, verheiratet zu sein."

Als sie *schützen* sagte, wurde ihm flau im Magen und schreckliche Bilder von Schreien und Donnern und Tod und Verlust schossen ihm durch den Kopf. Er konnte seine Angst gerade noch zügeln und fragte: „Wurdest du jemals bedroht?"

Sie holte tief Luft und er kannte die Antwort bereits. Aber sie schüttelte den Kopf und log. „Nicht so oft wie andere", sagte sie schließlich.

Graham schürzte die Lippen. Um ehrlich zu sein, hatte er sich nie viele Gedanken über die Frauen des Theaters oder der Nacht oder der Dienstbotenquartiere gemacht. Seine Welt fühlte sich so weit entfernt von ihrer an, zumindest bis zu diesem Moment. Aber er konnte sehen, wie das, was sie tat, sie in Gefahr brachte. Was konnten diese Frauen tun, um Männer mit mehr Macht abzuschrecken? Männer, die ein *Nein* als Antwort nicht akzeptierten, wenn sie etwas dringend genug wollten?

Zur Hölle. Selbst Frauen in seinen Kreisen hatten nur sehr wenige Möglichkeiten, wenn sie bedroht oder verletzt wurden. Er wusste das aus bitterer Erfahrung.

„Was du tust, ist gefährlich", sagte er.

„Manchmal", räumte sie ein, Wut lag in ihrem Blick. Dann

verflog die Emotion und wurde durch etwas anderes ersetzt. Etwas Heißeres. Etwas Wissendes. Sie stützte sich auf die Arme und drückte ihre Lippen auf seine mit einer leichten Sinnlichkeit, die seine Gedanken fast augenblicklich zum Stillstand brachte. „Aber gefährlich ist nicht immer schlecht", flüsterte sie.

Sie zog sich zurück und er ließ sie gehen, denn so sehr er sie auch wollte, sie hatte eine Flamme in seinem Geist entzündet. Eine, die alles andere als angenehm war. Er beobachtete wie sie in ihr Kleid stieg, wie sie sich bereitmachte, ihn zu verlassen und er setzte sich langsam auf.

„Lydia, ich würde nicht wollen, dass du … verletzt wirst", sagte er.

Sie hielt mit dem Rücken zu ihm inne und es lag eine Spannung in ihrer Körpersprache, die er nicht verstand. War sie verärgert über sein Geständnis? Hatte sie Angst vor den Konsequenzen, die auf sie zukommen würden und die sie nicht mit ihm teilen wollte?

Endlich sah sie ihn an und ein so falsches Lächeln zierte ihre Lippen, dass er fast davor zurückschreckte. Sie beugte sich vor und küsste ihn noch einmal. „Ich bin nicht Eure Verantwortung, Euer Gnaden", sagte sie sanft. „Gute Nacht."

Dann ging sie, ohne auch nur einen Blick zurückzuwerfen. Er tat nichts, um sie aufzuhalten, teils, weil ihm klar war, dass er es nicht konnte, teils, weil er nicht genau wusste, was er tun würde, wenn sie tatsächlich bliebe. Was würde er sagen? Sie hatte nicht um seine Hilfe gebeten. Er war sich nicht einmal sicher, ob sie sie brauchte. Und doch spannte ein unangenehmes Gefühl seine Brust.

Aber Graham wusste, dass er gerade eine Gelegenheit verpasst hatte, die vielleicht nie wieder kommen würde.

KAPITEL 9

„**W**usstest du, dass ich gestern Nacht Lärm vernommen habe?“

Adelaide riss ihren Blick von dem hübschen Paar Handschuhe los, das sie auf dem Tisch in der Schneiderei beäugt hatte und starrte ihre Tante an. Opal war dabei, sich eine Halskette um den Hals zu legen, ihr Blick war besorgt.

„Lärm?“, fragte sie und versuchte, nonchalant zu klingen.

Der Lärm war natürlich dadurch entstanden, dass sie sich nach ihrer wilden und wunderbaren Nacht mit Graham zurück ins Haus ihrer Tante geschlichen hatte. Normalerweise begrüßte ihr Dienstmädchen, eine der wenigen Personen, die die Wahrheit über sie kannten, sie nach ihren Auftritten zu einer bestimmten Zeit. Aber da sie so spät zurückgekommen war, hatte das Mädchen in der Küche sitzen müssen und war beim Warten eingeschlafen. Als Adelaide geklopft hatte, war die arme Rebecca mit einem Schreck aufgewacht und über einen Besen gestolpert. Die beiden waren gezwungen gewesen, davonzuhuschen, bevor sie erwischt wurden.

„Ja, jemand hat nach zwei Uhr morgens in der Küche Lärm veranstaltet“, beharrte Opal. „Ich dachte, es sei ein Eindringling und rief nach Smith.“

„Du hast Smith geweckt?", fragte Adelaide und fühlte sich deswegen sehr schuldig. Der freundliche Butler war auch so schon genervt von Opals seltsamen Launen und gelegentlichen Ausbrüchen, dass sie es hasste, ihm noch mehr Kummer bereitet zu haben.

„Natürlich habe ich das. Was sollte ich tun? Etwa selbst hinuntergehen, um …", Opal senkte ihre Stimme, damit der Ladenbesitzer sie nicht hörte, „… in meiner Küche *belästigt* zu werden?"

„Nein, Smith ist dafür besser geeignet, nicht wahr?", murmelte Adelaide und ihre Tante funkelte sie an.

„Dafür bezahle ich ihn doch, oder?", schnappte Opal.

Genau genommen stimmte das, also zuckte Adelaide nur mit den Schultern. Sie war jedenfalls nicht in der Stimmung, sich mit ihrer Tante zu streiten. Tiefer zu graben, könnte nur zu Ärger führen. „Ich nehme an, er hat nichts gefunden?"

Opal seufzte, fast so, als sei sie enttäuscht, dass sie nicht alle von Räubern in ihren Betten ermordet worden waren. „Nein. Ein umgefallener Besen, vielleicht von einer Maus umgeworfen."

„Dann gibt es nichts zu befürchten, oder?", fragte Adelaide mit einem falschen Lächeln, als Erleichterung sie überflutete. Wieder einmal war sie irgendwie der Entdeckung entgangen. „Das Rätsel ist gelöst und alles ist gut."

Ihre Tante sah nicht gerade überzeugt aus, aber bevor sie das Gespräch fortsetzen konnte, rief eine Stimme von der anderen Seite des Ladens. „Lady Adelaide!"

Adelaide wandte sich ihr zu, aber jede Freude darüber, unterbrochen zu werden, löste sich in Nichts auf, als sie die Frau erkannte, die ihren Namen gerufen hatte. Die Duchess of Crestwood kam quer durch den Laden auf sie zu, ihr Lächeln breit und ihr Blick auf Adelaide gerichtet.

Adelaide ertappte sich dabei, wie sie sich aufrichtete, ihre Schultern zurückzog und ihre Haltung ein wenig straffte. Als würde sie in den Kampf ziehen. *Lächerlich.*

„Euer Gnaden", sagte sie so ruhig, wie sie konnte. „Wie unerwartet."

Die Duchess neigte leicht den Kopf und wandte dann ihre Aufmerksamkeit Adelaides Anstandsdame zu. „Guten Tag. Lady Opal, nicht wahr? Was für ein schöner Name."

Opal sah tatsächlich beeindruckt aus, als sie die Duchess von oben bis unten musterte, nicht dass Adelaide ihr das verübeln könnte. Die Frau strahlte so viel Selbstvertrauen und Anmut aus, und es war bekannt, wie sehr sie in der Gesellschaft gemocht und respektiert wurde. Ihre Heirat mit Crestwood hatte das jedoch etwas verändert – die Leute tuschelten natürlich, aber wenn jemand das überwinden konnte, dann diese Frau.

Graham war jedoch eine andere Geschichte und das brachte Adelaide dazu, jeden Respekt, den sie für die Duchess empfand, zu verdrängen und sich abzuwenden. „Lady Opal?", fragte der Ladenbesitzer und deutete auf den Stoff, den ihre Tante ihn gebeten hatte, von hinten zu holen.

„Entschuldigt mich, bitte", sagte Opal und Adelaides Herz sank. Normalerweise war sie froh, wenn ihre Tante wegging, aber heute wollte sie ihr am liebsten nachrennen.

Stattdessen drehte sie sich um und fand sich der Duchess gegenüber, die sie mit einem abwägenden Blick musterte. „Ich bin so froh, Euch wiederzusehen."

Adelaide räusperte sich, unsicher, was sie sagen sollte. „Ich danke Euch, Euer Gnaden. Auch wenn ich nicht weiß, warum."

„Meg. Du musst mich wirklich Meg nennen", sagte die Duchess. „Und ich freue mich, denn ich weiß, dass du eine gute Freundin von Emma bist und ich verehre sie über alle Maßen. Also *müssen* wir Freundinnen werden, nicht wahr?"

Adelaide trat leicht auf der Stelle. Sie erkannte das dunkle Gefühl, das in ihrer Brust aufblühte, als sie die Duchess ansah … *Meg.* Eifersucht. Eifersucht auf ihre schnelle Freundschaft mit Emma, der Adelaide einst am nächsten gestanden hatte. Und Eifersucht auf das, was diese Frau einst mit Graham geteilt hatte. Auch wenn sie wusste, wie es geendet hatte, auch wenn sie wusste, dass er sie nicht geliebt hatte, konnte sie nicht umhin, sich zu fragen, ob er sie jemals geküsst hatte. Sie *berührt* hatte.

Da die beiden so lange verlobt gewesen waren, musste sie glauben, dass etwas zwischen ihnen vorgefallen war. Wie könnte jemand mit Graham zusammen sein und sich nicht wünschen, seine Arme um sich gelegt zu fühlen?

Offenbar hatte sie zu lange über diese Vorstellung nachgedacht, denn Meg lächelte leicht. „Nun, *ich* würde auf jeden Fall gerne deine Freundin sein."

Adelaide keuchte. „Oh, ja. Ja, natürlich. Ich bin sicher, dass wir uns angesichts unserer Beziehungen zu Emma von Zeit zu Zeit sehen werden."

Megs Stirn legte sich leicht in Falten. „Ich hoffe, das wird so sein. Und vielleicht werden wir eines Tages auch Northfield wieder mehr in unserem Kreis sehen."

Adelaide starrte sie an. „Ich fürchte, darüber kann ich nicht urteilen", sagte sie, ihr Ton weitaus kühler, während sich ihre Nackenhaare aufstellten. Wie konnte diese Frau es wagen, so zu tun, als könne alles einfach wieder so werden, wie es einmal war, nachdem, was Graham widerfahren war? Sie verspürte ein starkes Verlangen, ihn wieder einmal zu verteidigen. Aber es stand ihr immer noch nicht zu.

Selbst nach dem, was sie letzte Nacht geteilt hatten.

„Ist das so?", fragte Meg. „Emma hatte etwas davon gesagt, dass ihr beide so etwas wie eine Freundschaft entwickelt habt."

Adelaide erstarrte, in ihren Gedanken blitzten Erinnerungen an Graham auf. An seinen Mund zwischen ihren Beinen. An ihn, wie er sich über sie erhob, als er sie nahm, an seinen brennenden Kuss, der ihren ganzen Körper so verdammt schwach gemacht hatte.

Sie drängte diese Gedanken beiseite. „Ich kenne den Mann kaum, also weiß ich nicht, warum Emma so etwas sagen würde."

„Es ist gut, ihn als Freund zu haben", beharrte Meg, wobei ihr Tonfall plötzlich distanziert wurde. „Er ist unerschütterlich und loyal."

Adelaide konnte sich nicht mehr zurückhalten. Sie verschränkte die Arme fest vor der Brust. „Es scheint, als hätte er nicht immer das Gleiche Maß an Loyalität von seinen Freunden als Gegenleistung erhalten."

Meg zuckte zurück und Adelaide wünschte sich sofort, sie könnte die harschen Worte zurücknehmen. Immerhin war Meg Emmas Schwägerin. Wenn sie nicht vorsichtiger wäre, könnte sie Emma verlieren, und wofür? Für einen Mann, der wahrscheinlich überhaupt nicht an sie dachte? *Lydia* war, was er wollte. Eine Fantasie, die nicht wirklich existierte. Eine Frau, die irgendwann verschwinden würde, denn sie konnte ihr Doppelleben nicht ewig aufrechterhalten.

Meg schaute in Richtung Tür, Tränen in den Augen. „Die Situation zwischen Simon und Graham und mir war … kompliziert", erklärte sie leise.

Adelaide stockte der Atem. „Ich denke wirklich nicht, dass du mir sagen solltest …"

„Normalerweise würde ich nicht darüber sprechen, aber ich habe dich vor ein paar Tagen mit ihm auf der Party gesehen", unterbrach Meg. „Da war etwas zwischen euch. Ich habe Graham vielleicht nicht geliebt und er hat mich definitiv nicht geliebt. Aber ich kannte ihn. Früher einmal kannte ich ihn. Wenn du eine gute Freundin von ihm bist, wie Emma es behauptet, dann … er braucht jemanden, der sich für ihn einsetzt. Einen Freund. Eine Freundin."

Adelaide schwankte, denn was sie für Graham empfand, war wirklich sehr kompliziert. Verlangen, ja. Frustration, ja. Eifersucht … ja. Und sie wollte sich all dem noch nicht stellen. Oder jemals. Und doch wollte sie mehr wissen. Sie wollte wissen, was Graham nicht sagen wollte.

„Warum ist es so gekommen?", fragte sie.

Meg starrte sie eine gefühlte Ewigkeit lang an, bis Adelaide sich unbehaglich bewegte. Bis sie anfing, nach einem Weg zu suchen, das Thema zu wechseln.

„Ich spreche normalerweise nicht darüber", flüsterte Meg

schließlich. „Aber ich liebte Simon vom ersten Moment an, als ich ihn traf."

„Warum hast du dann zugestimmt, Northfield zu heiraten?", fragte Adelaide.

„Das habe ich nicht." Meg senkte den Kopf. „James hat es arrangiert. Wir waren alle so jung, als es passierte … keiner von uns wusste, wie wir das Arrangement beenden sollten. Keiner von uns hatte den Mut, den ersten Schritt zu tun. Das hat mich fast die Liebe meines Lebens gekostet. Und es hat Simon einen der treuesten Freunde gekostet, die er je gehabt hatte."

Adelaide biss sich auf die Lippe. Sie hatte Meg und Simon als die Übeltäter in der Situation gesehen, aber sie erkannte nun, wie sehr Meg von dem Schmerz ihres Mannes betroffen war. Mehr noch, sie konnte sehen, wie sehr sie durch Grahams Abwesenheit verletzt wurde.

„Gibt es denn keine Möglichkeit, ihre Freundschaft zu retten?", fragte Adelaide.

„Was du verstehen musst", sagte Meg leise, „ist, dass James, Simon, Graham und all die anderen wie Brüder sind. Sie *waren* wie Brüder. Mein größter Wunsch ist, dass sie dies überwinden können und Graham zu uns zurückkehrt. Nach Hause, wo er hingehört. Ob das geschieht? Nun, ich nehme an, wir werden es alle sehen."

Es war etwas an der Art, wie Meg sie mit einem Blick durchbohrte, das Adelaides Herz zum Hüpfen brachte. Es gab ihr das Gefühl, dass Meg dachte, sie würde eine Rolle während Grahams Wiedersehen mit seinen Freunden spielen. Aber das maß ihr viel zu viel Bedeutung zu.

Sie wandte ihr Gesicht ab. „Meine Tante scheint mit ihrem Handel fertig zu sein, also muss ich mich entschuldigen", sagte sie.

Meg nickte. „Ja, natürlich. Es war schön, dich wiederzusehen, Adelaide." Sie lehnte sich vor. „Und ich hoffe, dass du mich eines Tages mögen wirst und wir Freundinnen sein können."

Meg drückte sanft ihren Arm, dann drehte sie sich um und ging auf den Ladenbesitzer zu. „Mr. Evans, wie schön, Euch wiederzusehen!"

Als Opal zurückkam, konnte Adelaide nicht anders, als Meg anzustarren. Die Direktheit, der sie gerade begegnet war, war sie nicht gewöhnt. Auch nicht die Gefühle, die diese Direktheit in ihr ausgelöst hatte … Gefühle gegenüber der Duchess, aber auch gegenüber Graham.

~

Graham donnerte auf seinem Pferd durch den Park, trieb das Reittier an, immer schneller zu werden, während er die Wege entlang preschte und die Blicke der anderen Parkbesucher ignorierte. Sein Geist drehte sich zu schnell und er musste seinen Körper ebenso schnell antreiben.

Fast so, als ob er vor etwas davonlaufen würde. Nur, dass er es nicht konnte.

Er hatte weniger als vierundzwanzig Stunden zuvor mit Lydia Ford geschlafen. Es war spektakulär gewesen und doch konnte er nicht anders, als sich … beunruhigt zu fühlen. Unvollständig, egal wie befriedigend er die Erfahrung auch gefunden hatte.

Er mochte es nicht. Er mochte es, wenn die Dinge ordentlich und sorgfältig und gut geplant waren.

„Genau deshalb ist dein Leben gerade so ein Wirrwarr", fluchte er unterdrückt und verlangsamte Samson, während er das Pferd auf einen der bewaldeten Wege lenkte, die tiefer in den Park hineinführten. Neben den Reitern flanierten Spaziergänger. Ladies mit Sonnenschirmen, Gentlemen mit Gehstöcken. Sie alle waren da, um zu sehen und um gesehen zu werden.

Graham fühlte sich sehr entblößt, als er an ihnen vorbeiritt, in dem Wissen, dass ihre Augen auf ihn gerichtet waren. Er wusste, dass ihr Geflüster dem Skandal gewidmet war, dem er nicht entkommen konnte. Außer, so schien es, wenn er mit Lydia zusammen war.

Er sah den Weg hinauf und sein Blick fiel auf die Gestalt einer Lady, die mit ihrem Dienstmädchen auf einer Wiese stand. Einen Moment lang machte sein Herz einen Sprung, denn er war sich sicher, dass es Lydia selbst war. Aber dann drehte sich die Lady und er zuckte erneut zusammen, als er den zu festen Dutt und die Brille auf der feinen Nase erkannte.

„Großer Gott!", rief er, als er sein Pferd zum Stehen brachte und abstieg. „Lady Adelaide."

Sie keuchte, als er auf sie zukam und warf dann einen Blick über ihre Schulter auf die Grasfläche. Ihr Dienstmädchen begegnete ihrem Blick und dann lächelte sie, als sie ein oder zwei Schritte zurücktrat. Nah genug, um sie als Anstandsdame zu fungieren, weit genug weg, dass sie sich ungestört unterhalten konnten.

„Euer Gnaden", sagte Adelaide, ihr Tonfall ein wenig atemlos. „Ich habe nicht erwartet, dich hier zu sehen."

„Ich bin schon lange nicht mehr im Park ausgeritten", gab er zu. „Zu viele Augen, die auf mich gerichtet sind. Fast wie bei einem Ball. Aber ich brauchte heute frische Luft. Ich musste nachdenken."

Sie wandte ihr Gesicht leicht ab. „Ich verstehe."

„Was führt dich hierher?", fragte er. „Du bist doch nicht allein, oder?"

Ihre Lippen schürzten sich leicht und ein Ausdruck von Resignation zog über ihr Gesicht. Er mochte diese Veränderung nicht. Es wollte, das, was sie störte, irgendwie … *in Ordnung bringen.*

Ein lächerlicher Gedanke.

Adelaide warf erneut einen Blick über ihre Schulter. „Meine Tante geht jeden Tag um diese Zeit im Park spazieren. Oft besteht sie darauf, dass ich sie begleite, obwohl sie Ausreden findet, um vor mir zu gehen."

Graham folgte ihrem Blick und sah eine ziemlich streng aussehende Frau, die in einer Gruppe von anderen Ladies stand und sich unterhielt. Ihr blondes Haar war mit grauen Strähnen durchzogen und sie war spindeldürr. Trotzdem konnte er ein wenig von

Adelaide in ihr erkennen, obwohl er seine Begleiterin ihrer Tante bei weitem vorzog.

„Wie lange lebst du schon mit ihr zusammen?", fragte er und stellte fest, dass er wirklich an der Antwort interessiert war und nicht nur Smalltalk machen wollte.

Adelaide atmete durch, fast unmerklich, aber er war in diesem Moment so vollkommen auf sie konzentriert, dass er es bemerkte. Dann sagte sie: „Meine Eltern starben, als ich zehn war. Seitdem lebe ich bei meiner Tante."

Es lag ein Schmerz in ihrer Stimme, der so greifbar war, dass es ihn stach. Es fühlte sich an wie sein eigener Schmerz, wenn Graham an jene dachte, die er verloren hatte.

„Wie ist es passiert?", fragte er leise. „Wenn es dir nichts ausmacht, es zu erzählen."

Sie starrte ihn eine gefühlte Ewigkeit lang an und er konnte sehen, dass sie versuchte zu entscheiden, ob sie es ihm sagen sollte. Ob sie ihm vertrauen konnte. Ob er ein Spiel mit ihr spielte, wie sie ihm in der Nacht, in der er mit ihr auf dem Ball getanzt hatte, vorgeworfen hatte.

„Ein Fieber", sagte sie schließlich. „Er zuerst, sie ein paar Tage später."

„Es tut mir leid", sagte er und meinte es von ganzem Herzen. „Einen Elternteil zu verlieren ist schwer genug. Zwei zu verlieren, die man geliebt hat ..." Er brach ab, aber nun sah sie ihn genauer an. Als könnte sie erkennen, dass er ein Gleichgesinnter in Sachen Verlust war. Was er natürlich war. Er konnte auch ihren Wunsch erkennen, ihn zu diesem Thema weiter auszufragen. Sein Körper spannte sich an und er wandte sich ab. „Das Wetter ist sehr schön heute."

Sie zögerte und nickte dann. „In der Tat. Ich habe noch nie einen so schönen Herbsttag erlebt. Ich nehme an, das ist der Grund, warum die Pfaue sich draußen zur Schau stellen. Bald werden der Regen und die Kälte sie wieder nach drinnen zwingen, wo sie sich nur noch im Takt der Musik putzen können."

Er lachte über ihr trockenes Urteil. „Du schätzt die Menschen unserer Gesellschaftsschicht gut ein."

Sie zuckte mit den Schultern. „Wenn man aus der Ferne beobachtet, kann man wohl nicht anders, als zu urteilen. Vielleicht bin ich zu streng."

„Nein, ich glaube, du hast recht. Wir sind alle darauf trainiert, uns zu präsentieren, wie du schon sagtest." Er schüttelte den Kopf. „Es ist ermüdend. Immer nur ... *aufzutreten*."

Sie schnappte ein zweites Mal nach Luft und als er sie ansah, waren ihre Augen unter der Brille weit aufgerissen und ihre Hände zitterten ganz leicht an ihren Seiten. Er hätte sie danach fragen können, denn die Reaktion verblüffte ihn, aber bevor er das tun konnte, warf sie noch einmal einen Blick über ihre Schulter.

„Oh, Mist. Da kommt sie", murmelte sie.

Seine Augen weiteten sich ob ihres unerwarteten Fluchs und er schaute zu ihrer Tante, die auf sie zukam. Die Frau sah tatsächlich *verärgert* aus, dass ihre Nichte mit ihm sprach.

„Ist sie denn so schlimm?", flüsterte er. „Ich würde meinen, sie würde dich gerne mit einem Duke sprechen sehen."

Adelaide warf ihm einen bösen Blick zu. „Du bist ganz schön von dir eingenommen, nicht wahr?"

Er lächelte, in der Hoffnung, dass es sie ein wenig beschwichtigen würde. „Immer, meine Liebe. Lieber Gott, sie sieht wirklich erbost aus."

Adelaide nickte. „Das ist sie." Mehr konnte sie allerdings nicht sagen, denn die ältere Lady hatte sie schließlich erreicht. „Tante Opal, ich hoffe, dein Gespräch mit deinen Freundinnen war angenehm. Bist du mit dem Duke of Northfield bekannt?"

„Euer Gnaden", sagte Lady Opal mit einem kühlen Tonfall, der einem Mann im Handumdrehen die Hoden hätte gefrieren lassen können.

Graham neigte den Kopf. „Mylady. Ich kam durch den Park geritten und sah Lady Adelaide am Wegrand stehen. Ich wollte nur kurz Hallo sagen."

„Und das habt Ihr, wie ich sehe", sagte Lady Opal, wobei sich ihre Augen noch weiter verengten.

Graham verzog das Gesicht, denn ihre Absicht ihn abzuwimmeln, war völlig klar. So etwas war er nicht gewöhnt. Anstandsdamen mochten Dukes immer. Ihre Schützlinge konnten kaum eine bessere Partie machen.

Aber Lady Opal sah echauffiert aus und Adelaide war leicht grün geworden, während sie ihn anstarrte. Ihr Blick sagte ihm ohne Worte, dass es besser wäre, wenn er ginge.

Also verbeugte er sich und machte Anstalten sich zu entschuldigen. „Nun, ich sollte mich auf den Weg machen und Euch Euren Spaziergang genießen lassen. Ich hoffe, ich werde wieder das Vergnügen Eurer Gesellschaft haben, Myladies."

„Auf Wiedersehen, Euer Gnaden", sagte Adelaide leise. Ihre Tante schniefte nur und Graham stieg wieder auf sein Pferd und trieb es den Pfad hinunter. Aber er konnte sich einen kurzen Blick zurück auf Adelaide nicht verkneifen.

Auch konnte er die Tatsache nicht ignorieren, dass er in den Momenten, in denen er bei ihr gestanden hatte, nicht ein einziges Mal an Lydia gedacht hatte. Und er dachte auch jetzt nicht an sie, während er weiterritt und sich über Lady Opals kalten Empfang wunderte, sowie über das Vergnügen, das er darüber empfand, auch nur einen Moment mit ihrem Schützling zu verbringen.

Was ist heute dein Problem?
Graham starrte auf den Zettel, der in Ewans gleichmäßiger Handschrift geschrieben war und versuchte, sich zu sammeln, bevor er in das Gesicht seines Freundes schaute. Sie saßen zusammen in Grahams Büro und er wusste, dass er keine gute Gesellschaft war. Seine Gedanken waren zu … aufgebracht. Er konnte nicht verhindern, dass er in Gedanken an weiche Haut, blondes Haar und eine leidenschaftliche Nacht abschweifte, die

anders war als alles, was er in seinen fast drei Jahrzehnten auf dieser Erde je erlebt hatte.

Das war das eine Problem. Das andere war komplizierter. Denn er konnte auch nicht aufhören, an eine andere Frau zu denken. An eine mit einem scharfen Verstand und unerwarteten Ansichten. Eine, die ihn leicht niedermachen konnte und es auch tat, ganz als wäre er kein Duke. Als ob er nur ein Mann wäre. Und das gefiel ihm.

Es war zwei Tage her, dass er eine der beiden Frauen gesehen hatte, aber beide beherrschten seine Gedanken. Seine Träume. Manchmal verschmolzen sie sogar auf eine höchst beunruhigende und erotische Weise miteinander.

Er begegnete Ewans Augen und sah nichts als ruhige und loyale Freundschaft in ihnen. Er hatte sich immer mit ihm unterhalten können, manchmal sogar mehr als mit James und Simon. Und das lag nicht nur daran, dass seine Stummheit ihn davon abhielt, andere zu unterbrechen. Es lag daran, dass Ewan wirklich *zuhörte*. Um zu *verstehen*.

„Habe ich ein Problem?", fragte er. Ewan schrieb nichts, sondern verzog sein Gesicht zu einem verärgerten Ausdruck, der alles sagte. Graham lachte seiner selbst zum Trotz und sagte: „Nun, ich *könnte* ein Problem haben, nehme ich an."

Ewan schrieb. *Was ist los?*

„Ich …" Graham zögerte, denn in dem Moment, in dem er die nächsten Worte laut aussprach, würde er sich ihnen stellen müssen. Sich ihnen wirklich stellen. „Ich bin in zwei Frauen vernarrt."

Ewans Augen verdrehten sich, und er öffnete und schloss ein paar Mal den Mund, bevor er langsam seinen Block zur Hand nahm und schrieb. *Nun, ich nehme an, ich sollte froh sein, dass du zurück in den Sattel steigen willst. Du hast keine Zeit verschwendet. Ich schätze, du und Roseford könntet euch darüber unterhalten.*

Graham versteifte sich. „Nein, ich meine nicht zwei Frauen gleichzeitig, so wie Roseford gerne zwei Frauen nimmt. Außerdem dachte ich, Roseford hat es gerne, eine Frau mit einem Freund zu teilen. Seinem Freund, nicht ihrem. Wie auch immer, das ist nicht das, wovon ich rede."

Ewan zuckte mit den Schultern. Es war das Zeichen, dass Graham fortfahren sollte.

„Ich meine, ich fühle mich zu zwei *verschiedenen* Frauen hingezogen." Jetzt waren die Worte heraus und er erkannte, wie wahr sie waren.

Ewan kritzelte etwas auf sein Papier. *Ich nehme an, eine ist die Schauspielerin?*

„Ja", sagte Graham und fuhr sich mit einer Hand durchs Haar. „Lydia Ford. Ist es denn so offensichtlich?"

Ewan nickte und Graham lachte erneut.

„Ja, ich glaube, es geschah an dem Abend, als du und Tyndale mich ins Theater mitgenommen habt. Aber es ist über eine bloße entfernte Anziehung hinausgegangen. Ich bin vor zwei Nächten wieder zu ihr gegangen." Er schüttelte den Kopf. „Und ich … ich konnte ihr nicht mehr widerstehen. Wir … naja, wir haben das getan, was man von uns erwartet."

Er hätte noch mehr Details nennen können, aber er entschied sich, es nicht zu tun. Ewan war nicht der Typ, der etwas über die Frauen wissen wollte, mit denen seine Freunde schliefen. Selbst wenn es so wäre, wollte Graham diese Informationen nicht teilen. Was mit Lydia passiert war, war etwas Besonderes. Wenn er nun mit seinem Freund darüber sprach, würde es die Nacht herabwürdigen.

Sie entwürdigen.

„Sie hat Geheimnisse", sagte er stattdessen. „Ich spüre es. Und ich weiß, dass sie auch etwas tut, das nicht ganz ungefährlich ist, also fühle ich diesen Wunsch, sie zu beschützen."

Ewans Gesichtsausdruck wurde weicher und er nickte. *Das sieht dir ganz ähnlich.*

Graham zuckte zusammen. Nur eine Handvoll seiner Freunde kannte die Wahrheit über seine Vergangenheit. James, Simon … Ewan. Und Kit, der Graham einst davor bewahrt hatte, tatsächlich seinen eigenen Vater zu ermorden. Aber jedes Mal, wenn er daran erinnert wurde, dass jemand einen Einblick in seine Seele gewonnen hatte, fühlte er sich unwohl.

Ewan schien zu spüren, dass er dieses Gespräch nicht fortsetzen wollte und kritzelte etwas. *Wer ist die andere Frau, die deine Aufmerksamkeit erregt hat?*

Er seufzte. „Es ist, ähm, Lady Adelaide. Sie ist die Tochter des verstorbenen Earl of Longford. Eine gute Freundin von Emma."

Ewan starrte ihn nur an und machte keine Anstalten, irgendetwas zu schreiben. Graham rutschte in seinem Stuhl herum, als sich die Stille in die Länge zog. Dann schrieb Ewan sehr langsam und bedächtig. *Das Mauerblümchen.* Du *willst ein Mauerblümchen?*

Graham knirschte mit den Zähnen. „Du hast gut reden. Ein Duke, der nie auf eine verdammte Party geht. Wenn es jemals ein *männliches* Mauerblümchen gab, dann bist *du* es."

Ewan funkelte ihn an, bedeutete ihm aber, weiterzuerzählen.

„Und Tatsache ist, dass sie mehr ist als nur diese alberne Bezeichnung." Er stand auf und schritt von Ewan weg. „Sie ist intelligent und direkt. Bis zu einem gewissen Grad. Sie trägt ihr Haar zu straff und ich bin mir nicht einmal sicher, ob sie diese Brille braucht, die ihre Augen verdeckt, sodass man nicht wirklich sicher ist, was in ihrem Kopf vorgeht."

Als er über sie sprach, erinnerte er sich wie sie im Park ausgesehen hatte und sein Bauch zog sich zusammen, als er fortfuhr. „Sie ist eine wunderbare Tänzerin, obwohl sie nie tanzt. Sie ist über alle Maßen frustrierend, weil ich manchmal das Gefühl habe, dass sie mich absichtlich missversteht. Sie ist nicht mein Typ, da hast du recht. Sie ist nicht mein Typ, obwohl ich, um ehrlich zu sein, wirklich nicht mehr weiß, was mein Typ überhaupt ist. Ungeachtet all dessen *mag* ich sie. Und wenn ich ehrlich zu mir selbst bin, *will* ich sie auch."

Er sank zurück in seinen Stuhl und ließ die volle Wirkung dieser Aussage auf sich wirken. Er hatte eine Nacht lang damit verbracht,

Lydia zu lieben und doch konnte er weniger als achtundvierzig Stunden später zugeben, dass er auch Adelaide wollte.

Er mochte sie beide. Er begehrte sie beide. Und das war höchst unangenehm. Immerhin hatte er die letzten Monate unter dem Verrat seiner Loyalität gelitten. Aber wo war die Loyalität ob dieser komplizierten Gefühle, die sich nun in ihm zusammenbrauten?

Du steckst in der Zwickmühle, schrieb Ewan und fasste Grahams Anliegen in einer ziemlich umfassenden Weise zusammen.

Graham warf den Notizblock nach ihm. „Sehr hilfreich, Donburrow, wirklich. Damit ist die Sache geklärt, ich werde mich einfach in die Arbeit vertiefen."

Ewan lachte nun, ein seltener Akt, der seinen Körper erschütterte, auch wenn er geräuschlos war und sein normalerweise düsteres Gesicht aufhellte. *Es tut mir leid,* schrieb er, seine Handschrift zittrig, dank seines Lachanfalls. *Was soll ich dazu sagen?*

„Sag mir, was ich tun soll!", rief Graham mit einem Kopfschütteln. „Du bist so verdammt viel schlauer als wir alle zusammen, du musst doch eine Idee haben."

Ewans Gesichtsausdruck veränderte sich. Es war nur ein Aufblitzen von Emotionen, bevor er sie wieder unterdrückte. Er war einen Moment still, dann schrieb er: *Beziehungen sind nicht mein Metier, aber mir scheint, dass dir in der Beziehung zu jeder dieser Frauen ein paar Puzzlestücke fehlen. Du kennst Lydias Geheimnisse nicht. Ihre wahre Persönlichkeit oder ihr Leben. Und Adelaide hält dich körperlich auf Distanz. Wie die Brille, von der du sagst, dass sie sie nicht braucht. Eine Barriere, ja? Aber ist es eine Grenze, die du nicht überschreiten kannst?*

„Du bist wirklich der Klügste von uns", murmelte Graham. „Ja, ich denke, das ist es. Zwischen jedem von uns gibt es eine Grenze. Willst du damit sagen, dass ich diese Grenzen mit jeder Frau überschreiten muss?"

Ewan nickte.

„Und was passiert, wenn ich dann immer noch beide will?", fragte er, während er versuchte, sich vorzustellen, Adelaide auf die gleiche Weise zu küssen, wie er Lydia geküsst hatte. Er stellte fest, dass er es tun wollte und hasste sich dafür.

Ewan zuckte mit den Schultern. *Dann kommst du wieder und wir reden weiter darüber.*

Graham legte den Kopf schief. Er war sein ganzes Leben lang selbstsicher gewesen. Außer in den letzten paar Monaten. Nun war er sich über nichts mehr sicher.

Und er wusste nicht, ob das befreiend oder entsetzlich war. Er würde sich entscheiden müssen, bevor er sich einer der beiden Frauen wieder näherte.

KAPITEL 10

Adelaide trat von der Bühne und reichte Toby das Requisitenschwert, das ihrer Protagonistin zum Verhängnis geworden war. Er nahm es mit einem kurzen Lächeln entgegen und sagte: „Du hast wieder Blumen bekommen, die während der Vorstellung kamen. Der Duke scheint dich wirklich zu mögen."

Adelaide erwiderte sein Lächeln, aber ihr Herz sank bei der Erwähnung von Graham. Er hatte ihr Blumen geschickt, das traute sie ihm ohne weiteres zu. Aber seit fast einer Woche hatte er keine Anstalten mehr gemacht, mit ihr zu sprechen, weder als Lydia noch als Adelaide. Sie hatte bei jedem ihrer Auftritte Ausschau nach ihm gehalten und ihn seitdem auch in verschiedenen Ballsälen gesucht, aber er war nicht aufzufinden.

Und sie hatte ein schreckliches Gefühl von Verlust bei diesem Gedanken. Eines, das sie ihre Stirn runzeln ließ, als sie ihre Garderobe betrat und die Tür hinter sich schloss. Ihr Kopf schmerzte, ihr Make-up spannte ihre Haut und sie wollte einfach nur nach Hause in ihr Bett.

Die kränkenden Blumen standen auf ihrem Tisch. Treibhausrosen, kräftig duftend und farbenfroh. Sie schienen sie zu verhöhnen, während sie die Nachricht las, auf der einfach *Für Lydia, von G.* stand.

Sie warf einen Blick in den Spiegel, als sie sich in den Stuhl davor sinken ließ, um sich abzuschminken. Adelaide sah so gezeichnet aus, wie sie sich fühlte und sie zögerte, als sie sich selbst anstarrte.

„Du bist bedeutungslos", murmelte sie leise. „Egal, welchen Namen du trägst. Du bist *bedeutungslos* und er ist fertig mit dir, egal wie viele Blumensträuße er dir schickt."

Sie stieß einen Seufzer aus und bedeckte kurz ihre Augen mit den Fingern. Als sie sich sammelte, keuchte sie auf. Im Spiegel sah sie Sir Archibald hinter sich stehen. Irgendwie hatte er sich in ihre Garderobe geschlichen, ohne einen Laut von sich zu geben und nun hatte er ihr den Weg abgeschnitten.

Sie sprang auf und stellte sich ihm gegenüber. Der Mann war korpulent und rotgesichtig und hatte einen grausamen Zug um seine Lippen. Und er war besessen vom Theater. Nun, vielleicht nicht vom Theater selbst. Sie bezweifelte, dass er Shakespeares Schriften von einer Speisekarte unterscheiden konnte, aber er war besessen von Schauspielerinnen. Wie viele ihrer Freundinnen hatten mit Tränen in den Augen von seinen tastenden Händen und seinem harten, unnachgiebigen Mund erzählt?

Zurzeit war er besessen von Melinda, Adelaides Zweitbesetzung, was dadurch bewiesen worden war, dass Melinda sich bereits vor Tagen vor seinen übergreifenden Händen versteckt hatte. Aber sein Verlangen nach der anderen Frau hielt Sir Archibald nicht davon ab, nun sie mit lüsternen Augen zu mustern.

„Lydia", sagte er gedehnt. „Ich war auf der Suche nach Matilda, aber Ihr seht reizend aus."

„Melinda", korrigierte Adelaide leise und dachte an den Schrecken ihrer Freundin, als sie eine Woche zuvor in der Garderobe kauerte. Sie war froh, dass Sir Archibald Melinda nicht zuerst gefunden hatte.

„Das ist doch dasselbe", sagte er mit einem hässlichen Grinsen. „Für mich seid ihr alle gleich."

„Sie ist nicht hier", sagte Adelaide. „Und ich bin überrascht, Euch hier vorzufinden. Ich dachte, man hätte Euch gebeten, während oder nach den Vorstellungen nicht mehr in die Garderobe zu gekommen."

Toby war derjenige gewesen, der es getan hatte. Wie er es geschafft hatte, die Forderung höflich zu stellen, obwohl er so wütend über Sir Archibalds Behandlung von Melinda gewesen war, war ihr unbegreiflich.

„Dieser Welpe schreibt mir nichts vor, Lydia", entgegnete Sir Archibald und machte einen Schritt auf sie zu. „Ich kenne den Mann, dem dieses Theater gehört. Ich könnte diesen Emporkömmling im Handumdrehen auf die Straße setzen lassen, falls ich es für richtig halte."

Adelaide schluckte schwer. Männer wie Sir Archibald konnten diejenigen bedrohen, die so viel zu verlieren hatten. Ihr erging es anders, natürlich. Sie hatte ein Leben, in das sie zurückkehren konnte, das nichts mit der Schauspielerei zu tun hatte.

„Keine von uns heißt Eure Annäherungsversuche willkommen", sagte sie und zwang sich zu einem harten und festen Ton, auch wenn sie sich so verängstigt fühlte wie ein Reh, das von einem Wolf überfallen wird. „Und ich will hoffen, dass das Theater mehr an dem Geld interessiert ist, das es mit Schauspielerinnen wie mir einnimmt, als an der Meinung eines boshaften alten Mannes."

Sir Archibalds Miene verhärtete sich augenblicklich. „Du Hure. Tu nicht eine Sekunde lang so, als wärst du wichtiger als ich."

Er schlug nach ihr, sein Handrücken prallte auf ihre Wange und ließ sie zurück gegen den Stuhl taumeln, von dem sie sich bei seinem Eindringen erhoben hatte. Sie wurde durch den Angriff so aus dem Gleichgewicht gebracht, dass sie sich nicht wehren konnte, als Sir Archibald sich auf sie warf und sie mit dem Rücken gegen den Tisch drückte.

Ihr Verstand begann sich zu drehen, als sie sich gegen ihn wehrte, seinen fetten Bauch zerkratze und nach ihm trat, während seine dicken Finger an ihrem Kleid zerrten. Sie hörte, wie der Stoff zu zerreißen begann, als er seinen Mund auf ihren presste und einen ekelhaften Kuss auf ihre fest zusammengepressten Lippen schlabberte.

„Nein!", schrie sie, aber ihre Stimme war gedämpft, da er weiterhin ihren Mund mit seinem eigenen bedeckte. „Nein!", wiederholte sie.

Aber er war ein unbewegliches Objekt, fast doppelt so schwer wie sie. Sie erkannte in diesem schrecklichen Moment, dass es sehr wahrscheinlich war, dass er tun würde, was immer er wollte und wie immer er wollte, lange bevor irgendjemand ihr zu Hilfe kommen würde.

~

Graham ging mit federndem Schritt den langen Korridor zu Lydias Garderobe hinunter. Er konnte es nicht erwarten, sie zu sehen, auch wenn seine Gedanken noch immer verworren waren. Er hatte sich tagelang ferngehalten, um zu sehen, ob seine Anziehung zu einer der beiden Frauen nachlassen würde, wenn er sie eine Weile mied.

Das war nicht der Fall. Also entschied er sich, zuerst hierherzukommen, um Lydia zu sehen und zu versuchen, sich mit ihr auf eine Weise zu verbinden, die tiefer war als das Körperliche. Zu versuchen, ihre Geheimnisse zu erfahren.

Als er sich ihrer Tür näherte, hörte er ein leises Geräusch. Ein gedämpfter Schmerzensschrei. Er holte kurz Luft, bevor er nach vorne stürmte und in die Garderobe eindrang.

Was er dort sah, ließ sein Blut gefrieren. Sir Archibald, ein Mann, der ihm viel zu gut bekannt war, erhob sich über Lydia und presste seinen Mund auf ihren, während sie sich abmühte, ihn in Schach zu halten. Ihr Kleid war an ihrer Schulter zerrissen und der

Stoff klaffte auf, während der Rohling eine Brust umfasste und zudrückte.

Ein roter Schleier der Wut legte sich über Grahams Sicht. Unaufhaltsam, unkontrollierbar und getrieben von mehr als dem bloßen Wunsch, Lydia zu helfen, stürzte Graham nach vorne und packte Sir Archibald am Revers, um ihn von Lydia wegzuzerren. Sein Verstand schaltete jegliche Vernunft ab. Er wurde ersetzt durch Gedanken an eine weitere verletzte Frau, ein weiteres Paar wütender Hände, ein weiteres Leben, das er verzweifelt versuchte, so gut wie möglich zu vergessen.

Er ließ seine Fäuste auf Sir Archibalds fettes Gesicht herabregnen und schlug immer wieder zu, ohne zu sprechen, ohne zu zögern, ohne zu denken. Er wollte nur zerstören.

„Graham!" Er hörte Lydias Stimme hinter sich, laut und voller Flehen. Er ignorierte sie.

„Graham!", sagte sie wieder, aber diesmal war es Adelaides Stimme, die zu ihm sprach.

Er fühlte, wie sich ihre Hände um seinen Arm schlossen und mit ihrem ganzen Gewicht zogen. Die Berührung klärte seinen Geist und seine Sicht, und er hielt inne, die Faust im Anschlag, und sah auf Sir Archibald hinunter.

Der Mann war blutüberströmt und seine Nase war gebrochen. Vielleicht auch sein Kiefer, wenn man bedachte, wie geschwollen seine Wange war. Er wimmerte, die Hände erhoben, um sich zu schützen und seine Augen waren weit vor Angst, obwohl sie bereits anschwollen.

„Graham."

Er drehte sich um und es war Lydia, die ihn aufhielt. Nicht Adelaide. Er war nur verwirrt gewesen. Sie starrte ihn entsetzt und mitfühlend an, ließ aber seinen Arm nicht los.

„Stopp", sagte sie leise. „Hör auf."

Er wurde nun auf andere Dinge im Raum aufmerksam. Eine Ansammlung von Menschen stand vor der Tür und starrte ihn an, als sei er ein Monster. Er schaute an sich herunter. Seine Jacke war

Blutbespritzt, genau wie seine Weste und seine Krawatte. Und seine Hand schmerzte. Seine Fingerknöchel waren irgendwann während des unerbittlichen Kampfes geprellt worden und sie bluteten genauso wie Sir Archibalds Gesicht.

„Lydia", flüsterte er. Seine Ohren begannen zu klingeln, als er in ihre vor Entsetzten weit aufgerissenen Augen sah … auf seine Knöchel und auf Sir Archibalds geschwollenes Gesicht. Und eine Welle des Entsetzens überkam ihn.

Er hatte die Kontrolle verloren, war gewalttätig geworden. Er war alles, was er nie sein wollte.

In diesem schrecklichen Moment war er wie sein Vater.

Adelaide drängte Graham geradezu in ihre kleine Kutsche und er leistete keinen Widerstand. Sie hatte noch nie jemanden so die Kontrolle verlieren sehen, wie er es in diesem Moment getan hatte. Leer, gefühllos, mechanisch. Er taumelte gegen den Kutschensitz und lehnte dort, starrte geradeaus, als sie ihrem Fahrer eine schnelle Anweisung gab, ihm gegenüber einstieg und das Gefährt sich in Bewegung setzte.

Sie schaute auf den Sitz neben sich und zuckte zusammen. Ihr Adelaide-Kleid lag dort und wartete auf sie. Sie zog sich immer in ihrer Kutsche um, auf dem Weg nach Hause. Es war eine dreißigminütige Fahrt, lange genug, um sich von Lydia wieder in Adelaide zu verwandeln.

Wenn Graham das Kleid erkannte …

Aber er starrte weiterhin ins Leere, sein Schweigen und der Schmerz auf seinem hübschen Gesicht hielten sie davon ab, sich über irgendetwas anderes als ihn Gedanken zu machen. Sie holte tief Luft und setzte sich vorsichtig auf die gegenüberliegende Sitzbank des Fahrzeugs.

„Graham", sagte sie leise.

Er zuckte ein wenig zusammen, als hätte er vergessen, dass sie da war. Dann wandte er seinen Blick ihr zu und seine Sicht klärte sich leicht.

„Lydia", flüsterte er und seine Stimme war wie nichts, das sie je zuvor gehört hatte. „Es tut mir leid."

Tränen fluteten ihre Augen, als sie ihn anstarrte. Dieser Mann war *gebrochen*. Nicht gebrochen, wie alle dachten. Dies war etwas anderes. Etwas Tieferes. Es war etwas, von dem sie bezweifelte, dass er jemals einem anderen Menschen erlaubt hatte, es zu sehen, nicht einmal den Freunden, die er so sehr liebte.

Dies war ein Blick in den weichen Unterbauch eines Mannes. *Das* war es, was er zu verbergen suchte.

Sie sah alles. Und sie wusste, dass es ein Geschenk war. Vielleicht keines, das er geben wollte, aber dennoch ein Geschenk. Dass es Lydia gegeben wurde, jemandem, der nicht real war ... das war etwas, dem sie sich an einem anderen Tag stellen musste.

„Es muss dir nicht leidtun", beschwichtigte sie ihn. „Du bist mir zu Hilfe gekommen. Du hast mich gerettet."

Er schüttelte langsam den Kopf. „Ich sah, wie er dir wehtat und ich habe den Verstand verloren. Ich bin in der Zeit zurückgereist." Seine Stimme brach und er wandte sich von ihr ab, um wieder aus dem Fenster zu starren. Sie drängte ihn nicht, weiterzusprechen. Noch nicht. Sie griff einfach nach seiner Hand und zog sie in ihren Schoß, während sie mit den Fingerspitzen über seine verletzten Knöchel strich.

Der Rest der Fahrt verging im Stillen. Sie wollte so gerne mit ihm reden, ihn drängen, mit ihr zu sprechen, aber sie tat es nicht. Nicht in ihrer Kutsche. Es fühlte sich nicht sicher an, es hier zu tun. Sie wartete, bis sie vor Grahams großem Stadthaus anhielten. Derselbe Ort, an dem er so leidenschaftlich mit ihr umgegangen war.

Dort angekommen stieg sie aus der Kutsche, drehte sich um und hielt ihm die Hand hin, während sie die Diener ignorierte, die zu Hilfe eilten. Er nahm ihre Hand und starrte sie mit einer Intensität an, die direkt und stark war. Sie zwang sich, diesem Blick standzu-

halten, betete, dass er ihre Unterstützung, ihre Vertrauenswürdig-
keit erkennen würde.

Sie betete, dass er eine Tatsache nicht sehen würde, die ihr in
dem Moment sehr klar geworden war, als er in den Raum gestürmt
war, um sie zu retten. Sie begann, sich für diesen Mann zu interessieren. Zutiefst. Mächtig. Sie fürchtete, wie stark diese Gefühle
waren, vor allem, wenn man bedachte, auf welch gefährlicher
Schneide sie zwischen Realität und Fiktion wandelte.

Eine, von der Graham nicht einmal wusste, dass sie existierte.

„Komm", sagte sie, als sie sich gemeinsam auf das Haus
zubewegten.

Sein Butler eilte die Stufen hinunter, als sie sich auf die Haustür
zubewegten, und sie konnte an dem überraschten und besorgten
Gesichtsausdruck des strengen Mannes erkennen, dass er von der
Miene seines Herrn ebenso betroffen war wie sie. „Euer Gnaden?"

Graham hob seinen Blick leicht an. „Es ist alles in Ordnung,
Rogers. Mir … mir geht es gut. Mrs. Ford wird mir assistieren."

Der Blick des Butlers fiel auf sie und sie begegnete ihm. Es war
fast unmöglich, dies zu tun, wissend, was er sehen würde. Wissend,
was er denken würde. Aber er nickte nur. „Kann ich … kann ich
etwas für Euch tun, Mrs. Ford?"

Sie lächelte über seine Freundlichkeit und seine Loyalität zu
Graham. „Ich werde ein paar Handtücher brauchen", sagte sie leise.
„Vielleicht ein bisschen Whiskey."

„Ja, Mylady", sagte er mit einem weiteren kurzen Nicken, bevor
er sich auf den Weg machte, um alles zu arrangieren.

„Ich will keinen Whiskey", sagte Graham, als sie gemeinsam die
Treppe zu seinem Gemach hinaufgingen. Sie erinnerte sich an jeden
Schritt dorthin vom letzten Mal, als sie hier gewesen war. Was für
ein ganz anderer Gang das gewesen war. Die Luft um sie herum war
vor Erregung geladen gewesen.

„Er ist nicht zum Trinken", sagte sie leise, als sie seine
Kammertür öffnete und ihn hineinführte. „Deine Knöchel sind
verletzt. Ich werde die Wunden mit etwas Whiskey säubern."

Graham taumelte zum Feuer und streifte sich währenddessen seine Jacke von den Schultern. Er ließ sie hinter sich zu Boden fallen, ohne aufzusehen und machte sich dann an seiner Weste zu schaffen. Sie hörte, wie er tief Luft holte und bewegte sich auf ihn zu.

„Lass mich", flüsterte sie. „Deine Hände müssen schmerzen."

Sie erreichte ihn nach ein paar Schritten und berührte seinen Bizeps, um ihn zu sich umzudrehen. Sie spürte, wie sich die Muskeln unter ihren Fingern anspannten und er starrte auf sie herab, mit einem unleserlichen Ausdruck, als sie ihre Hände hob, um seine Knöpfe zu öffnen. Er fing ihre Finger ab, bevor sie es tun konnte.

„Ich bin blutig", stieß er hervor. „Ich will dich nicht … besudeln mit dem, was ich heute Abend getan habe."

Sie schüttelte den Kopf. „Du kannst mich nicht besudeln, Graham." Sie schüttelte seine Hände ab und knöpfte seine Weste auf. Er hatte recht, es war Blut auf dem Stoff und den Knöpfen. Sie zuckte zusammen, als es über ihre Haut glitt – ein Beweis für die Gewalt, die diesen Mann auf eine Weise in die Knie gezwungen hatte, die sie nie erwartet hatte.

Männer kämpften die ganze Zeit, nicht wahr? Aber Graham hatte die Kontrolle verloren. Dies war die Konsequenz. Sie verstand es nicht. Aber sie hatte große Angst davor.

Als die Knöpfe offen waren, zog er die Weste aus. Sie hätte sich an seiner Krawatte und seinem Hemd zu schaffen gemacht, aber es klopfte leicht an der Tür. Adelaide wandte sich von ihm ab und ging zur Tür, wo sie Rogers mit einem Tablett vorfand, auf dem ein Krug Wasser, eine Flasche Whiskey und ein kleiner Stapel Handtücher war.

„Werdet Ihr noch etwas anderes benötigen?", fragte er.

Sie schüttelte den Kopf. „Nein. Danke."

Er blickte an ihr vorbei in den Raum, sein Gesicht vor Sorge gezeichnet, aber dann nickte er und sie schloss die Tür. Sie ging zu dem Tisch neben Grahams Fenster und stellte die Gegenstände dort ab, dann füllte sie das kleine Becken auf einem anderen Tisch mit dem sauberen Wasser. Sie ergriff ein Handtuch und tauchte es in das Wasser. Als sie sich zu ihm umdrehte, stellte sie fest, dass er sich bereits ohne Aufforderung aus seinem blutigen Hemd geschält hatte und es auf den Boden fallen lassen hatte, neben den Rest der blutigen Kleidung.

Adelaide hielt den Atem an, ergriffen davon, wie schön er war, genau wie beim letzten Mal, als sie mit ihm hier gewesen war. Heute Abend jedoch war sein Ausdruck ganz anders. Verschwunden war der teuflische, selbstbewusste, sinnliche Mann, der sie verführen wollte.

Was übrig blieb, war Schmerz, und jemand, den sie unbedingt trösten, beschützen und heilen wollte.

„Komm her", sagte sie und wies auf den Stuhl neben dem Tisch.

Er tat, worum sie ihn bat, ließ sich in den Stuhl sinken und beobachtete, wie sie eine Hand hob und begann, sein und Sir Archibalds Blut sanft abzuwaschen. Er zuckte zusammen, als sie es tat, aber er versuchte nicht, sich ihr zu entziehen oder sie aufzuhalten.

„Ich habe Simon geschlagen", sagte er leise, nach einer Weile des Schweigens, das sich gefühlt ewig hingezogen hatte.

Sie hob ihren Blick und suchte sein Gesicht mit erneuter Sorge ab. „Nein, Darling. Nicht Simon. Du hast Sir Archibald geschlagen. Es war nicht dein Freund in meiner Garderobe."

Graham schüttelte langsam den Kopf. „Nicht heute Abend. Ich habe Simon geschlagen, als ich ihn mit Meg gefunden habe. Ich habe ihm die Nase gebrochen. Wie die von Archibald. Ich habe heute Abend nach unten geschaut und für einen Moment Simons Gesicht gesehen, und ich dachte ..."

Er unterbrach sich selbst und riss seine Hand aus ihrem Griff, bevor er aufstand und von ihr wegtrat. Die Muskeln in seinen Schultern spannten sich, als er mit einer Hand durch sein Haar fuhr und die Schliefe abnahm, sodass es um sein hübsches Gesicht fiel.

Sie ballte die Hände in ihrem Schoß und ermahnte sich, nicht aufzustehen, nicht zu ihm zu gehen. Sie musste ihn einfach sprechen lassen. Sie konnte spüren, wie der Damm brach, hinter dem sich all seine Sorgen angestaut hatten. Er musste einfach brechen. Wenigstens während er bei ihr war … bei Lydia … würde er sicher sein.

Sie würde dafür sorgen, dass es so war.

„Ich denke, Simon wird dir verzeihen, dass du ihn geschlagen hast, nachdem wie er dich betrogen hat", sagte sie leise.

„Du verstehst nicht", flüsterte er. „Es geht nicht darum, dass ich ihn geschlagen habe. Es geht darum, dass dieses … Ding in mir aufstieg. Dieses … *Ding*. Dieses wütende, grausame, außer Kontrolle geratene Ding. An jenem Tag konnte ich es im Zaum halten, aber heute Abend ging es nicht. Heute Abend brach es aus mir heraus. Wenn du meinen Arm nicht abgefangen hättest, Lydia, hätte ich diesen Mann getötet. Ich hätte nicht aufgehört, bis er tot gewesen wäre."

Schließlich erhob sie sich und warf das blutige Tuch zurück in die Schüssel, bevor sie einen zaghaften Schritt auf ihn zu machte. Er zuckte schon bei der kleinsten Bewegung zusammen, sodass sie sofort innehielt. Sie holte ein paar Mal tief Luft und bemühte sich um Ruhe, weil sie wusste, dass er sie brauchte.

„Graham, du hast ihn davon abgehalten, mich zu verletzten", erklärte sie.

„Ich hätte ihn auch einfach von dir wegziehen und ihn so aufhalten können", entgegnete Graham. „Ich habe ihn vielleicht aus einem guten und ehrenhaften Grund gepackt, aber ich habe ihn geschlagen, weil ich es wollte. Weil ich mich gut fühlte, während ich es tat. Weil ich wie *er* bin."

Sie runzelte die Stirn, denn sie war wirklich verwirrt. „Er? Wer ist er?", fragte sie langsam. „Er, Sir Archibald? Er, Simon?"

Die ganze Luft verließ Grahams Lungen und er war einen Moment lang vollkommen still. Dann hob er seinen Blick, seine blauen Augen so klar und perfekt, dass ihre Brust schmerzte, als sie ihn ansah. Er hielt ihrem Blick stand, blinzelnd, unerschütterlich, und sagte: „Ich bin wie mein Vater."

Sie sah nun alles so klar und deutlich. Bekam einen Einblick … kurz, entblößt, auf einen kleinen Jungen mit blondem Haar und blauen Augen, der ein Monster gesehen hatte – ein echtes Monster. Und nun fürchtete der Mann vor ihr, dass das Monster zurückgekehrt war. Sie sah, was niemand in der Gesellschaft sah oder jemals erwartet hatte.

Sie sah die Wahrheit über Graham Everly, den Duke of Northfield, und sie erstickte fast an ihrem Kummer um ihn. An dem, was er gesehen und durchgemacht hatte.

„Erzähl mir von ihm", sagte sie und trat einen Schritt näher. Diesmal wich er nicht zurück und sie war dankbar dafür. Sie berührte ihn allerdings nicht und er schien ebenso dankbar dafür zu sein.

Adelaide beobachtete, wie seine Kehle arbeitete, sah den Schmerz, der in sein Gesicht geschrieben stand. „Niemand kennt die Wahrheit", würgte er hervor.

Sie nickte. „Das habe ich mir schon gedacht."

Als sie nichts mehr sagte, richtete er seinen Blick ruckartig auf sie. „Es gab ein paar Personen, die wussten, dass er mich schlug", erklärte er. „James, Kit, Ewan … *Simon*. Deshalb war ich immer so beschützend, so wie heute Abend."

Sie lächelte sanft. „Beschützerisch zu sein ist keine schlechte Eigenschaft in einem Mann mit so viel Macht. Es ist viel besser als die Alternative."

„Vielleicht", räumte er langsam ein. „Aber nichts hat mich gerettet, als ich acht Jahre alt gewesen war und er mir den Arm brach. Mein Beschützerinstinkt hat mich nicht gerettet, als er eine Zigarre auf meiner Schulter ausdrückte, als ich elf war."

Sie zuckte zusammen. Sie hatte die kleinen Narben auf seiner Haut gesehen und sie als die typischen Abdrücke und Narben abgeschrieben, die ein Mann als Junge sammelte. Aber nun hatten sie eine Hintergrundgeschichte. Es waren Male, die auf seine charakterliche Stärke hinwiesen, nicht nur auf seinen Körper. Er hatte durchgehalten.

Und Adelaide verstand selbst ein wenig, was er durchgemacht hatte.

Graham verstummte und neigte den Kopf, seine Schultern sackten leicht herab. Dann begannen sie zu zittern.

„Was hat er getan?", fragte sie.

Er hob seinen Blick noch einmal, aber er schaute nun an ihr vorbei. Durch sie hindurch. In eine Zeit und zu einem Ort, den sie nicht sehen konnte. Etwas, von dem sie nicht sicher war, ob sie es sehen *wollte*. Aber sie drängte trotzdem, denn es ging nicht mehr darum, was sie brauchte. Es ging um den Mann, der ihr gegenüber saß.

„Er … er hat meine Mutter ermordet."

KAPITEL 11

Graham beobachtete, wie Entsetzen und Herzschmerz Lydias zarte Züge erfüllte. Er sah auch Empathie und Verständnis, von dem er wusste, dass die meisten in seinem Leben es nicht empfinden würden. Diese Frau hatte selbst etwas durchgemacht. *Das* war es, was er heute Abend herausfinden sollte.

Stattdessen stand er vor ihr, körperlich halb nackt, aber seelisch völlig entblößt. Und doch fühlte es sich irgendwie … besser an, dieses schreckliche Ereignis laut auszusprechen.

„Graham", flüsterte sie schließlich. Er konnte sehen, dass sie zu ihm eilen wollte. Um ihn zu berühren, ihn zu halten. Aber sie tat es nicht. Um seinetwillen. Um ihm diesen Moment zu gönnen, ohne zu versuchen, ihn aus ihm herauszureißen, was er zu schätzen wusste.

„Sie war reizend", sagte er. „Ruhig und freundlich, sanft zu allen um sie herum. Sie pflegte mir die Haare zu zerzausen, wenn sie dachte, dass *er* nicht hinsah. Sie nannte mich Gig – so nannte ich mich wohl selbst, als ich sprechen lernte. Mein Vater hasste es. Er sagte, sie würde mich weich und schwach machen. Aber er würde mich lehren, stark zu sein. Er hatte eine ganz bestimmte Art, das zu tun."

Lydia schluckte schwer. „Mit seinen Fäusten."

Er nickte einmal, Schmerz durchflutete jeden Teil von ihm. Er könnte aufhören, ihr von seiner Vergangenheit zu erzählen. Er konnte sehen, dass sie ihn nicht drängen würde, falls er es tat. Sie würde ihn über die Vergangenheit schweigen lassen, über die er nie mit jemandem sprach. Und doch konnte er es nicht. Nun, da der Ball begonnen hatte, diesen langen und gefährlichen Hügel hinunterzurollen, konnte er ihn nicht mehr aufhalten. Er musste auf dem Boden aufprallen.

Vielleicht war das auch besser so.

„Ich wusste immer, dass er sie schlug. Wir waren ein Duo, wir beide. Sie warf sich vor mich und irgendwann fing ich an, mich vor sie zu werfen. Um uns gegenseitig zu beschützen. Nur gab es keinen Schutz vor diesem … *Monster*, das herumstolzierte, als wäre er Gott selbst. Als wäre er ein guter Mann. Ein anständiger Mann, der von denen gemocht wurde, die dachten, sie würden ihn kennen."

Graham schüttelte den Kopf und warf einen Blick auf seine geprellten Knöchel. Ein Beweis dafür, dass er vielleicht nicht besser war als dieser Wolf, der sich als Schaf verkleidet hatte. Er hatte die Kontrolle verloren, wie er es bei seinem Vater so oft gesehen hatte.

„Was ist passiert?", drängte sie und holte ihn aus seinen Grübeleien zurück.

Sein rauer Atem erfüllte die Stille um sie herum. Seine ramponierten Hände zitterten. „Ich war sieben Jahre alt. Ich hatte etwas zerbrochen, eine Schüssel vielleicht. Es war ein Unfall. Und er verlor jegliche Kontrolle und Vernunft. Er kam quer durch den Raum auf mich zu, wie ein Stier auf einer Koppel, und ich erstarrte, völlig verängstigt. Er war so verdammt groß, Lydia. Es fühlte sich an, als wäre er zwei Meter groß, mit einer Faust so groß wie ein Schinken. Er hat geschrien vor Wut – zusammenhangloses Zeug. Und sie trat zwischen uns und versuchte, ihn aufzuhalten … versuchte ihn zu beruhigen."

Er blieb stehen, weil der Raum um ihn herum verblasste, ersetzt durch Bilder einer anderen Zeit, einer anderen Nacht. Ersetzt durch die Geräusche seiner schreienden Mutter, als die Fäuste seines Vaters auf ihren schlanken Körper niederprasselten. Durch die Stille, als die Schreie plötzlich und herzzerreißend verstummten. Von seinem Vater, der sich zu ihm umwandte, dessen Hände blutig waren, genau wie Grahams früher am Abend.

Er konnte sich noch daran erinnern, was er als Nächstes gesagt hatte. *„Du wirst dich fügen, Junge. Oder du wirst neben ihr begraben werden."*

Lydia keuchte und Graham blinzelte, kehrte geistig zurück in diesen Raum. Ihm wurde klar, dass er laut gesprochen hatte, dass er rezitiert hatte, was sein Vater an jenem Tag sagte. Lydias Hand war so fest auf ihren Mund gepresst, dass ihre Knöchel weiß waren, ihre Augen waren groß wie Untertassen. Tränen strömten über ihre Wangen und ihre Finger, während sie ihn voller stillem und hilflosem Schmerz anstarrte.

„Sie starb zwei Tage später. Er erzählte allen, dass es eine plötzliche Krankheit war. Und er schickte mich bald darauf ins Internat. Irgendwann lernte ich Simon und James und die anderen kennen, und ich versteckte mich hinter ihnen, so gut ich konnte. Eines Tages wurde ich einfach zu groß, um verprügelt zu werden."

Sie bewegte sich nun auf ihn zu, die Hand ausgestreckt. Wie gerne hätte er sich von ihr berühren lassen, sich von ihr trösten lassen, denn er wusste, das war, was sie tun wollte. Er wollte, dass sie ihre Arme um ihn legte und die klaffende Leere füllte, die er stets in sich getragen hatte.

Nur wusste er auch, dass es einen Teil von ihm gab, der nicht erfüllt werden konnte. Und er wich zurück.

„Tu es nicht", sagte er leise. „Nicht nach heute Abend."

„Und was hat die heutige Nacht mit dem Tod deine Mutter durch die Hand eines Monsters zu tun? Oder mit dem, was er dir in den Jahren davor und danach angetan hat?", fragte sie mit fester Stimme.

Graham schüttelte den Kopf, als er sie ansah. „Lydia. Du hast mich gesehen. Du hast mich aufgehalten. Du *weißt*, was ich getan habe."

„Du hast mich verteidigt!", beharrte sie, aber da war etwas in ihrem Ton, das ihm sagte, dass sie die Wahrheit kannte.

Er lachte auf eine hässliche Art und Weise. „Nein, Lydia. *Ich* war heute Nacht das Monster. Ich war mein Vater."

Sie atmete tief durch und stürmte nun wieder vorwärts, schön und völlig furchtlos, trotz allem, was sie gehört und gesehen hatte. Er ertappte sich dabei, wie er sich in ihre Umarmung lehnte, unfähig, sich noch einmal zurückzuziehen.

Sie ergriff seinen Arm und hielt ihn fest, während sie in sein Gesicht starrte. „Du bist *nicht* wie dein Vater. Nicht heute Abend, niemals", versicherte sie ihm.

„Du kennst mich doch erst seit ein paar Wochen", entgegnete er, aber er wich immer noch nicht von dem Trost zurück, den Lydia ihm bot. Nun, da er ihr alles, was er war, offenbart hatte, hatte er keine Kraft mehr zu kämpfen.

Er würde egoistisch sein, denn das war es, was sein Vater ihm ins Blut gelegt hatte.

Ihr Gesicht verzog sich bei seiner Frage und einen Moment lang sah er etwas in ihrem Blick. Etwas … Schuldgefühle? Aber dann verflog der Ausdruck.

„Vielleicht kenne ich dich noch nicht sehr lange …", begann sie leise. „Aber ich sehe dich, Graham. Was du heute Abend getan hast, was du getan hast, als du Simon geschlagen hast, diese Dinge machen dich nicht zu deinem Vater."

Sie trat noch näher und strich ihm die Haare aus dem Gesicht. Die Luft begann aus dem Raum zu weichen, als sie ihm in die Augen sah. Und sein Bedürfnis, sie in seiner Nähe zu haben, begann sich in etwas mit mehr Ziel und Wärme zu verwandeln.

„Ewan sagte, ich müsste deine Geheimnisse herausfinden", gestand er, als sie mit dem Daumen über seine Unterlippe strich. „Stattdessen habe ich dir meine offenbart, nicht wahr?"

~

Adelaide erstarrte, ihr Finger lag noch immer schwer auf seinen vollen Lippen, als sie zu ihm aufblickte. *Geheimnisse.* Er war auf einer Mission gewesen, ihre Geheimnisse zu entlarven, als seine eigene schmerzhafte Vergangenheit über dieselben Lippen gekommen war, die sie nun berührte.

Und ihre eigenen Geheimnisse fühlten sich in diesem Moment so verdammt schwer an. So schmerzhaft.

Sie trat ein wenig zurück. „Du hast mit einem Freund über mich gesprochen?", fragte sie und tat so, als wüsste sie nicht, dass der Ewan, von dem er sprach, Ewan Hoffstead war, der berüchtigte stumme Duke of Donburrow.

Graham nickte langsam. „Das habe ich. Und ..."

Er unterbrach sich, und sie bekämpfte den Drang, ihre Frustration herauszustöhnen. Dass er mit einem Freund über Lydia Ford sprechen würde, war bedeutsam. Er wollte dieser Figur, die sie geschaffen hatte, näher sein.

Sie war von dieser Tatsache gleichermaßen begeistert und entsetzt.

„Und?", drängte sie, weil sie wissen wollte, was er als Nächstes sagen würde.

Er fasste ihr Handgelenk und strich mit dem Daumen über die zarten Knochen. „Das habe ich, das ist alles", sagte er.

Ihr Herz hatte bereits zu klopfen begonnen, aber als er sie ein wenig näher an sich heranzog, pochte es wie die Hufe eines wilden, freigelassenen Hengstes. Sie befand sich nun in gefährlichen Gewässern, die ihre kühnsten Vorstellungen übertrafen. Eine falsche Bewegung und sie könnte ertrinken.

Ein Schicksal, das gar nicht so schrecklich erschien, als er seine Lippen auf ihre senkte und sie die Süße seines Kusses und die pulsierende Hitze seines Verlangens dahinter schmeckte. Aber heute Abend war da noch etwas anderes. Er brauchte sie. Nicht nur körperlich, wie es in der Vergangenheit zwischen ihnen gewesen war.

Er brauchte ihren Trost. Ihre Anwesenheit. Ihre Berührung. Nur brauchte er das alles von *Lydia Ford*. Sie schob den Schmerz dieser Tatsache noch einmal beiseite und versank in seinem Kuss, schlang ihre Arme um seinen Hals und drängte ihre Zunge sanft in seinen Mund.

Er seufzte, das Geräusch drang zitternd über seine Lippen, als sich seine Arme um ihre Taille schlangen und er sie festhielt, fast erschlafft von dem, was sie als emotionale Erschöpfung kannte. *Sie kannte es nur zu gut.*

Sanft führte sie ihn nach hinten, zu seinem Bett. Als sie es erreichten, unterbrach sie den Kuss und sah zu ihm auf. „Wirst du mich heute Nacht für dich sorgen lassen?", flüsterte sie.

Erneut blitzte Emotion über sein Gesicht und er sagte: „Verdiene ich solch ein Vergnügen?"

Sie nickte. „Meiner Meinung nach schon. Und meine ist die einzige Meinung, die zählt, nicht wahr?"

Ein winziges Lächeln umspielte seine Lippen. Ein Schatten seines normalen, wissenden, verruchten Grinsens, das er nur Lydia zu schenken schien. Aber die Tatsache, dass es überhaupt Vergnügen für ihn gab, bestärkte sie in ihrer Entschlossenheit, ihm diesen Trost zu bieten.

„Wie könnte ich mich den Wünschen einer Lady widersetzten?", fragte er.

Sie versteifte sich leicht. Eine Lady? Oh, er kannte nicht einmal die Hälfte der Wahrheit. Sie trat einen Schritt zurück. „Dann zieh dich aus und rauf aufs Bett mit dir."

Er starrte sie an. „Und was wirst du tun, Lydia?"

Sie stellte sich mit dem Rücken zu ihm und holte tief Luft, bevor sie begann, ihr zerrissenes Kostüm zu öffnen. Sie war froh, es in diesem Moment zu tragen, denn es ließ sich leicht abstreifen und war so konzipiert, dass sie zwischen den Akten oder Szenen schnell ihr Aussehen hinter den Kulissen der Bühne ändern konnte.

„Kümmere dich um dich selbst, *Euer Gnaden*. Ich kümmere mich um mich", warf sie über ihre Schulter ein.

Sie sah ihn an, als sie den letzten Knopf aufknöpfte und lächelte. Er wollte Argumentieren, zog aber seine Kleidung aus, wie sie es verlangt hatte und lag nun in seiner ganzen nackten Pracht auf dem Bett. Oh, das hatte etwas Herrliches an sich. Er war wirklich prächtig, ein schönes Exemplar des Besten, was ein Mann sein konnte. Muskulös und durchtrainiert und hart. Und er gehörte ihr.

Sie schob ihr Kleid langsam an ihrem Körper hinunter und stand vor ihm, so nackt wie er selbst. Er schnappte nach Luft, ein lautes Einatmen in dem stillen Raum, aber er machte keine Anstalten, sie zu berühren oder zu kontrollieren, was geschah. Vielleicht war er zu erschöpft von dem, was er mit ihr geteilt hatte. Oder vielleicht wollte er sich ihr heute Nacht einfach nur hingeben.

So oder so fühlte sie eine Woge der Macht darüber, dass dieser Mann, der jede Situation oder Person in seiner Reichweite kontrollieren konnte, ihr diese Kontrolle zugestehen würde. Das erforderte Vertrauen. Ein Vertrauen, das sie ganz sicher nicht verdient hatte, wenn man bedachte, auf wie viele Arten sie ihn belogen hatte.

Er stützte sich auf die Ellenbogen und legte den Kopf schief. „Du denkst nach, Lydia."

Sie lächelte darüber, wie leicht er ihre turbulenten Gedanken lesen konnte. „Tue ich das? Und was ist daran falsch?"

„Nichts, außer dass ich möchte, dass du damit beschäftigt bist, mich zu berühren und nicht damit, alles zu analysieren, was gerade passiert." Nun streckte er tatsächlich eine Hand aus, aber seine blauen Augen verließen ihr Gesicht nicht. „Bitte."

Das *Bitte* wurde so leise und mit so viel Bedürfnis gesagt, dass sie ihm nicht widerstehen konnte. Langsam kletterte sie auf das Bett und kroch auf ihn zu. Sie ignorierte seine ausgestreckte Hand, als sie ihn mit einem Arm auf jeder Seite seines Kopfes einschloss. Ihr Haar fiel in einem Vorhang um sie herum und ihr Körper berührte seinen, als sie ihre Lippen senkte und ihn noch einmal küsste.

Er öffnete sich ihr mit einem leisen Seufzer, und sie nahm und nahm und nahm, trank tief von diesem Mann, der sie so fesselte und bezauberte und frustrierte und erschreckte. Dieser Mann, den sie die meiste Zeit ihres Lebens zu meiden versucht hatte und von dem sie nun nicht genug bekommen konnte.

Diesen Mann wollte sie über alle Maßen, obwohl sie ihn nicht wirklich haben konnte, weder in dem einen noch in dem anderen Leben, das sie für sich selbst geschaffen hatte – weder als Lydia noch als Adelaide. Er war unerreichbar, der Zeit entrissen.

Und in diesem Moment war ihr das völlig egal. Sie setzte sich rittlings auf ihn, während sie ihn weiter küsste und fühlte seine harte Erektion zwischen ihre Beine gepresst. Aber sie nahm ihn nicht in sich auf, auch wenn sie feucht und bereit war und nach ihm verlangte. Nein, heute Abend ging es um Trost. Und sie hatte noch nicht einmal damit angefangen, ihm Trost zu spenden.

Sie nahm ihren Mund von seinem und glitt seinen Körper hinab. Sie hatte natürlich schon Erfahrung gesammelt. In der ersten Nacht, in der Graham sie berührt hatte, war sie keine Jungfrau mehr gewesen. Aber was sie damals getan hatte, war nichts im Vergleich zu dem, was sie nun mit ihm teilte. Es trieb sie an, ihn zu berühren, ihn zu halten, ihn zu schmecken, ihn in ihren Körper aufzunehmen. Ihre Bedürfnisse kontrollierten sie, als sie seine Schultern und sein Schlüsselbein küsste und schließlich mit ihrer Zunge über seine Brustwarze fuhr, so wie er es schon so oft mit ihr gemacht hatte.

Er wölbte sich leicht unter ihren Berührungen, seine Muskeln spannten sich unter ihrer Berührung, als seine Augen sich schlossen und er ihren Namen stöhnte. Nur war es nicht ihr wirklicher Name, und Adelaide zuckte bei dem Beweis für die Lüge, die sie so sorgfältig ausgearbeitet hatte, zusammen.

Dann zwang sie sich, diesen Gedanken zu verdrängen und gab sich ihm als Lydia hin. Sie fuhr mit den Fingern über seinen Bauch und zeichnete mit ihren Nägeln ein Muster auf seiner Haut, bevor sie seinen Schwanz sanft umfasste und ihn ein-, zweimal streichelte. Er wölbte seine Hüften mit einem leisen Fluch ihr entgegen und sie lächelte gegen seine Haut.

Diesen Mann zu verwöhnen war das Geschenk ihres Lebens. Nicht für ihn, sondern für sie selbst. Sie würde sich sicher an jeden einzelnen dieser Momente erinnern, lange nachdem diese Sache zwischen ihnen vorbei war. Aber sie weigerte sich, an das Ende zu denken. Sie konzentrierte sich auf diesen Moment.

Und ließ ihre Lippen noch tiefer gleiten. Seine Haut schmeckte nach Mann und Hitze und Graham. Sie prägte sich alles ein, als sie über seine Hüfte leckte und sich dann mit seinem Schwanz konfrontiert sah.

Sie schaute zu ihm auf und sah, dass er zu ihr herunterstarrte, die Augen weit aufgerissen und erfüllt von atemloser Vorfreude.

„Das musst du nicht tun", stöhnte er.

Sie lächelte ihn an. „Ich muss gar nichts tun, Euer Gnaden."

Dann senkte sie ihren Mund über ihn und nahm ihn in sich auf. Sie hatte gehört, wie ihre Freundinnen im Theater über diesen Akt gesprochen hatten. Sie hatte sogar einmal ein leichtes Frauenzimmer beobachtet, die einen Schauspieler im Theater verführte, sie war also nicht völlig ahnungslos. Aber sehen und hören war etwas ganz anderes als *tun*. Sie war nicht ganz bereit für das harte und sanfte Gefühl von Graham auf ihrer Zunge, der ihren Mund bis zum Anschlag füllte.

Sie war auch nicht auf den Puls des heißen und schweren Bedürfnisses vorbereitet, der sie durchströmte und sie in Brand setzte, als sie begann, ihn zu nehmen. Seine Hände krallten sich in die Bettdecke und sein Kopf neigte sich nach hinten, was die Venen und Sehnen in seinem Hals offenbarte. Adelaide beobachtete ihn, als sie ihn mit dem Mund nahm, verlangsamte ihre Zuneigungen, wenn er stöhnte, fügte ihre Zunge hinzu, wenn er es zu mögen schien, und nahm sanft seine Länge in die Hand, die sie nicht komplett in ihren Mund aufnehmen konnte.

Sie konnte spüren, wie er sich der Erlösung näherte. Sie wollte ihn über den Rand der Klippe stoßen, diesem Mann Vergnügen bereiten, ohne eine Gegenleistung zu verlangen. Aber er war Graham. Natürlich würde er das nicht zulassen.

Er setzte sich auf und ergriff ihre Arme, zog ihren Mund von sich, während er sie an seinem Körper hochzog und seine Lippen auf ihre presste. Sie rutschte über ihn, spreizte ihre Beine erneut und schrie vor Vergnügen auf, als er mit einem kräftigen Stoß in ihren Körper eindrang.

Seine Küsse waren verzweifelt und bedürftig, aber sie tat es ihm gleich. Sie begann, sich an ihm zu reiben, ihr Körper verzehrte sich nach seinen Berührungen, melkte ihn, während seine Finger sich in ihre nackten Hüften gruben und sie härter und schneller über ihn bewegten. Sie warf ihren Kopf zurück, als der Orgasmus durch sie flammte, ihre Hüften sich unkontrolliert bewegten.

Er stieß hart in sie hinein, und dann schrie er auf und sie spürte, wie sein heißer Samen in ihren Körper floss. Danach ließ er sich zurück in die Kissen sinken und zog ihren immer noch zuckenden Körper über seinen, wo er sie festhielt, als würde er sie niemals mehr loslassen wollen.

Adelaide lag auf der Seite, Graham gegenüber. Er lag auf dem Bauch ausgestreckt, das Gesicht ihr zugewandt, entspannt im Schlaf. Sie musste nachdenken. Eine Berechnung, wie tief sie sich heute Nacht hinreißen lassen hatte. Graham hatte sich in ihr verausgabt. Kein Problem für eine Frau wie Lydia Ford. Eine Frau wie sie könnte ein Kind von einem Mann wie Graham in einen Goldesel verwandeln. Er würde zahlen, um ihr Kind zu schützen. Sie würde weitermachen wie bisher. Keiner würde verletzt werden.

Nur Lydia Ford existierte nicht. Lady Adelaide schon. Und wenn ihre Berechnung nicht korrekt war, würde sie ein Kind bekommen und für immer ruiniert sein. Sie würde vielleicht sogar auf der Straße landen, wenn ihre Tante so schlecht reagierte wie beim letzten Mal, als Adelaide entehrt worden war. Nur dieses Mal war es privat passiert. Leicht zu verstecken.

Aber ihre Berechnungen bedeuteten ihr, dass ein Kind nicht sehr wahrscheinlich war. Also gab es vielleicht nichts zu befürchten.

Nur lag das Problem nicht darin, dass sie heute Abend mit Graham zu weit gegangen war. Sondern darin, dass er ihr so viel von seiner Seele offenbart hatte. *Lydia.* Er hatte *Lydia* seine Seele offengelegt.

Adelaide streckte die Hand aus und zeichnete eine kleine, blasse Narbe auf Grahams Brustkorb in der Nähe seiner Schulter nach. Er rührte sich leicht, wachte aber nicht auf, als sie auf das Mal starrte, das den Schmerz belegte, den er ihr Stunden zuvor gestanden hatte.

Sie stand auf und zog sich leise an, während sie weiterhin den bemerkenswerten, wunderbaren Mann auf dem Bett anstarrte. Denjenigen, den sie belogen hatte. Sie musste ihm die Wahrheit sagen. Das war klar.

Nur wusste sie nicht, wie. Er würde am Boden zerstört sein, wenn er erkannte, dass das Mauerblümchen, von dem er nichts hielt, diejenige war, die ihm seine Geheimnisse entlockt hatte. Und was war mit den Nächten, die sie zusammen verbracht hatten? Er war ein anständiger Mann, ein ehrenwerter Mann. Wenn er glaubte, dass es eine Chance gab, sie könnte schwanger sein, würde er vielleicht sogar eine Heirat erzwingen.

Ihr Herz klopfte wild in ihrer Brust, aber sie unterdrückte die Hoffnung. Sie würde ihn niemals zwingen, sie zu heiraten. Vielleicht konnte sie noch warten. Warten, bis ihre Periode gekommen war. Dann könnte sie ihm ohne Zögern sagen, dass es kein Kind gab.

Und welche Konsequenzen auch immer danach kommen würden, sie würde sie ertragen. Er würde sie hassen und sie würde es hinnehmen. Immerhin hatte sie es verdient. Und sie würde sich an die schönen Zeiten erinnern, als sie ihn für sich beansprucht hatte, wenn auch nur kurz.

Wenn auch nur wegen einer Lüge.

KAPITEL 12

Graham schritt in seinem Gemach umher und warf gelegentlich einen Blick auf das zerknitterte Bett, in dem er vor einer Stunde allein aufgewacht war. In seiner Hand hielt er einen Brief von Lydia, den er an diesem Morgen gefunden hatte. Eine einfache Zeile, die besagte, dass sie wollte, dass er sich ausruhte, und dass sie ihn bald wieder sehen würde.

Ein Teil von ihm war begeistert, dass sie nicht einfach davonlief, nachdem sie die Wahrheit über ihn erfahren hatte. Aber es gab einen anderen Teil, der sich ... unbehaglich fühlte. Unbehaglich, weil Gedanken an Adelaide weiterhin seinen Verstand bedrängten. Wie würde sie reagieren, wenn sie wüsste, dass er so viel von sich selbst, Körper und Seele, einer anderen Frau gegeben hatte?

Er war Meg treu gewesen, für die er nicht mehr als Freundschaft empfunden hatte. Er war mit Adelaide in keiner offiziellen Beziehung liiert. Er hatte sie nicht einmal geküsst. Und doch fühlte es sich so an, als ob er sie mit Lydia betrogen hätte.

Seine Gedanken drehten sich. Und er brauchte einen Freund. Tyndale war aus der Stadt gerufen worden. Ewan machte sich bereit, auf seinen Landsitz zu reisen – er hatte vor, Weihnachten dort zu verbringen, also fuhr er wochenlang zuvor dorthin, um alles vorzubereiten. Eine Ausrede, wusste Graham, um der Stadt zu entkommen, die er so hasste.

Keiner von beiden war im Moment verfügbar. Und so blieb James übrig.

James war schon immer einer von Grahams engsten Freunden gewesen. Er und Simon waren seine besten Freunde gewesen, bevor die anderen zu ihnen gestoßen waren. Vor dem Club. Vor ihren Titeln und ihrer Verantwortung. Ihre Freundschaft war durch alles, was im Sommer passiert war, beschädigt worden, aber er wollte immer noch James' Meinung hören. Er brauchte seine Hilfe.

Eigentlich war es nicht James, mit dem er zu sprechen wünschte. Es war Simon. Simon, der in den Kern einer Sache sehen und Klartext reden konnte, ohne dabei grausam zu sein.

Nur Simon war … nun, Graham war noch nicht bereit, ihm gegenüberzutreten. Also würde er mit James reden.

Er würde vorsichtig vorgehen müssen. James kannte einige der Misshandlungen, die er durch seinen Vater erlitten hatte, ebenso wie einige der anderen. Aber Graham hatte nie jemandem das Geheimnis über den Tod seiner Mutter erzählt.

Bis Lydia in sein Leben getreten war.

Er zuckte zusammen, als er die vergangene Nacht noch einmal durchlebte. Dann verdrängte er die Gedanken und ging zu seiner Tür. Dort läutete er und wartete ungeduldig auf den Diener, der den Ruf entgegennahm.

„Euer Gnaden?", fragte der junge Mann, während er nach Atem schnappte, da er die Treppen hinaufgejoggt war, um seinem Ruf Folge zu leisten.

„Sag Walters, er soll sich bereithalten, da ich ein Schreiben an den Duke of Abernathe verfasse, das so schnell wie möglich zugestellt werden muss", sagte er. „Und lass Rogers wissen, dass ich wahrscheinlich heute Abend mit Abernathe und der Duchess dinieren werde. Es sollten also keine besonderen Vorbereitungen für das Abendessen getroffen werden."

„Ja, Sir", sagte der Diener. „Ich werde in Kürze zurückkehren, um Eure Nachricht zu entgegenzunehmen."

Graham quittierte seine Worte mit einem Nicken und schloss dann die Tür. Es war unhöflich, sich selbst zum Essen einzuladen, selbst bei einem Freund. Aber er musste James sehen. Und nachdem sie gegessen hatten, wollte er ihm alles erklären, was in seinem Leben vor sich ging.

Vielleicht konnte er die Situation selbst klären, während er versuchte, es einem Freund zu erklären.

Adelaide schritt im Salon umher und wartete darauf, dass ihre Tante zum üblichen Nachmittagstee eintraf. Normalerweise würde sie Schlangenlinien laufen, während sie wartete, aber sie war nicht bei der Sache. Nein, sie konnte nicht aufhören, an Graham zu denken. Was sie miteinander geteilt hatten, was er ihr erzählt hatte, was sie selbst ihm vorenthielt …

Sie fühlte sich furchtbar. Aber sie durfte nicht von ihrem Kurs abkommen. Sie würde noch eine Woche warten – warten, bis ihre Periode kam, dann würde sie sich offenbaren und die Konsequenzen tragen.

„Oh, Gott. Ich hoffe, ich schaffe das", flüsterte sie, als sie stehenblieb und aus dem Fenster auf die Straße dahinter starrte. Ein Teil von ihr wollte hinausspringen und einfach losrennen.

Aber das war nicht möglich. Nicht für eine Frau wie sie. Das zu tun, würde bedeuten, Adelaide für immer aufzugeben. Und es steckte mehr Adelaide in ihr als Lydia. Sie war nicht mutig genug, sich der Figur hinzugeben, die sie in einem Akt der Verzweiflung erschaffen hatte.

Sie hörte, wie sich die Tür hinter ihr schloss und drehte sich um. Ihre Tante stand nun im Türrahmen, die Arme verschränkt und ihr dünnes, faltiges Gesicht gezeichnet von … Wut.

Adelaide schob den Rest ihrer Gedanken an Graham beiseite

und machte sich auf das Schlimmste gefasst. Schließlich kannte sie diesen Blick nur zu gut.

„Tante Opal“, sagte sie und zwang sich zu einem milden Tonfall, während sie sich vorsichtig auf die Anrichte zubewegte, auf der der Tee bereitstand. „Genau pünktlich, wie immer. Darf ich dir etwas Tee einschenken? Mrs. Bligh hat deinen Lieblingskuchen vorbereitet, wie ich sehe. Ich weiß, dass du gern ein Stück davon haben möchtest.“

„Ich weiß, dass du mich anlügst“, sagte Opal und ignorierte die Frage.

Adelaide hatte bereits nach der Teekanne gegriffen, aber ihre Hände erstarrten auf halbem Wege. Sie schluckte schwer, überwand ihre Angst und drehte sich langsam zu ihrer Tante um.

„Wegen der Torten?“, fragte sie, so lässig wie Lydia, die einen Satz vorträgt. „Ich versichere dir, das tue ich nicht. Komm und sieh selbst.“

Ihre Tante schlug eine Hand gegen die Tür. „Nicht wegen der Torten, du dummes Mädchen. Ich weiß, dass du mich anlügst. Ich erkenne die Zeichen vom *letzten Mal*.“

Sie fauchte die letzten beiden Worte und Adelaide zuckte bei dem aggressiven Klang zusammen. Bei den Erinnerungen, die ihre Worte hervorriefen.

„Das bildest du dir nur ein“, flüsterte sie.

Beide Augenbrauen ihrer Tante hoben sich gleichzeitig und sie bewegte sich auf Adelaide zu wie eine Schlange, die sich zusammenrollte und bereit war, zuzuschlagen, wobei Gift aus ihren Reißzähnen tropfte.

Nur Opals Gift waren ihre Worte. Und ihre Grausamkeit.

Adelaide wünschte sich kurz, es wäre echtes Gift und nicht die Art, die die Seele für immer vernarbte.

„Du hast mit diesem Duke getanzt“, stieß ihre Tante hervor. „Bist mit ihm auf die Terrasse gegangen, um, ich weiß nicht was für schreckliche Dinge zu tun. Und dann hast du vor zwei Tagen im Park um ihn herumgetanzt. Ich kenne dein Hurenverhalten.“

Adelaide schloss kurz die Augen. Opal war stets darauf aus, Fehler in ihrem Verhalten zu finden. Und sie war oft schockiert darüber, dass ihre Tante nicht herausgefunden hatte, dass sie sich dreimal in der Woche aus dem Haus schlich, um etwas weitaus Skandalöseres zu tun als nur mit einem Duke zu tanzen.

Aber Opal suchte nach anderen Arten von Sünde in Adelaide … wegen ihrer Vergangenheit. Sie war blind für alles andere. Eine Tatsache, die Adelaide während ihrer Zeit als Lydia gegen sie verwendet hatte. Alles, was es bedurfte, waren ein paar entgegenkommende Diener wie ihr Dienstmädchen und ein paar vorsichtige Balanceakte, wenn es um das Betreten und Verlassen des Hauses ging.

„Ich versichere dir, Tante, Northfield und ich sind …“ Sie zögerte, als sie an Grahams Hände auf ihrer Haut dachte. An seine geflüsterten Geheimnisse. An die Tiefe ihrer Gefühle, mit denen sie begann, sich für ihn zu interessieren. „Ich bin *nichts* für ihn“, beendete sie. „Nur ein Mauerblümchen, das mit der Frau seines besten Freundes befreundet ist. Er ist höflich zu mir, mehr nicht.“

„Ich weiß, wann ein Mann Interesse an einer Frau hat!“, kreischte ihre Tante. „Ich habe gesehen, wie er dich im Park angesehen hat. Und ich sehe diesen Blick in deinen Augen, wenn du über ihn sprichst.“

Opal kam mit drei langen Schritten auf sie zu und Adelaide machte sich bereit. Aber sie war in keiner Weise auf das vorbereitet, was ihre Tante als Nächstes tat. Opals Hand schoss hervor und plötzlich schlossen sich ihre Finger fest um Adelaides Kehle.

„Spiel nicht mit mir, du dreckiges kleines Mädchen“, zischte Opal. Ihre Augen waren fast trübe, als wäre sie nicht mehr bei Adelaide. „Wage es ja nicht.“

Adelaide umschloss die Handgelenke ihrer Tante fest und rang nach Atem, während sie gegen die überraschende Stärke von Opals Griff ankämpfte. Und Opal drückte, sie drückte, fast so, als wollte sie Adelaides Leben beenden. Ihre Sicht begann zu verschwimmen und sie schlug nach den Händen ihrer Tante und kämpfte um Luft und ihr Leben.

„Stopp!"

Opal ließ Adelaide los, als sie sich beide zur Tür drehten. Adelaide beugte sich vor und als sich ihre Sicht klärte, fand sie Emma in der Eingangstür stehen, mit einem schockierten und entsetzten Smith an ihrer Seite.

„Was in aller Welt macht Ihr da?", rief Emma, durchquerte den Raum in drei langen Schritten und legte einen Arm um Adelaide. „Liebes, geht es dir gut?"

Adelaide richtete sich auf und sog lange Atemzüge ein. „Ja", stammelte sie, als ihr die Realität dessen, was gerade passiert war, klar wurde. „Ja, mir geht es gut."

Emma sah sie von oben bis unten an, Unsicherheit stand ihr ins Gesicht geschrieben. Dann verhärtete sich ihr Ausdruck. Emma wurde zu einer Person, die Adelaide nie zuvor gesehen hatte. Das Mauerblümchen, das Adelaide jahrelang als Freundin bezeichnet hatte, war längst verschwunden. An ihre Stelle war eine Duchess, eine Frau mit Macht, getreten. Voller Selbstvertrauen. Voller Feuer.

Und Emma wandte all das gegen Opal, während sie eine feine Braue wölbte. „Wie könnt Ihr es wagen, Madam", sagte sie, ihre Stimme kalt wie Eis.

„Ihr kommt in mein Haus und sagt mir, wie ich mit *meinem* Mündel umgehen soll?", kreischte Opal und verschränkte die Arme. Adelaide konnte jedoch erkennen, dass sie angesichts Emmas neuer Stärke zögerte.

Es schien, als könne Emma es auch sehen, denn sie hob ihr Kinn. „Adelaide wird zu mir zum Abendessen kommen", erklärte Emma. „Und sie wird heute Nacht bei Abernathe und mir bleiben."

Opal zuckte zusammen. „Nein", sagte sie fest.

Emma bewegte sich auf Adelaides Tante zu. „Ich habe *nicht* gefragt. Adelaide *wird* mit mir gehen. *Jetzt.* Und ich erwarte, dass ihr Dienstmädchen mit ihren Sachen hinterhergeschickt wird, um sie für die Nacht zu umsorgen. Habe ich mich klar ausgedrückt?"

Opal neigte leicht den Kopf zu Seite und Adelaide wappnete sich für einen verbalen Angriff. Sie glaubte nicht, dass ihre Tante etwas Körperliches mit Emma versuchen würde. Sie würde es nicht wagen, sich mit Abernathe anzulegen. Selbst ihre Tante wäre nicht so töricht.

„Nun gut", sagte Opal schließlich und ließ die Schultern hängen. „Was immer Ihr möchtet."

Dann machte sie auf dem Absatz kehrt und stapfte ohne ein weiteres Wort aus dem Salon. Emma sah ihr nach und richtete dann ihre Aufmerksamkeit auf Smith. „Sind meine Anweisungen klar, Smith?"

„Ja, Euer Gnaden", sagte Smith mit seinem schwächsten Lächeln in Adelaides Richtung. „Ich werde dafür sorgen, dass Rebecca alles zusammenpackt und so schnell wie möglich zu Euch nach Hause geschickt wird."

„Ausgezeichnet", meinte Emma, ging zurück zu Adelaide und legte wieder den Arm um sie. „Dann werde ich Adelaide nun mitnehmen."

Adelaide starrte sie an. „Emma …"

„Keine Widerrede", entgegnete Emma, fast in demselben Ton, den sie bei Opal verwendet hatte. Ein Ton der Stärke und Zuversicht. Adelaide fand, dass er ihr gefiel. Sie beneidete Emma darum.

Nur Lydia sprach in diesem Ton. Adelaide hatte ihn nie gemeistert, wenn sie keine Verkleidung trug.

Also folgte sie Emma aus dem Haus und ins Innere ihrer Kutsche. Erst als sie sich in Bewegung setzten, fiel Emmas kühle Miene und sie eilte an Adelaides Seite des Fahrzeugs, um sie zu umarmen.

„Oh, Adelaide!" Emma schluchzte fast. „Was um alles in der Welt ist passiert?"

Adelaide starrte auf den Boden, Demütigung und Schmerz und Angst trafen sie endlich, nun, da sie in Sicherheit war. Tränen stachen hinter ihren Lidern und sie hatte keine Kraft, sie zu bekämpfen, also ließ sie sie fallen.

„Es ist nichts", versuchte sie zu argumentieren, aber Emma schüttelte sie sanft an den Schultern.

„Sie hat dich gewürgt!", rief Emma. „Du wurdest blau. Bitte hör auf, mich anzulügen."

Adelaide neigte den Kopf. „Nun gut. Sie kam in den Salon und machte mir Vorwürfe wegen meiner Tugend." Sie wählte ihre Worte mit Bedacht, da sie Emma über so vieles im Unklaren gelassen hatte. Zuerst, weil sie nicht wollte, dass Emma sich Sorgen machte, obwohl sie in keiner besseren Position war. Und nun, weil sie ihr Glück nicht zerstören wollte.

„Und das hat sie dazu gebracht, dich anzugreifen?", fragte Emma.

Adelaide holte tief Luft. „Ich habe es nicht erwartet", flüsterte sie. „Ich hatte… schreckliche Angst."

„Das kann ich mir gut vorstellen." Emma hielt sie fest und Adelaide ließ ihren Kopf auf Emmas Schulter sinken. Sie saßen eine Weile so, dann seufzte Emma. „Du wirst nicht dorthin zurückkehren."

Adelaide zuckte zusammen. „Opal würde das nie erlauben."

Emma äußerte ein spöttisches Lachen. „Soll sie sich doch mit James darüber streiten. Ich würde wetten, dass er gewinnen wird."

„Warum sollte er sich dafür einsetzen?", fragte Adelaide.

Emma blinzelte, als sie sie ansah. „Weil er mich liebt. Und ich liebe dich. Natürlich würde er sich für das einsetzen, was richtig ist."

„Ich werde heute Abend bei euch beiden bleiben", sagte Adelaide, nicht gewillt, über das zu streiten, von dem sie wusste, dass Opal es tun würde. Ihre Tante hatte ihre Macht über Adelaide immer eifersüchtig gehegt. Sie hatte keinen Zweifel, dass sie darum kämpfen würde, sie zu behalten, auch wenn sie keine Liebe für ihre Nichte empfand. „Das wird genügen müssen."

Emma bewegte sich und ging langsam auf ihre Seite der Kutsche zurück. „Ich muss dir etwas sagen."

Adelaide runzelte die Stirn über die Veränderung in Emmas

Benehmen. „Nun gut", sagte sie langsam. „Obwohl dein Gesichtsausdruck sehr unheilvoll ist."

„Graham wird sich uns heute Abend anschließen."

Adelaide schloss langsam die Augen. „Natürlich wird er das", murmelte sie. Es war völlig passend. Vor ein paar Tagen hatte sie ihn an seinem tiefsten und verletzlichsten Punkt gesehen. Heute Abend war sie an ihrem.

Und er würde da sein. Und es würde ihn nicht kümmern.

„Du klingst enttäuscht", sagte Emma. „Du magst ihn doch, nicht wahr?"

Adelaide sah Emma an und ihr Herz sank. Ihre Freundin hatte ihr Herz, ihre Hoffnungen nie besonders gut verbergen können. Nun standen sie ihr ins Gesicht geschrieben. Sie wollte, dass Adelaide irgendwie eine unmögliche Verbindung mit Graham fand.

„Er mag mich nicht", sagte Adelaide langsam und wich damit sowohl der Frage ihrer Freundin aus als auch dem Versuch, Emmas Hoffnungen sanft zu bremsen. Und ihre eigenen aufzugeben.

Emma legte den Kopf schief. „Woher weißt du das?"

Adelaide lachte fast, obwohl an der Situation nichts Amüsantes war. „Ich weiß es einfach", sagte sie mit einem Kopfschütteln. „Er will … jemanden, der ich ganz sicher nicht bin."

Emma war einen Moment lang still, dann beugte sie sich vor. „Ich war jemand, den James nicht wollte. Oder dachte, er wolle mich nicht. Aber hier bin ich nun."

Adelaide lächelte. Emma war noch nie so schön gewesen. Sie hatte ein Baby, das in ihrem Bauch wuchs, ihr Gesicht leuchtete voller Liebe, die so rein und kraftvoll und wahr war, dass sie fast von innen heraus strahlte. Sie hatte Vertrauen in die Welt, in ihren Mann, in sich selbst.

Und Adelaide war noch nie so glücklich für und gleichzeitig so eifersüchtig auf einen Menschen gewesen. Mühsam streckte sie die Hand aus, um Emmas Hand zu nehmen. „Ich bin nicht du, Liebes."

Emma holte Luft und Adelaide konnte sehen, dass sie sich gegen diese Aussage wehren wollte. Es leugnen. Adelaide dazu zwingen, etwas zu werden, von dem sie wusste, dass sie es nie sein konnte.

Aber es musste etwas in Adelaides Ausdruck gelegen haben, das sie aufhielt. Denn Emma drückte lediglich ihre Hand und ließ Adelaide zurück auf den Kutschensitz sinken.

„Wann wird er kommen?", fragte Adelaide.

Emma runzelte die Stirn. „Kurz vor acht. Zum Abendessen."

Adelaide nickte. Das gab ihr ein paar Stunden Zeit, sich auf seinen Besuch vorzubereiten. Auf die Tatsache, dass sie, wenn er sie sah, den Mann sehen würde, für den sie begann, sich zu interessieren.

Und er würde nur das Mauerblümchen sehen, das er tolerierte.

KAPITEL 13

Graham betrat das Foyer und übergab Hut, Mantel und Handschuhe an James' Butler.

„Ihre Gnaden und Lady Adelaide erwarten Euch im Blauen Salon", erklärte der Mann, während er begann, den Flur hinunterzugehen.

Graham stolperte fast über seine Füße. „Lady Adelaide ist hier?", fragte er.

Der Butler hielt nicht inne, um seine Frage zu beantworten. „Ja, Euer Gnaden. Sie schließt sich der Familie zum Abendessen an." Er blieb vor dem Salon stehen und öffnete die Tür. „Der Duke of Northfield", verkündete er und trat aus dem Weg.

Graham holte tief Luft, als seine Welt sich langsamer zu drehen schien. Adelaide war in diesem Raum. Adelaide, die andere Hälfte seines gegenwärtigen Dilemmas. Die andere Frau, die seine Gedanken beschäftigte. Dass sie hier war, musste Vorsehung sein.

Oder ein teuflischer Zufall, der die Sache nur noch schwieriger machen würde.

Vielleicht beides.

Er betrat den Raum. Er wusste, dass er zu James und Emma schauen sollte, die zusammen vor dem Feuer standen. Aber er tat es nicht. Sein Blick wanderte sofort zu Adelaide. Sie hatte offensichtlich auf dem Sofa gesessen, aber nun stand sie, die Hände vor sich geballt und ihr bebrillter Blick war auf ihn gerichtet.

Sie war nicht das, was er sich vorgestellt hatte, als er an eine Frau dachte, die seine Aufmerksamkeit erregen würde. Und dennoch tat sie es. Selbst seine Besessenheit von Lydia verblasste, wenn er einen Raum betrat, in dem Adelaide war.

„Guten Abend", zwang er sich zu sagen.

„Guten Abend", antwortete Adelaide, ihre Stimme zitterte ein wenig.

Bevor Graham das allzu sehr analysieren konnte, schritten James und Emma durch den Raum, um ihn zu begrüßen. „Hallo, mein Freund", grüßte James ihn.

Emma griff nach ihm. „Ich bin so froh, dass du hier bist, Graham. Wir werden ein sehr glückliches Quartett abgeben ... meine Güte, Graham, deine Hände!"

Graham blickte nach unten. Ohne seine Handschuhe waren seine geprellten und zerschundenen Knöchel sehr deutlich zu sehen. Emma war blass geworden, als sie sie betrachtete und auch James schien besorgt.

Als er Adelaide ansah, war er überrascht, dass sie auf sein Gesicht starrte, nicht auf seine Hände. Er räusperte sich. „Ah, ja. Ich, ähm ... nun, ich nehme an, ich habe ein paar Neuigkeiten für euch. Ich weiß allerdings nicht, ob ich das in Gegenwart von Lady Adelaide sagen sollte."

Adelaides Kinnlade senkte sich leicht und sie machte eine Bewegung, als wollte sie den Raum verlassen, aber Emma streckte eine Hand aus. „Adelaide ist meine liebste Freundin. Du kannst in ihrer Gegenwart sagen, was du willst. Kommt, setzen wir uns."

Sie deutete auf die Sessel und das Sofa vor dem Kamin. Sie und James nahmen die Stühle und Grahams Herz begann zu klopfen. Der einzige Platz, der übrig blieb, war der neben Adelaide. Sie schien diese Tatsache zur gleichen Zeit zu bemerken wie er, denn ihre Wangen färbten sich tiefrosa.

Er lächelte über die Reaktion, denn es bedeutete, dass sie nicht so immun war, wie sie immer vorgab zu sein. Sie setzte sich und er folgte ihrem Beispiel. Er saß nicht zu nahe, aber nahe genug, dass er einen Hauch ihrer Wärme spüren konnte. Plötzlich spürte er sie ganz deutlich. Er roch ihren weichen, frischen Duft. Und fragte sich mit einem kräftigen Ruck, wie es sich wohl anfühlen würde, ihre Lippen mit seinen eigenen zu berühren.

Er blinzelte die Gedanken weg und konzentrierte sich.

„Sir Archibald ist in London", sagte er.

Emmas Reaktion kam sofort. Sie sprang auf die Füße, jegliche Farbe verließ ihre Wangen und sie stand da und starrte ihn an. James folgte ihr und hielt ihren Arm fest, um sie zu beruhigen, während auch er seinen Blick auf Graham richtete.

„Was?", platzte Emma schließlich heraus. „*Hier?*"

Graham nickte. „Nach dem, was im Frühsommer in Abernathe passiert ist, habe ich ihn eine Zeit lang verfolgt. Aber die Situation mit Simon ..." Er zögerte und sah Adelaide an. Ihr Blick huschte zwischen ihm, James und Emma hin und her.

„Was ist in Abernathe passiert?", fragte sie.

Emma zitterte, als James ihr in ihren Sessel zurückhalf. „Mein Vater hat arrangiert, dass ich diesen Bastard heiraten soll", flüsterte sie. „James hat mich gerettet, aber Sir Archibald war wütend. Er griff mich an und hätte fast ..."

Sie brach ab. James' Gesicht war rot, als er sagte: „Ich habe ihn davon abgehalten, ihr wehzutun. Ich hätte ihn töten sollen."

Graham neigte den Kopf. „Nun, *ich* hätte es fast getan. Er hat sich in letzter Zeit viel im Theater herumgetrieben. Er hat eine ... eine Freundin von mir belästigt." Er warf Adelaide einen Blick zu, aber sie sah ihn nicht an. Es schien fast so, als würde sie es absichtlich tun.

„Eine Freundin?", wiederholte James, seine Augenbrauen hoben sich.

Graham starrte ihn an. „Eine Freundin."

„Wurde sie verletzt?", flüsterte Emma. „Die arme Frau ... wurde sie von ihm verletzt?"

Es war klar, was sie mit *verletzt* meinte und Graham streckte die Hand aus, um die ihre sanft zu ergreifen. Sie begegnete seinem Blick und er sagte sanft: „Nein, Emma. Ich habe ihn aufgehalten. Ich hätte ihn fast umgebracht, aber meine ... meine Freundin war klug genug, mich aufzuhalten."

„Eine gute Freundin, in der Tat", sagte Adelaide leise.

Er richtete seinen Blick auf sie. „Ja", stimmte er mit einem Seufzer zu. „Ehrlich gesagt, Emma, er hat Angst vor James. Ich glaube nicht, dass er dir nachstellen wird. Er zieht Frauen vor, die keinen solchen Schutz haben wie du."

Die Farbe in Emmas Wangen kehrte mit dieser Aussage ein wenig zurück, aber James' Mund war von einer kaum kontrollierten Wut verzogen, die Graham erkannte. „Ich werde eine Wache einstellen", sagte er mit zusammengebissenen Zähnen.

Graham nickte. „Ich kann dir helfen, das zu arrangieren."

Emma atmete sanft aus. „Ich nehme an, es würde nicht schaden, ein paar zusätzliche Männer als Schutz zu haben."

Adelaides Stimme zitterte. „Ja, ich halte das für klug. Aber Emma, warum hast du mir nichts von Sir Archibald erzählt?"

Emma schüttelte den Kopf. „Es ist so viel passiert. Und es war ein Moment des Grauens inmitten eines solchen Glücks. Ich wollte einfach nicht darüber sprechen."

Adelaides Gesichtsausdruck hellte sich auf und es lag eine Fülle von Verständnis darin. Genug, dass Graham sich fragte, wie sie so einfühlsam sein konnte. Hatte ihr irgendwann jemand wehgetan? Der Gedanke schürte eine Wut in ihm, die mit der rivalisierte, die er gefühlt hatte, als Lydia angegriffen worden war. Er holte ein paar Mal tief Luft, um sich zu beruhigen.

„Nun, wir sollten nun von glücklicheren Dingen sprechen", sagte er. „Es sei denn, du hast noch Fragen, Emma?"

Emma lächelte ihn an. „Du bist sehr freundlich, Graham, aber nein. Ich denke, du hast recht, dass es uns nichts bringt, die Vergangenheit zu Tode zu reden. James und ich wissen nun über Sir Archibald Bescheid. Und ich bin mir sicher, dass mein Mann sich um ihn kümmern wird."

James drehte sich zu ihr. „Das werde ich, Emma. Das habe ich dir geschworen und ich meinte es auch so."

Er schockierte Graham, indem er Emmas Kinn nach oben neigte und ihr einen kurzen, aber leidenschaftlichen Kuss auf die Lippen drückte. Graham drehte seinen Kopf und stellte fest, dass auch Adelaide auf einen losen Faden auf dem Sofa starrte. Ihre Wangen flammten auf, als sich ihre Blicke trafen.

In diesem Moment wünschte er sich, so frei zu sein, dass er sie küssen konnte. Er fragte sich, wie sie wohl schmecken würde. Wie sie sich in seinen Armen anfühlen würde. Wie ihre Seufzer der Lust klingen würden. Wie sie ihre zarten Hände über seine Haut bewegen würde.

„Euer Gnaden", sagte James' Butler von der Tür her. Die Gruppe drehte sich zu ihm um und er nickte. „Das Abendessen ist serviert."

Emma holte tief Luft und schob dann ihre Hand in James' Armbeuge. „Sollen wir?", fragte sie, während sie auf die Tür deutete. Sie gingen hinaus und Graham wandte sich an Adelaide.

Sie in diesem Moment zu berühren, erschien ihm sehr gefährlich, aber es ließ sich nicht vermeiden. Er streckte den Ellenbogen aus und hob die Brauen. „Darf ich dich begleiten, Adelaide?"

Sie schnappte leise nach Luft und ihr Blick huschte von seinem weg. Sie nickte, aber die Bewegung war ruckartig. „Ja", stammelte sie. „Natürlich."

Sie glitt auf ihn zu, anmutig in ihren Bewegungen, und dann legten sich ihre Finger um seinen Arm. Er bekämpfte den Drang in ihm, bei der sanften Berührung zu stöhnen und bewegte sich stattdessen in Richtung Speisesaal.

Ein Ort, an dem er hoffte, seine Sinne sammeln zu können, bevor er jede Fähigkeit verlor, sich zu beherrschen.

～

Adelaide zuckte zusammen, als sie spürte, dass Grahams Blick wieder einmal auf sie gerichtet war. Es war das gefühlt hundertste Mal an diesem Abend und sie wusste nicht, wie sie reagieren sollte.

„Wie hast du Emma kennengelernt, Adelaide?", fragte er.

Sie riss ihr Gesicht hoch und sah ihn an. Er schien wirklich an der Antwort interessiert zu sein, so wie er es auch gewesen war, als er ihr während des Abendessens ein Dutzend anderer Fragen gestellt hatte.

Sie kämpfte um die Kontrolle über ihre Gefühle und warf Emma einen Blick zu. „Wir lernten uns auf einer Teeparty kennen, veranstaltet von …" Sie brach ab.

„Lady Laura. Diese Lügnerin", beendete Emma den Satz mit einem Kichern, das den Raum erwärmte und Adelaide das Unbehagen nahm.

„Oh, das hatte ich ganz vergessen", lachte Adelaide und bedeckte ihren Mund mit der Hand.

„Was genau hat das zu bedeuten?", fragte James, sein Ausdruck warm und voller Nachsicht, während er seine Frau beobachtete. „Was auch immer es ist, das Erröten meiner Frau verrät mir, dass es ein böser Scherz zwischen euch beiden Höllenwesen ist."

Adelaide schüttelte den Kopf. „Mauerblümchen können keine Höllenwesen sein."

Graham stieß ein Lachen aus und sie blickte ihn an. Er hob die Schultern, ohne einen Anflug von Schuld im Gesicht. „Es tut mir leid, meine Liebe. Ich habe wohl zu viel Zeit mit dir verbracht, um das zu glauben. Und Emma hat eindeutig eine teuflische Seite, sonst hätte sie nie James' Aufmerksamkeit erregt."

James zwinkerte seiner Frau zu und Emmas Wangen färbten sich noch tiefer rot. „Adelaide und ich haben uns immer dumme kleine Namen für einige der gemeineren Mädchen in unserer Bekanntschaft ausgedacht", erklärte Emma.

„Um der Ehre deiner Frau gerecht zu werden", unterbrach

Adelaide, „*ich* habe damit angefangen. Lady Laura, ich glaube, sie ist … sie hat den Marquis of Hedgebottom geheiratet, nicht wahr?"

Emma nickte. „Er ist zwanzig Jahre älter als sie. Ich habe gehört, dass sie völlig unglücklich ist."

Adelaide lächelte trotz ihrer selbst. „Einem netteren Mädchen hätte das nicht passieren können. Jedenfalls warf sie Emma eine furchtbare Lüge an den Kopf und ich hatte gerade selbst das gleiche Privileg genossen. Also sagte ich etwas Böses darüber, dass sie Lady Laura die Lügnerin sein und von da an ging es los."

„Ihr zwei kleinen Klatschtanten", sagte James kopfschüttelnd. „Ihr steht an der Wand und seht unschuldig und zuckersüß aus, und dabei hattet ihr die ganze Zeit nur Spaß."

„Ich habe noch nie in meinem Leben zuckersüß ausgesehen", lachte Adelaide.

„Dem würde ich nicht zustimmen", meinte Graham und seine Augen konzentrierten sich wieder auf ihr Gesicht.

Sein unerwarteter Blick machte sie nervös. Was um alles in der Welt geschah hier? Er konnte sie doch unmöglich wirklich mögen. Es war ein törichter Gedanke, so etwas überhaupt in Betracht zu ziehen. Sie *wollte,* dass er sie mochte, die echte Adelaide, und so suchte sie in jedem flüchtigen Blick eine Bedeutung. In jeder beiläufigen Bemerkung.

Das musste wirklich aufhören oder sie würde mit einem noch gebrocheneren Herzen enden, als es sicherlich kommen würde, wenn sie ihm endlich die Wahrheit offenbarte.

Die Diener räumten die letzten Gänge des Abendessens ab und James stand auf. „Northfield, möchtest du dich zu mir setzen und ein wenig plaudern? Ich denke, wir beide haben einige Vereinbarungen zu treffen."

Er warf Emma einen kurzen Blick zu und Adelaide erkannte die Angst, die über die Miene ihrer Freundin huschte. Furcht vor Sir Archibald. Sie fühlte sich schrecklich, weil sie Emmas Beziehung zu diesem Bastard nicht einmal kannte.

Graham stand auf und sein Blick huschte noch einmal zu

Adelaide. „Ja. Vielleicht können wir uns danach zu den Ladies gesellen?"

Emma lächelte. „Natürlich."

James trat vor und drückte Emma einen Kuss auf die Wange, bevor er ihr auf die Beine half. Dann lächelte er Adelaide an und die beiden Männer verließen den Raum.

Als sie weg waren, sackte Emma leicht in sich zusammen und Adelaide versuchte, sie zu beruhigen. „Du siehst müde aus", sagte sie, als die beiden in einen anderen Salon gingen, um ihre Getränke zu genießen.

Emma nickte. „Das bin ich. Dank des Babys fühle ich mich morgens immer noch kränklich und manchmal ist es, als würden mich die Gefühle einfach … *überwältigen*. Das mit Sir Archibald zu hören …"

Sie brach ab und Adelaide half ihr in einen Sessel. „Oh, Emma, ich wünschte, ich hätte es gewusst."

Emma zuckte mit den Schultern. „Wie ich schon sagte, habe ich seit meiner Heirat so viel Glück verspürt, dass ich nicht darüber sprechen wollte." Sie seufzte. „James und Graham werden sich darum kümmern."

Adelaide presste ihre Lippen zusammen. „Ja, ich bin sicher, das werden sie."

„Ihr zwei scheint jedes Mal, wenn ich euch sehe, mehr zusammenzuwachsen", sagte Emma sanft.

Adelaide blickte ihre Freundin an. Emma schien nun sehr konzentriert zu sein, die Schärfe war in ihren Blick zurückgekehrt. Und wieder einmal wollte Adelaide ihr alles sagen. *Alles.*

Nur dass sie es nicht konnte. Noch nicht. Sie war es Graham schuldig, es ihm vor allen anderen zu sagen. Danach … nun, danach würde sie es Emma erzählen. All diese Lügen aufrecht zu halten wurde eine viel zu schwere Last. Und wenn Graham sich gegen sie wandte, wovon sie ausgehen musste, würde sie Emma mehr denn je brauchen.

Sie erschauderte bei dem Gedanken.

„Weißt du, Emma, ich möchte mit dir über etwas reden", gestand sie. „Ich habe so viel zu sagen. Aber wie du, so bin auch ich erschöpft. Lass uns noch etwas warten, um uns gegenseitig alles zu berichten, was passiert ist, einverstanden?"

Emma musterte sie einen Moment lang, dann nickte sie einmal. „Ja, natürlich. Aber ich bin hier, wenn du mich brauchst. Ich hoffe, das weißt du."

Adelaide beugte sich vor, um ihre Wange zu streicheln. „Nach dem heutigen Tag könnte ich *niemals* an deiner Freundschaft zweifeln. Danke nochmal, dass du mich aus diesem Haus geholt hast."

Emma stieß sich vom Sessel ab und seufzte. „Komm, wir gehen beide nach oben. Ich sage James Bescheid, dass wir beide zu müde für weitere Aufregungen heute Abend sind. Er wird es Graham erklären."

Adelaide neigte zustimmend den Kopf, obwohl es einen Teil von ihr gab, der zutiefst enttäuscht darüber war, dass sie den Mann heute Abend nicht wiedersehen würde. Eine Tatsache, die bewies, dass sie töricht war, wenn es um ihn ging. Sie würde gut daran tun, sich das zu merken.

Emma verschränkte ihren Arm mit dem ihren, als sie begannen, den Raum zu verlassen. „Adelaide", sagte sie leise.

„Ja, Emma?"

„Morgen früh wird es besser sein."

Adelaide schluckte. Sie war sich nicht sicher, ob Emma in diesem Fall recht behalten sollte. Schon bald würde ein Morgen kommen, an dem sie jedem, der ihr etwas bedeutete, die Wahrheit sagen musste – auch Graham.

Sie war nicht davon überzeugt, dass jemals wieder etwas gut werden würde, wenn dieser Tag erst einmal anbrach.

KAPITEL 14

Graham nippte an seinem Drink, während er James dabei beobachtete, wie er unruhig durch sein Arbeitszimmer schritt, so wie er es schon seit fast zwanzig Minuten tat.

„Wie viele Männer sollte ich deiner Meinung nach einstellen?", fragte James.

Graham lehnte sich vor. „Zwei werden genügen", meinte er. „Eine Wache für den Tag, eine für den Abend, vor allem, wenn du nicht hier bist. Du willst Emma doch nicht erdrücken oder sie zu einer Gefangenen in ihrem eigenen Haus machen."

James entspannte sich ein wenig und ließ sich langsam in einen Stuhl gegenüber von Graham sinken. „Natürlich. Du hast recht, das würde ich ihr nie antun wollen. Nur … bei der Vorstellung, dass dieser Bastard in London ist, dreht sich mir der Magen um."

„Es geht mir genauso", murmelte Graham. „Es tut mir leid, dass ich nicht besser auf den Mann aufgepasst habe. Besonders, wenn man bedenkt, dass er fast …"

Er unterbrach sich selbst und starrte auf seine geprellten Hände, als ihn Erinnerungen überfluteten. James hörte auf zu laufen und starrte ihn an. „Du hast die Kontrolle verloren?"

Graham hob langsam sein Kinn. James hatte die Frage nicht abwertend gemeint, aber Graham fühlte sich trotzdem in die Defensive gedrängt, als er nickte. „Das habe ich."

„Es ist lange her, dass du das getan hast." James verschränkte die Arme. „Du musst diese Schauspielerin sehr mögen."

Graham schürzte die Lippen angesichts des wissenden Ausdrucks auf dem Gesicht seines Freundes. „Ich sollte es besser wissen, als jemandem aus unserer Gruppe etwas zu erzählen. Es fällt alles auf dich zurück, nicht wahr?"

„König der Dukes, ja? Ich muss über mein Königreich wachen, so gut ich kann", sagte James mit einem kurzen Lächeln und einem Kopfschütteln. „Ich frage mich allerdings, was das für Adelaide bedeutet."

Graham versteifte sich bei der Erwähnung ihres Namens. „Du denkst, ich verhalte mich ihr gegenüber unfair?"

„Es ist klar, dass du sie magst", sagte James mit einem Schulterzucken. „Ich kenne dich gut genug, um zu wissen, was ich sehe, wenn ihr beide zusammen seid. Komisch, dass ich die Differenzen zwischen dir und Meg nicht so deutlich sehen konnte."

Graham fuhr sich mit der Hand durch das Haar und löste es dabei aus seinem Zopf. Er schüttelte den Kopf. „Das war nicht deine Schuld. Du hast getan, was du für alle Beteiligten für richtig hieltest. Wir hätten es alle beenden können, bevor es … unser Leben in Stücke gerissen hat."

James legte den Kopf schief. „Warum hast du es nicht getan? Du hast Meg offensichtlich genauso wenig geliebt wie sie dich. Warum hast *du* es nicht beendet?"

„Die meisten unseres Ranges heiraten nicht aus Liebe", sagte Graham nach einer langen Pause, in der er über die Frage nachdachte. Er dachte über die beiden Frauen nach, die ihn so verwirrten. „Ich hätte nie gedacht, dass ich das tun würde. In Wahrheit habe ich nie gedacht, dass ich es wollen würde. Starke Emotionen haben mir nie … nie positiv erschienen."

„Wegen deines Vaters", erkannte James leise.

Graham zuckte seiner selbst zum Trotz zusammen. „Ja. Seine Leidenschaften führten immer zu Wut. Ich fürchte, ich werde in seine Fußstapfen treten."

„Das könntest du nie", sagte James sofort und entschlossen, als er zu ihm kam, um eine Hand auf Grahams Unterarm zu legen. „Du könntest *nie* so sein wie er."

Graham schloss die Augen und dachte noch einmal an Sir Archibalds zerschundenes Gesicht in der vergangenen Nacht. Noch jetzt spürte er den Aufprall von Fleisch auf Fleisch in seinen wunden Knöcheln. Sein Magen drehte sich.

„Du hast gefragt, ob es Adelaide gegenüber fair ist", sagte er und erzwang den Themenwechsel ohne jede Finesse. „Ich weiß, dass es das nicht ist. Ich mag sie, James, ich möchte, dass du weißt, dass ich kein Spiel mit ihr spiele. Sie ist mit niemandem vergleichbar, den ich bisher gekannt habe. Ich ertappe mich dabei, wie ich all die Mauern einreißen will, die sie zwischen sich und der Welt aufgebaut hat. Aber dann ist da noch Lydia und ich habe ihr bereits Geheimnisse anvertraut, die ich nicht einmal dir oder Simon erzählt habe."

James lehnte sich überrascht zurück. „Ich verstehe. Glaubst du, dass es eine Zukunft mit der Schauspielerin gibt?"

Graham atmete lang und stoßweise ein. Wenn er sich eine Zukunft vorstellte, konnte er sie sich nicht ohne Lydia vorstellen. Aber andererseits fiel es ihm auch schwer, sie sich ohne Adelaide vorzustellen.

„Da du so lange brauchst, um zu antworten, kann ich mir vorstellen, was du nicht sagen willst", sagte James. „Ich kenne Adelaide noch nicht sehr gut, aber nach allem, was Emma gesagt hat, weiß ich, dass sie etwas Besseres als ein halbes Herz verdient hat. Wenn du eine so tiefe Verbundenheit zu Lydia empfindest, denke ich, du solltest …"

Er brach ab und Graham schüttelte den Kopf. „Sag es mir, ich will es wissen."

„Ich fürchte, es wird dir nicht gefallen", antwortete James langsam.

„Nun, Simon ist nicht hier, um den Schmerz zu mildern", sagte Graham mit einem kleinen Lächeln. „Also sag es schnell, dann brennt es vielleicht weniger."

„Ich denke, du solltest Adelaide gehen lassen", sagte James fest.

Graham konnte bei dem Gedanken kaum atmen, auch wenn er wusste, dass James recht hatte. Auch wenn er nur die absolute Wahrheit sprach.

„Euer Gnaden?" Beide Männer drehten sich um, als James' Butler den Billardraum betrat. Als James nickte, fuhr der Mann fort. „Die Duchess und Lady Adelaide haben beide beschlossen, sich früh zu Bett zu begeben. Ich soll Euch ausrichten, dass Ihr so lange aufbleiben könnt, wie Ihr möchtet, Euer Gnaden."

Graham warf einen Seitenblick zu James. An der Veränderung seines Gesichtsausdrucks konnte Graham erkennen, dass sein Freund zu seiner Frau wollte. Die Gewissheit auf Abernathes Gesicht ließ Grahams Brust sich zusammenziehen. Er wünschte, er wüsste so klar, was er wollte.

„Danke", sagte James. „Du kannst nun zu Bett gehen. Ich sorge dafür, dass die Türen verschlossen werden, wenn Northfield geht."

Der Butler nickte und ließ die beiden Männer allein. James lächelte ihn an. „Es scheint, als hätten wir eine lange Nacht vor uns, falls du dich unterhalten möchtest."

Graham lachte. „Nein, ich brauche heute Abend keine Gouvernante, obwohl ich das Angebot zu schätzen weiß. Ich möchte noch etwas sagen, bevor ich dir sage, dass du in dein Bett gehen sollst und ich mich selbst hinauslasse."

James nickte. „Natürlich."

„Die Situation ist unhaltbar und ich weiß, du hast recht damit, dass ich nicht mit einer Frau wie Adelaide spielen sollte. Und auch nicht mit einer Frau wie Lydia. Dennoch, sie haben mir ein Geschenk gemacht."

„Und welches?"

„Ich verstehe jetzt mehr, was Simon … durchgemacht hat", gab er langsam zu. „Zu wollen, was er glaubte nicht haben zu können, zu lieben, was er wusste, dass er es nicht sollte. Ich kann verstehen, wie seine Verzweiflung ihn dazu gebracht haben könnte, etwas zu unternehmen. Wieso er bereit gewesen war, alles zu geben, um Meg nicht zu verlieren."

James' Kiefer zuckte ein wenig. „Wenn es das ist, was du aus deiner derzeitigen misslichen Lage gelernt hast, dann kann es mir nicht leidtun. Ich hoffe, das bedeutet, dass du eines Tages mit Simon reden kannst, ihm vielleicht sogar verzeihen kannst. Unsere Welt ist ohne dich nicht mehr dieselbe."

Graham versteifte sich. „Ich bin hier."

James schüttelte den Kopf. „Nein, nicht wirklich. Nicht so, wie es einmal war. Vielleicht ist das zu viel erhofft, aber ich tue es trotzdem."

Graham nickte. In Wahrheit hatte er mit der Zeit auch begonnen, sich zu wünschen, dass die Dinge wieder waren wie früher. Es war vielleicht nicht möglich, nach allem, was sie durchgemacht hatten. Aber er wusste, dass das Vermeiden der Situation nichts daran ändern würde. „Ich werde mit Simon sprechen, wenn ich bereit bin, das verspreche ich dir."

James schlug ihm wieder auf den Arm. „Kannst du dich selbst hinausbegleiten?"

Er lächelte. „Das kann ich. Ich bin sicher, Grimble ist noch nicht zu Bett gegangen und ich kann ihn überreden, hinter mir abzuschließen. Wir sehen uns bald wieder, mein Freund."

James grinste und verließ den Raum, Graham kam hinter ihm. Während sein Freund nach rechts in Richtung Treppe abbog, ging Graham nach links, die langen, gewundenen Flure hinunter, die zum Foyer führten. Doch als er um eine Kurve bog, verlangsamte er seine Schritte. Die Bibliothekstür stand einen Spalt offen und ein Lichtstrahl drang aus dem Raum, und erhellte einen Sessel im Flur. Er bewegte sich darauf zu, sein Herzschlag erhöhte sich, denn er wusste instinktiv, was er in diesem Raum vorfinden würde.

Er wusste auch, dass er daran vorbeigehen sollte.

Aber er tat es nicht.

~

Adelaides nackter Fuß tippte unter ihrem Kleid auf den Holzboden und sie blickte zu den Bücherregalen hinauf, ohne eines von ihnen wirklich zu sehen. Gott, wie abgelenkt sie war. Sie hatte nicht einmal genug Konzentration, um Rebecca zu rufen, damit sie ihr beim Ausziehen half. Alles, woran sie denken konnte, war Graham, Graham, *Graham*.

Graham, dessen Miene sich mit Scham füllte, als Emma die Prellung an seinen Knöcheln bemerkt hatte.

Graham, wie er Adelaide während des Abendessens beobachtet hatte, sein Ausdruck verschleiert und unleserlich, aber ach so konzentriert und verwirrend.

Graham, gebrochen in der Nacht, nachdem er Sir Archibald angegriffen hatte. Gebrochen, als er seine dunklen und schmerzhaften Geheimnisse einer Frau zugeflüstert hatte, die nicht einmal existierte.

Und Graham, der nur ein paar Türen weiter mit James saß und über Gott weiß was redete, während sie nicht aufhören konnte, an ihn zu denken.

„Hallo, Adelaide."

Sie erstarrte vor dem Bücherregal und ihr Herz begann so heftig zu pochen, dass sie fürchtete, man könne es in dem stillen Raum hören. Sie hatte gedacht, dass sie heute Abend hier sicher war. Sie hatte gedacht, Graham und James würden wahrscheinlich noch viele Stunden miteinander reden.

Es schien, dass sie falsch lag. Sie drehte sich langsam und sah genau denjenigen, den sie erwartet hatte … Graham, der am Eingang des Raums stand. Sein blondes Haar hatte sich halb aus seiner Schleife gelöst und Strähnen fielen um sein Gesicht, was ihn ein wenig gefährlich aussehen ließ.

Und natürlich suchte er sie auf, wenn sie am verletzlichsten war. Natürlich war er hier und beobachtete sie, als ihre Geheimnisse so nah an der Oberfläche schimmerten. Während sie erkannte, dass sie ihm alles sagen musste, aber einfach noch nicht bereit dazu war.

„Hallo", quietschte sie.

Er zögerte einen Moment, fast so, als würde er seine Optionen abwägen, dann trat er ganz in die Bibliothek und schloss die Tür sanft hinter sich.

Sie starrte ihn an. Sie waren nun unpassenderweise allein. So war sie als Adelaide noch nie mit ihm allein gewesen. Kurze Momente auf der Terrasse waren nichts im Vergleich zu diesem. Der Raum war klein und eng und niemand wusste, dass sie hier waren. *Zusammen.*

Keiner konnte sie unterbrechen.

Trotz der Gefahr dieses Moments, trotz ihrer Dummheit, sich zu wünschen, er würde noch gefährlicher werden, reagierte ihr Körper von selbst auf das, was sie getan hatten. Sie begann überall zu kribbeln und ihr Körper machte es sehr deutlich, was er von dem Mann wollte, der nicht mehr als einen Meter von ihr entfernt stand.

„Ich dachte, du wärst ins Bett gegangen", sagte er, und sie war sich fast sicher, dass er dem Wort *Bett* ein klein wenig mehr Gewicht gab.

Sie schlug die Hände vor sich zusammen. „Ich konnte nicht schlafen. Nicht, dass ich es sehr versucht hätte."

Er bewegte eine Hand nach oben, um sich eine Haarsträhne aus der Stirn zu streichen und sie verfolgte die Bewegung, wobei sie erneut auf die blauen Flecken an seinen Knöcheln aufmerksam wurde. Sie hätte nach Eis fragen sollen. Es hätte die Schwellung gelindert. Er runzelte die Stirn, als sie seine Verletzungen betrachtete.

„Hässlich, nicht wahr?", fragte er und hielt ihr die Hände hin, damit sie genauer hinschauen konnte.

Sie schnappte nach Luft. „Nein, das finde ich nicht."

„Nein?", drängte er und trat einen Schritt vor. Sie spürte seine Körperwärme, seine unerschütterliche Präsenz, die den ganzen Raum einzunehmen schien.

Sie hätte weggehen sollen, aber stattdessen griff sie nach ihm. Ihre Finger strichen fast über den Bluterguss, aber er zog sich zurück und neigte seinen Kopf.

„Was du von mir denken musst", sagte er leise. „Du und auch Emma."

Sie schürzte die Lippen, frustriert, dass er so wenig von ihrem wahren Ich wusste, dass er denken würde, sie würde ihn für das, was er getan hatte, verurteilen. Es schmerzte sie, dass er sich selbst noch härter verurteilte.

„Du hast etwas Mutiges getan, wie mir scheint", meinte sie und wählte ihre Worte sorgfältig. „Deine ... deine *Freundin* so zu schützen, wie du es getan hast."

Er zuckte zusammen. „Wenn du da gewesen wärst, hättest du mich für ein Tier gehalten, Adelaide."

Sie ballte die Hände an den Seiten. „Natürlich warst du kein Tier, Graham", beharrte sie und ihre Emotionen kochten über, obwohl sie es nicht wollte. „Die Absichten dieses Mannes waren klar – er hätte nicht aufgehört, wenn du ihn nicht aufgehalten hättest. Was wäre dann passiert? Ich weiß genau, was dann passiert wäre. Ich wäre vergewaltigt worden und ..."

Sie unterbrach sich selbst und führte die Hände ruckartig an die Lippen. Was hatte sie gerade gesagt? Was um alles in der Welt hatte sie in ihrem Eifer, Graham zu besänftigen, gerade gesagt?

Graham hob seinen Blick zu ihr und seine Stirn legte sich verwirrt in Falten. „Was hast du gerade gesagt?"

Sie wich zurück und dieses Mal zögerte er nicht, sich vorwärtszubewegen. Er neigte jetzt den Kopf und musterte sie. Er sah sie *wirklich* an.

„Ich habe nichts gesagt", wich sie aus. „Ich habe nur wiederholt, was du über deine Freundin gesagt haben."

„Du sagtest, *ich* wäre … *ich*, nicht sie." Er rückte wieder näher und sie taumelte, stolperte fast über die Teppichkante, als ihr Hintern gegen das Bücherregal hinter ihr stieß. Er drängte sich weiter an sie, berührte sie nicht ganz, ragte aber dennoch über ihr empor, sein Gesicht zu nah an ihrem.

Sein heller, unmöglich blauer Blick schien sie zu durchdringen. Ihr Atem ging rasend schnell, das einzige Geräusch in dem stillen Raum. Sie wollte sich umdrehen und weglaufen, aber sie konnte nirgendwo hin. Sie konnte sich nirgendwo verstecken. Nicht mehr.

„Graham", flüsterte sie. „Bitte nicht."

Er griff nach ihr und sie rechnete damit, dass er ihren Arm packen würde. Um sie anzuschreien und zu fordern, dass sie sich ihm offenbarte. Stattdessen ließ er seine Finger in den straffen Dutt gleiten, der in ihrem Nacken gebunden war. Sie wurde schwach bei der Berührung, dem federleichten Druck seiner Hand auf ihre Kopfhaut, der ihre Haarnadeln löste und sie auf dem Boden unter ihr verstreute, ihr Haar ausbreitete und über ihre Schultern fallen ließ.

Seine Nasenlöcher weiteten sich.

„Graham", wiederholte sie schwach, Tränen füllten ihre Augen.

Er ließ seine Hand zu ihrem Kinn gleiten und zwang sie, zu ihm aufzusehen. Dann strich er mit den Fingerspitzen über ihren Kiefer, über ihren Wangenknochen und ergriff ihre Brille. Langsam, ganz langsam ließ er sie über ihre Nase hinuntergleiten und fallen.

Dann starrte er sie an. Ohne ihre Rüstung, ohne ihr Kostüm, ohne ihre Barrieren zwischen ihnen. Und er sah sie. Denn es gab nichts mehr, was ihn davon abhielt.

Adelaide hörte ganz auf zu atmen, vor allem, weil sie sich nicht daran erinnern konnte, wie sie das tun sollte, während sie so entblößt war. Sie hatte nicht gewollt, dass er ihr Geheimnis auf diese Weise herausfand. Er starrte sie einen Moment lang einfach nur an, sein Ausdruck war voller aufgewühlter Emotion.

Sie machte sich darauf gefasst, dass er sie anschreien würde.

Dass er verlangte, dass sie sich erklärte. Oder schlimmer noch, dass er einfach in purer Abscheu weggehen würde.

Aber stattdessen stieß er einen langen Atemzug aus und flüsterte: „Gott sei Dank.“

Dann eroberte sein Mund den ihren, mit einer erdrückenden Verzweiflung. Dieser war intensiver, als alle anderen seiner Küsse zuvor.

KAPITEL 15

Grahams Zweifel verflogen, als seine Lippen die ihren berührten. Adelaide und Lydia waren ein und dieselbe Person. Und er war in seinem ganzen Leben noch nie so verwirrt, so verblüfft und so erleichtert gewesen. Die Vorstellung, eine der Frauen zu verlieren, hatte ihm körperlich wehgetan.

Aber nun wusste er, dass er keine mehr verlieren musste. Also genoss er den Kuss, schmeckte Adelaides Verlangen, fühlte es in der Art, wie sie sich gegen ihn wölbte, mit diesen winzigen Lauten der Lust, die ihn immer bis in sein Innerstes erschütterten.

Die Vernunft floh, die Fragen flohen, alles, was blieb, war dieses brennende Verlangen, sie zu haben, sie zu beanspruchen. Nicht als Lydia, sondern als Adelaide. Als die Frau, die sie war, wenn sie es erlaubte, dass sich diese beiden Seiten von ihr vereinten.

Er drehte sich und schob sie mit dem Rücken zum Sofa in der Mitte des Raumes. Sie wehrte sich nicht, als er sie auf die Kissen sinken ließ. Sein Mund verließ ihren nie, während er tiefer und tiefer in den Ozean eintauchte, den diese Frau verkörperte. Körper und Seele. Er wollte sie ganz. Er wollte es jetzt.

Sie griff nach oben und begann, an seinem Halstuch zu zerren, als sein Mund sich von ihren Lippen zu ihrer Kehle bewegte. Er setzte sich auf, fuhr aus seiner Jacke und riss die Knöpfe seines Hemdes auf, bis er es sich über den Kopf ziehen konnte.

Sie legte ihre Hände auf seine Brust und zeichnete die Muskellinien nach, während ihre Augen weit aufgerissen waren. Er lächelte über diesen Ausdruck, denn sie hatte ihn schon ein paar Mal so gesehen und doch schien sie jedes Mal schockiert zu sein. Es war gut für das Ego eines Mannes, wenn eine Frau ihn so ansah.

Besonders diese Frau.

Graham zog sie in eine sitzende Position und ließ seine Hand über ihren Rücken gleiten, wobei er einen Knopf nach dem anderen öffnete, während sie ihren Mund mit heißem, verzweifeltem Verlangen zu seinem hob. Sie zerrten gemeinsam das Kleid und ihre Unterwäsche nach unten, und er schob sie zurück auf das Sofa, während er seine Lippen um einen festen Nippel schlang. Sie wölbte sich unter ihm, ihre Hände fuhren in sein Haar, als sie mit einem schaudernden Seufzer die Augen schloss.

Er beobachtete ihr Gesicht, während er sie befriedigte – er sah Lydia, aber auch Adelaide. Und er unterdrückte alle seine Fragen, denn für den Moment waren sie belanglos.

„Bitte", murmelte sie. Ihre Hüften stießen gegen seine, im Takt mit der Art, wie er an ihrer Brust saugte. „Bitte."

Er nickte und stand auf, zog seine Stiefel aus und kämpfte mit den Knöpfen seiner Hose, während sie sich ihr Kleid von den Hüften schob. Sie errötete, als sie langsam ihre Beine spreizte und sich ihm offenbarte. Er stoppte, was er tat und starrte sie an.

In diesem Moment war sie ganz Adelaide. Und obwohl er diesen Körper schon vorher geliebt hatte, hatte er nie gewusst, dass sie es war. Nun, da er es wusste, war alles wieder wie neu. Sie war neu. Und er wollte sie mit mehr Kraft und Leidenschaft, als er Lydia je begehrt hatte.

Was sehr viel aussagte.

„Mein Gott, du bist wunderschön", murmelte er, als er seine Hose fallen ließ, sie wegkickte und sich langsam über sie senkte. „Hast du eine Ahnung, was du mit mir machst?"

Sie lächelte, als sie zwischen die beiden griff und sanft seinen steinharten Schwanz umfasste. „Ich denke, ich habe eine kleine Ahnung."

Er schüttelte den Kopf. „Das meine ich nicht. Ich spreche hiervon."

Er nahm ihre Hand und hob sie von seinem Schwanz, schob sie zwischen ihre Körper, bis ihre Finger auf seiner Brust ruhten, direkt über seinem Herzen. Sie schluckte hart und begegnete seinem Blick, als er sich gegen ihr Geschlecht positionierte. Als er vorwärts drängte, beschleunigte sich sein Herzschlag und ihre Augen wurden groß.

Sie beließ ihre Hand auf seiner Brust und sein Herz pochte unter ihrer Handfläche, als er sie mit langen, langsamen Stößen nahm. Ihre Spalte umklammerte ihn, drückte ihn, während sie sich gegen ihn stemmte, ihr Blick verschwamm vor Lust, als er sie nahm. Er drang tief ein, kreiste mit den Hüften, während sie sich anspannte, und ein rohes Gefühl schoss seinen Schwanz hinauf und breitete sich in seinem ganzen Körper aus. Er war lebendig, er stand in Flammen und es gab nichts Vergleichbares.

Keine war wie sie.

Graham umfasste ihren Hinterkopf und zog ihren Mund zu sich heran. Er fuhr mit seiner Zunge an ihren Lippen vorbei in ihren Mund und schmeckte ihren einzigartigen Geschmack, als ihr Körper unter seinem zu beben begann. Graham packte ihre Hüften, stieß härter zu und trieb ihre Lust an, bis sie unter ihm bockte und ihre Scheide ihn packte.

Sie melkte seinen Schwanz, trieb ihn nach Hause, zu ihr, zu diesem blendenden Moment des perfekten Vergnügens, das immer zwischen ihnen bestand. Er stieß härter zu, schloss seine Augen, saugte an ihrer Zunge, fühlte das intensive Gefühl wachsen, bis sich seine Eier anspannten. Er unterdrückte sein Stöhnen und zog sich zurück, wobei er mit der Hand seinen Schwanz packte, während er zwischen ihnen kam. Dann ließ er sich nach vorne fallen, um ihren Körper mit seinem zu bedecken, während er sanfte Küsse auf ihren Hals und ihre Schultern niederprasseln ließ.

Sie schlang ihre Arme um ihn und schmiegte seinen Körper an den ihren, ihre Beine um seine Taille geschlungen, ihre leisen Lustlaute erklangen immer noch warm und unzusammenhängend gegen seinen Hals.

Und in diesem Moment war alles in seiner Welt, seinem Leben, seinem aufbrausenden Geist, perfekt.

Das war es, was sie für ihn tat. Adelaide. Lydia. Beide. Gleich. Und dieser Gedanke holte ihn aus dem Vergnügen zurück in die Gegenwart.

Er hob den Kopf und starrte auf sie herab. Sie sah ihn direkt an, schreckte nicht zurück, versteckte sich nicht. Nicht mehr. Alles war offengelegt worden und ihre Geheimnisse würden bald mit denen verschmelzen, die er ihr vor kurzem gestanden hatte.

Falls sie sie ihm offenbaren wollte. Denn *sie* hatte *ihn* nicht gezwungen. Und so sehr er es auch wollte, er musste ihr den gleichen Respekt erweisen.

Er strich mit dem Handrücken an ihrer Wange entlang, zeichnete die weichen Linien dort nach, während er flüsterte: „Sagst du es mir?"

Sie versteifte sich nur ein wenig und ihr Blick glitt von seinem weg. Er trauerte um die Verbindung, die nun unterbrochen worden war. Er trauerte, weil sie das Gefühl hatte, sie unterbrechen zu müssen. Dass sie ihm nicht völlig vertrauen konnte. Ihm nicht vertrauen wollte. Ihm vielleicht nie trauen würde.

„Das bin ich dir schuldig", sagte sie mit einem Nicken, das man nur als resignierte Kapitulation bezeichnen konnte.

Er umfasste ihr Kinn und hob es an, um sie zu zwingen, ihn anzuschauen. Ihre blauen Augen weiteten sich, als sie seinem Blick begegnete. Er schüttelte langsam den Kopf.

„Du bist mir nichts schuldig", flüsterte er. „Ich bitte dich um die Wahrheit, aber wenn du deine Geheimnisse wahren willst, würde ich sie dir niemals abzwingen."

Seine Antwort schien sie zu schockieren, denn sie schwieg für eine gefühlte Ewigkeit. Dann schluckte sie schwer. „Nein, Graham. Ich hatte immer vor, es dir zu sagen. Und es ist an der Zeit. Es ist Zeit für die Wahrheit."

~

Adelaide stöhnte auf, als Graham sein Gewicht sanft von ihr nahm. Sie bereitete sich darauf vor, dass er aufstehen und weggehen würde, um sich anzuziehen, damit eine Barriere zwischen ihnen stehen würde. Aber genau wie in dem Moment, als er den Raum betreten hatte, überraschte er sie. Er verließ sie nicht, sondern brachte sie nur beide in eine sitzende Position. Er drückte sie an sich, legte seine Arme um sie und sie lehnte ihren Kopf mit einem schaudernden Seufzer an seine nackte Brust.

Sie fühlte sich in seinen Armen sicher. Es war eine Illusion, das wusste sie, aber eine, an die sie sich in diesem Moment der Verletzlichkeit und Angst klammerte. Er hatte sie noch nicht aufgegeben und er kannte bereits die Schlimmste ihrer Lügen.

„Was ich dir über die erste Nacht erzählt habe, in der wir uns geliebt haben, als du dachtest, ich sei Lydia, war wahr", begann sie und war überrascht, dass sie noch zusammenhängend sprechen konnte, obwohl sie so stark zitterte. „Vor drei Jahren begann ein Gentleman, sich für mich zu interessieren. Keiner von wirklicher Bedeutung, aber er schien mich zu mögen. Und niemand hatte mich je zuvor gemocht. Er hat mich verführt. Ich hätte ihm nicht erlauben sollen … mich zu nehmen, aber ich dachte, es wäre ihm wichtig. Anscheinend nicht, denn er verschwand kurz darauf."

Sie spürte, wie sich Grahams Kiefer anspannte und sah auf, um Wut in seinem Gesicht zu erkennen. Auf sie? Aber nein, es schien nicht so zu sein. „Wer war es?"

„Das spielt jetzt keine Rolle. Er ist nach Amerika abgehauen. Das hat sein Vater öffentlich verlauten lassen. Seit Jahren hat man nichts mehr von ihm gesehen oder gehört." Sie seufzte. „Er wollte lieber weglaufen, als mich zu heiraten, so schien es. Damals war es niederschmetternd, denn ich wusste, dass ich jede noch so kleine Chance auf eine Zukunft zerstört hatte. Meine Tante fand es heraus und war wütend, was mein Leben zu Hause noch schwieriger machte."

„Es hat dich verändert", erkannte er leise.

Sie nickte. „Wie alle Erfahrungen es tun, nehme ich an. Ich kehrte in mich. In die Bücher. In die Ausstellungsstücke auf Soireen. Ich *wollte nicht* gesehen werden."

Er blickte auf sie herab, und sie sah, wie Einfühlungsvermögen und Verständnis über sein hübsches Gesicht huschten. In diesem Moment wuchs ihr Gefühl der Sicherheit, obwohl sie ihm eine Tatsache offenbart hatte, die leicht ändern konnte, was er von ihr hielt. Lydias Fall war eine Sache, die es zu verarbeiten galt. Lady Adelaides Fall war eine ganz andere Angelegenheit. Zwei verschiedene Welten, zwei verschiedene Gefühle zu ein und demselben Thema.

Und doch schien Graham von der Wahrheit nicht beunruhigt zu sein.

„Wie hat es dich zu Lydia geführt?", drängte er sanft.

Sie holte tief Luft. „Ich war nicht glücklich. Wie gesagt, meine Tante reagierte nicht gut, als sie entdeckte, dass ich ruiniert worden war. Sie beschimpfte mich auf die übelste Weise." Adelaide verstummte und dachte an Opals harte Ohrfeige während dieser schrecklichen Zeit. Und daran, wie sie Adelaide heute gewürgt hatte.

„Was hat sie getan?", fragte Graham, sein Körper versteifte sich, als ob er es bereits wüsste. Er würde die Zeichen besser kennen als die meisten, würde sie wetten.

„Sie war grausam", erklärte Adelaide leise. „Und ich war unglücklich und gefangen. Aber vor eineinhalb Jahren bekam sie eine Erkältung. Sie war fast drei Wochen lang bettlägerig und plötzlich erhielt ich wieder diesen winzigen Geschmack von Freiheit. Mein Dienstmädchen Rebecca, das wusste, wie unglücklich ich war, schlug vor, dass ich mich mit ihr hinausschleichen und ein Theaterstück sehen sollte. Es war so verrucht, so völlig Charakterfremd für mich, aber ich tat es."

Seine Augenbrauen hoben sich. „Ein ziemlicher Sprung vom Sehen eines Stücks zum Auftreten auf der Bühne eines der beliebtesten Theater in London."

Sie nickte. „Das war es. Weißt du, Rebecca hatte eine Freundin hinter der Bühne und plötzlich waren wir da. Die Schauspielerin in einer der Nebenrollen wurde heftig krank und ich sah ihr ein bisschen ähnlich. Ich wurde auf die Bühne geschoben, hatte nur drei Zeilen zu sagen und ich …" Sie zögerte, obwohl die Freude sie überflutete. „Ich *liebte* es. Als sie applaudierten, war es, als hätte jemand … ein Licht angemacht, von dem ich nicht einmal wusste, dass es existiert."

„Du bist sehr gut darin, Adelaide", sagte Graham sanft.

Sie lächelte zu ihm hoch. „Danke. Von da an ging es Schlag auf Schlag. Ich wurde gebeten, eine weitere Rolle zu spielen und noch eine. Lydia war geboren, denn als Adelaide konnte ich nicht auftreten. Rebecca und ich haben ein ausgeklügeltes System, wie ich mich aus dem Haus hinaus und herein schleichen kann. Tante Opal hat bisher keinen Verdacht geschöpft … noch nicht."

Graham nickte. „Erstaunlich. Aber du musst mich für einen großen Narren halten, dass ich nicht erkannt habe, dass du Lydia bist."

„Weißt du, wie viele Männer aus unseren Kreisen zu meinen Stücken gekommen sind?", fragte sie, setzte sich auf und drehte sich ganz zu ihm um. „Die sogar zurückkamen, um mit mir zu reden, wie du es an jenem ersten Abend tatest?"

„Ich nehme an, keiner von ihnen hat dich geküsst", sagte er und beugte sich vor, um seine Lippen sanft auf ihren hin und her zu streichen. „Und sie haben dich auch nicht in ihr Bett genommen, wie ich es getan habe."

Sie erschauderte, als er seine Finger die Beuge ihres Halses hinunter und über ihre nackte Brust gleiten ließ, bevor er seine Hand wieder auf seinen muskulösen Oberschenkel legte.

„Nein", gab sie zu. „Keiner von ihnen tat das. Aber ich erschuf eine Figur, Graham. Lydia, die all das Selbstvertrauen besaß, das mir als Adelaide fehlt. Sie ist mutig und unerschrocken. Sie kleidet sich anders, sie bewegt sich anders, ganz zu schweigen davon, dass ich als Adelaide eine Brille trage und mein Haar zurückziehe."

„Als Schutzschild", murmelte er.

„Du hast *genau* das gesehen, was ich die Welt sehen lassen wollte", sagte sie. „Obwohl ich zugeben muss, dass ich das erste Mal, als du mich zum Tanzen aufgefordert hast, nachdem du Lydia im Theater geküsst hattest, wie versteinert war, weil ich befürchtete, dass du mich entdeckt hättest. Und dann war ich … ein bisschen eifersüchtig auf *mich*." Sie verzog das Gesicht. Die Fakten lagen nun auf dem Tisch, aber Graham schien nicht wütend zu sein. Er wusste nun, dass sie und Lydia ein und dieselbe Person waren. Das gab ihr etwas von der Kühnheit, die sie in ihrem Charakter aufgelegt hatte. „Darf ich dich etwas fragen?"

Er nickte langsam. „Du darfst."

„Warum … warum hast du *Gott sei Dank* gesagt, als dir klar wurde, dass Adelaide und Lydia dieselben sind?", fragte sie.

Er legte den Kopf schief. „Weißt du das nicht?"

„Nein, sonst hätte ich nicht gefragt." Sie lächelte ein wenig.

„Ich fühlte mich zu Adelaide hingezogen, die mich so leicht in die Schranken weist", sagte er, und ein Glucksen sprudelte von seinen Lippen und wärmte sie. „Ich sagte *Gott sei Dank*, denn ich quäle mich schon seit Wochen deinetwegen und wegen Lydia."

Sie runzelte die Stirn. „Was könntest du nur damit meinen?"

„Adelaide, ich wollte euch beide. Und ich hatte keine Ahnung, dass ihr dieselbe Person seid. Ich war durch den Verrat von einem meiner engsten Freunde mitgenommen und doch wurde ich zwischen zwei bemerkenswerten Frauen hin- und hergerissen, wie ein kompletter Idiot."

Sie starrte ihn an, ihre Augen weiteten sich. „Ich verstehe nicht. Du wolltest *Lydia*. Nicht mich."

„Ich glaube, ich habe gerade bewiesen, dass diese Behauptung völlig falsch ist, *Adelaide*", sagte er und streckte seine Hand aus, um sie ein wenig näher zu sich heranzuziehen. „Ich kann es noch einmal tun, wenn du möchtest."

„Du wolltest mich, weil du erkannt hast, dass ich Lydia *bin*", meinte sie. Adelaide wollte dem Verlangen in seinem Blick nachgeben, war aber immer noch verwirrt von seiner Aussage.

„Wer glaubt, so viel zu wissen, tappt wirklich im Dunkeln", entgegnete er. „Du könntest nicht falscher liegen. Ich habe Tage und Tage damit verbracht, mich mit der Tatsache abzufinden, dass ich *dich* will, Adelaide. Ich bin mit deinem Namen auf meinen Lippen und deinem Gesicht in meinem Kopf aufgewacht. Als ich Lydia berührte, fühlte ich mich, als ob ich *dich* verraten würde. Also vertraue bitte darauf, dass ich meine eigenen Gedanken kenne. Ich will *dich* um jeden Preis."

Ihr Herz machte einen Sprung bei dieser Aussage und der Ehrlichkeit, mit der sie formuliert war. Er meinte es ernst. Er glaubte daran.

„Du musst aber sehen, dass ich nicht wie sie bin. Ich bin nicht selbstbewusst oder kühn oder …"

„Nun, das ist reiner Blödsinn", unterbrach er sie. „Du warst schon in dem ein oder anderen Ballsaal oder Salon frech zu mir. In der Tat glaube ich, dass dein wahres *Ich* weder die Frau ist, die sich hinter ihrer Brille versteckt, *noch* die Lady, die über die Bühne schreitet. Ich denke, du bist etwas zwischen diesen beiden. Die besten Teile von beiden."

Sie blinzelte, denn plötzliche Tränen stachen ihr in die Augen über sein absolutes Vertrauen in sie. Ein Vertrauen, das sie für sich selbst nicht gefühlt hatte … vielleicht niemals.

„Ich wollte es dir sagen", flüsterte sie. „Ich wollte dir die Wahrheit sagen."

Er hob beide Augenbrauen und sah tatsächlich überrascht von diesem Geständnis aus. „Ich bin froh, das zu hören. Aber warum? Wenn ich so blind war, warum durfte ich es nicht bleiben?"

Sie zitterte. „Weil du mir in der Nacht, nachdem Sir Archibald mich angegriffen hat, ein Stück deiner Seele gegeben hast. Ich konnte nicht bei dir bleiben und dem ganzen ruhig zusehen, ohne dass du die Wahrheit erfährst." Sie begegnete seinem Blick und hielt ihm stand, obwohl es schwer war. „Als du mir von deiner Vergangenheit erzählt hast, von deinem Vater und deiner Mutter, hat mir das so viel bedeutet, Graham. Auch wenn ich ein wenig eifersüchtig auf … auf mich selbst war."

Er lächelte leicht, obwohl sie seinen Schmerz bei der Erinnerung an das, was er ihr in der Nacht zuvor erzählt hatte, sehen konnte. „Es hat mir sehr viel bedeutet, Adelaide, dir genug vertrauen zu können, um dir von meiner Vergangenheit zu erzählen. Ich bin froh, dass du es warst und nicht *nur* Lydia, die es weiß. Und es bedeutet mir sehr viel, deine eigene Wahrheit zu kennen. Ich verstehe, dass nur wenige Leute es wissen dürfen."

Sie schüttelte den Kopf. „Niemand außer Rebecca", gestand sie. „Und meinem Kutscher."

Er runzelte die Stirn. „Nicht einmal Emma?"

„Nein", gab sie zu. „Ich wollte es ihr schon so oft sagen, aber bevor sie verheiratet war, wollte ich sie nicht in Schwierigkeiten bringen, falls die Wahrheit herauskäme. Du kennst sie, sie kann nicht lügen – es liegt nicht in ihrer Natur."

Graham nickte. „Das kann ich verstehen. Aber was ist mit Melinda und den anderen im Theater?"

Adelaide lachte. „Wenn sie wüssten, dass ich eine Lady bin, die Tochter eines Earls, würden sie mir *niemals* erlauben, dort zu arbeiten. Die Auswirkungen wären zu groß, dafür würde meine Tante sorgen. Ganz zu schweigen davon, dass es dort einige gibt, die versuchen könnten, dieses Wissen gegen mich zu verwenden. Um mich zu erpressen."

„Du bist also die einzige Seele auf der Welt, die mein Geheimnis kennt, abgesehen von ein paar Dienern", sagte er.

„Und du bist der Einzige, der meine kennt", beendete sie mit einem sanften Lächeln den Satz für ihn. Ein Lächeln, das er sofort erwiderte.

„Und wann hättest du es mir gesagt, wenn ich heute Abend nicht die Wahrheit aufgedeckt hätte?", flüsterte er.

Sie hielt den Atem an. Das war etwas, das er noch nicht ganz durchdacht hatte. Sie war nicht gerade bereit, ihm dabei zu helfen, aber sie konnte ihn auch nicht anlügen. Das wollte sie auch gar nicht.

„Ich habe gewartet auf … auf …" Sie errötete und er beugte sich vor.

„Es kann nicht schlimmer sein als das, was du bereits gesagt hast", beruhigte er sie.

Adelaide bewegte sich und merkte plötzlich ihre Nacktheit ganz deutlich. Sie ballte die Hände in ihrem Schoß, holte tief Luft und sagte: „Das letzte Mal, als du mit Lydia zusammen warst, warst du nicht … vorsichtig, Graham."

Er starrte sie einen Moment an, dann weiteten sich seine Augen, als würde er sich an das letzte Mal erinnern, als er mit ihr geschlafen hatte, bevor er die Wahrheit herausgefunden hatte. „Oh Gott, ich war so aufgebracht, so abgelenkt, dass ich … ich bin in dir gekommen."

Wie sehr sie das Entsetzen in seiner Stimme hasste. „Für eine Frau wie Lydia ist es vielleicht nicht das Ende der Welt, ein uneheliches Kind zu haben. Aber ich bin nicht Lydia, nicht wirklich. Ich wollte zu dir kommen, nachdem ich sicher sagen konnte, dass es kein Baby gibt. Ich wollte dir die Wahrheit bis dahin vorenthalten, um dich nicht zu einer Art ehrenhafter Reaktion zu zwingen."

Sein Kiefer spannte sich. „Du meinst, du wolltest nicht, dass ich in eine Ehe mit dir gezwungen werde."

Sie nickte. „Das würde ich nie tun, Graham. Tatsache ist, dass ich bereits ruiniert war, bevor du mich berührt hast. Solange es kein Baby gibt – was nach meinen Berechnungen wahrscheinlich nicht der Fall sein wird –, gibt es keinen Grund für dich, dein Leben meinetwegen wegzuwerfen."

Er starrte sie an, die Stirn in Falten gelegt. „Du glaubst, dass ich das so sehen würde?"

„Ich weiß es nicht", sagte sie leise. „Aber ich weiß, dass du nicht gezwungen werden solltest, mit jemandem zusammenzuleben, nach dem, was du gerade mit Meg und Simon durchgemacht hast und wegen deiner Vergangenheit mit deinen Eltern. Das würde ich dir nie antun."

Graham schüttelte den Kopf. „Das würde ich dir auch nie unterstellen."

Er stand auf, als er die Worte sagte und sie sah zu, wie eine Mauer zwischen ihnen errichtet wurde. Eine, die sie nicht erwartet hatte, dank ihrer Verbindung und ihrer Ehrlichkeit. Eine, die sie viel mehr stach, als sie es hätte tun sollen, angesichts ihrer Lügen, angesichts seiner Umgänglichkeit im Angesicht dieser Lügen.

„Ich sollte gehen", sagte er und fand seine Hose in dem Durcheinander von Kleidung auf dem Boden. „Bevor wir entdeckt werden."

Sie schluckte den plötzlichen Kloß in ihrem Hals herunter. Vorbei an der Enttäuschung, die sie nicht fühlen sollte. Graham hatte Lydia nie Versprechungen gemacht. Und obwohl er gesagt hatte, dass er Adelaide wollte, hatte er nie nach diesen Impulsen gehandelt, bis die Wahrheit heraus war.

Er war ihr nichts schuldig. Sie würde um nichts bitten.

Sie nahm ihr Kleid und zerrte es sich über den Kopf. „Ich verstehe."

Er knöpfte gerade sein Hemd zu, als sie sprach und wandte sich ihr mit einem seltsamen Ausdruck zu. „Ich bin mir nicht ganz sicher, ob du das tust", sagte er. „Emma sagt, du bist morgen hier?"

Sie nickte. „Sie versucht, mich so lange hier zu behalten, wie es meine Tante erlaubt."

„Warum?", fragte er, und wieder waren sein Körper und sein Gesicht angespannt.

Sie zögerte, weil sie ihn nicht wollte, dass er an seine schreckliche Vergangenheit dachte. „Sie mag es, mich hier zu haben", log sie.

Er schien einen Moment über die Antwort nachzudenken, aber

er stellte sie nicht infrage. „Nun, ich werde morgen wiederkommen. Dann können wir das alles ausführlicher besprechen, Adelaide. Wenn keiner von uns beiden so … abgelenkt ist."

Sie nickte und wusste, dass er recht hatte. Sie erkannte, dass sie beide etwas Abstand brauchten. Er beugte sich vor und küsste sie sanft, sein Mund erforschte ihren, bis sie sich ihm öffnete und sich mit einem schaudernden Seufzer entspannte.

Dann zog er sich zurück, sein Blick war unscharf und erfüllt von dem Verlangen, das sie so gut kannte. Doch er schüttelte den Kopf. „Gute Nacht, Adelaide."

„Gute Nacht", sagte sie und sah ihm hinterher, als er ging. Dann ließ sie sich gegen die Sofakissen sinken.

Als sie sich vorgestellt hatte, Graham die Wahrheit zu sagen, hatte sie sich nie erlaubt zu hoffen, dass er sie nicht hassen würde. Dass es nicht all die Bande zerstören würde, die sie zwischen ihnen geknüpft hatten. Aber er war wundervoll und verständnisvoll gewesen und alles, was sie sich je gewünscht hatte.

Trotzdem blieb sie unbefriedigt zurück, weil so viel zwischen ihnen unausgesprochen geblieben war. Und sie wurde mit wachsenden Gefühlen in ihrem Herzen zurückgelassen, die nur dazu führen würden, dass sie enttäuscht werden würde.

KAPITEL 16

Graham war in der Nacht zuvor von Emotionen verwirrt von Adelaides Seite gewichen. Diese Emotionen hatten sein Urteilsvermögen getrübt. Aber am Morgen des nächsten Tages kehrte er mit noch mehr Verwirrung zu Emma und James zurück. Er hatte eine schlaflose Nacht hinter sich, in der er nur an Adelaide gedacht hatte. An das, was sie ihm gesagt hatte. An die Tatsache, dass sie nichts von ihm verlangte.

Und doch ließ es ihn an schreckliche Dinge denken. Eine Zukunft, von denen er sich erhoffte, dass er sie nie haben würde. Ein Leben, das er vielleicht nicht verdiente und das nur in Herzschmerz enden konnte. Für sie. Für ihn.

Die Tür zum Salon öffnete sich und er drehte sich um, in der Erwartung, Adelaide und seine Gastgeber zu sehen. Stattdessen war es nur Emma, die den Salon betrat, ihr hübsches Gesicht erhellt von einem einladenden Lächeln. Er konnte nicht anders, als es zu erwidern, denn die Frau seines Freundes war nichts als freundlich und aufrichtig.

„Graham, ich bin so froh, dich wiederzusehen", sagte sie und winkte ihn zu seinem Platz, während sie ihren einnahm. „Die anderen werden gleich zu uns stoßen. James hatte einen unerwarteten Besucher, der darauf bestand, empfangen zu werden, also schickte er mich voraus, um mit dir zu plaudern. Grimble sagte, du seist hier. Adelaide hat etwas länger geschlafen, sie ist gerade dabei, sich fertig zu machen, wird sich aber bald zu uns gesellen."

Graham schluckte. Dass Adelaide lange geschlafen hatte, war wahrscheinlich seine Schuld. Immerhin war er derjenige gewesen, der sie bis in die frühen Morgenstunden mit Leidenschaft und Geheimnissen wachgehalten hatte.

„Ich bin sicher, wir beide werden viel zu besprechen haben", sagte er und versuchte, höflich zu klingen, auch wenn ihm der Kopf schwirrte.

Emma nickte, aber ihr dunkler Blick war sehr konzentriert auf ihn gerichtet. Als ob sie ihn mustern würde. „James hat mir erzählt, dass du ihn damals ermutigt hast, mich zu umwerben."

Graham war froh, dass ihm noch kein Drink angeboten worden war, sonst hätte er ihn bei ihrer unerwarteten Aussage sicher quer durch den Raum gespuckt. Er strich mit den Händen über seine Weste und nickte. „Das habe ich, Euer Gnaden."

„Dafür bin ich dir auf ewig dankbar", sagte sie und beugte sich vor. „Und ich bin so dankbar dafür, dass du beginnst, in den Kreis der Freunde zurückzukehren, die dich innig lieben. Das bedeutet meinem Mann sehr viel. Ich frage mich allerdings …"

Sie brach ab und Graham klappte die Kinnlade herunter. Sie war direkt, aber auch kalkulierend. „Was fragst du dich?"

„Adelaide ist meine Freundin", erklärte sie, ihr Tonfall trotz seiner Weichheit immer noch fest. „Meine beste Freundin auf der Welt, eine, die mit mir viel durchgemacht hat. Ich würde mir nicht wünschen, dass sie verletzt wird."

„James hat also mit dir gesprochen?" Graham entspannte sich vorsichtig, unsicher, ob er beleidigt sein oder Verständnis für die losen Lippen seines Freundes haben sollte, da es um seine Ehefrau ging.

Emma hob beide Augenbrauen leicht an. „Nein, das hat er nicht.

Ich spreche aus meinen eigenen Beobachtungen, Graham. Aus meinem eigenen Verständnis der Situation zwischen euch."

Er nickte langsam. „Denkst du, ich bin nicht gut genug für sie?"

Sie lachte. „Du bist einer der begehrtesten Männer der Gesellschaft. Und was noch wichtiger ist: Ich weiß, dass du ein guter und anständiger Mann bist. Es hat nichts mit deinem Wert zu tun. Nur damit, wie sehr du sie schätzen würdest. Wenn du keine Absichten für eine Zukunft mit Adelaide hast, hoffe ich, dass du einen Rückzug in Betracht ziehst. Sonst wird sie verletzt und ich würde es hassen, wenn das passieren würde."

„Du bist ihr eine gute Freundin", sagte Graham leise.

„Nun, du weißt, wie man ein guter Freund ist", antwortete sie. „Du warst immer der beste Freund für diejenigen, die du liebst. Und ich weiß, dass du verstehst, wo mein Herz ist, denn du hast auch jene beschützt, die dir am Herzen liegen."

Er neigte den Kopf. „Ich verstehe, Emma."

Sie lächelte, als er ihren Vornamen benutzte, und über das Verständnis, das er damit ausdrückte. Dann schüttelte sie den Kopf. „Meine Güte, ich habe ganz vergessen dir ein Getränk anzubieten. Möchtest du etwas Tee?"

Sie eilte auf die Beine, um ihm einzugießen, aber in diesem Moment öffnete sich die Tür und Adelaide trat ein. Graham konnte Emmas Frage nicht beantworten, denn er war so verblüfft von dem, was er sah.

Die Frau in der Tür war nicht Lydia. Aber sie trug auch nicht ihre typische Verkleidung, um wie Adelaide auszusehen. Sie trug ein hübsches Kleid, eines, das nicht wie üblich hochgeschlossen war. Sie trug keine Brille und ihr Haar war lockerer frisiert. Es umrahmte ihr Gesicht und ließ ihre Schönheit durchscheinen.

Sie war nun wirklich Adelaide. Die Frau zwischen ihren beiden Rollen. Die Frau, die ihn in ihren Bann geschlagen und verwirrt hatte und ihm das Gefühl gab, geborgen genug zu sein, um die dunkelsten Teile seiner selbst zu enthüllen. Und er konnte nicht aufhören, sie verwundert anzustarren, als sie hübsch errötete und den Raum betrat.

Emma folgte seinem Blick und auch ihr stockte der Atem bei Adelaides Erscheinen. Sie ging auf sie zu. „Du siehst reizend aus", sagte sie und ergriff ihre Hand, während die Frauen auf Graham zuschritten.

Er nickte. „Ganz reizend", pflichtete er bei.

Adelaides Wangen standen nun in Flammen und sie neigte den Kopf. „Ihr zwei werdet mir noch den Kopf verdrehen. Es ist Emmas Kleid, weißt du? Nochmals vielen Dank, dass du es mir geliehen hast."

Emma schnaubte. „Gern geschehen, aber ich versichere dir, ein albernes Kleid ist nicht die Ursache für deine Schönheit."

Graham lächelte in ihre Richtung, sowohl ob ihrer Freundlichkeit Adelaide ein Kleid zu leihen, als auch für die Komplimente. Adelaide verdiente nicht weniger.

„Guten Morgen, Graham", sagte Adelaide heißer.

Sein Lächeln wurde breiter. „Auch dir einen guten Morgen, Adelaide."

Sie standen einen langen Moment lang da, der sich wie eine Ewigkeit zu erstrecken schien. Dann räusperte sich Graham. „Emma, ich frage mich, ob ich wohl einen Moment mit Adelaide allein sein könnte?"

Emmas Lippen verzogen sich leicht und sie sah ihre Freundin an. Graham war froh, als Adelaide leicht nickte und damit andeutete, dass sie dasselbe wollte wie er. Trotzdem verlagerte Emma ihr Gewicht.

„Äh, ich … ich sollte dich wirklich nicht allein lassen", murmelte sie und blickte von dem Paar zur Tür und wieder zurück.

Graham wölbte eine Augenbraue. „Aber das wirst du. Weil du eine gute Frau bist."

Emma warf ihm einen Blick zu und nickte dann. „Nun gut. Ich sollte auf jeden Fall nach James und seinem Gast sehen. Sehen, ob er gerettet werden muss. Aber ich lasse die Tür einen Spalt offen, ihr zwei. Und ich werde *sehr bald* zurück sein."

„Ja, Mutter", neckte Adelaide, als Emma aus dem Zimmer schlüpfte.

In dem Moment, in dem sie weg war, griff Graham nach Adelaide und sie trat in seine Arme, neigte ihr Gesicht zu ihm mit einem erleichterten Seufzer, der bis in seine Seele zu sinken schien. Sein Mund bedeckte ihren und sie öffnete sich ihm. Ihr Körper schmiegte sich an seinen, während er sie so leidenschaftlich küsste, wie er konnte, ohne sich zu lösen und die Kontrolle zu verlieren.

So sehr er es auch wollte, es war klar, dass sie keine Zeit hatten. Als sie sich für eine gefühlte Ewigkeit in den Armen lagen, brach sie den Kuss ab und trat zurück. Ihre Wangen flammten noch immer wie bei einer Unschuldigen.

„*Das* ist eine gute Art, einen Morgen zu beginnen", sagte Adelaide mit einem nervösen Lächeln auf den Lippen.

„Ich stimme zu", meinte er, nahm ihre Hand und führte sie zum Sofa, wo sie viel zu nah beieinander saßen. Er strich ihr eine verirrte Locke aus der Stirn und lächelte. „Ich mag es, wie du aussiehst, Adelaide."

Sie neigte den Kopf. „Rebecca war froh, dass ich meine strenge Frisur heute nicht tragen wollte."

„Ich habe dich nie gefragt, ob du ohne deine Brille richtig sehen kannst."

Sie lachte, ein musikalischer Klang, der sein Herz leichter werden ließ. „Glücklicherweise, ja. Sie war immer nur zum Lesen da und ist recht schwach. Ich sehe besser ohne sie, um ehrlich zu sein."

Graham lächelte, aber dann wurde sein Ausdruck ernüchternd. Es gab eine Frage, die ihn die ganze Nacht und den ganzen Morgen geplagt hatte. „Tut es dir leid wegen gestern Abend und heute Nacht?"

Ihr Gesichtsausdruck wurde weicher, als sie ihn anstarrte, die Augen weit aufgerissen und die Lippen leicht geschürzt. „Graham, du musst die Antwort auf diese Frage doch kennen."

Er schüttelte den Kopf.

Adelaide nahm seine beiden Hände in ihre und lehnte sich näher heran. „Ich habe noch keinen einzigen Moment mit dir bereut, Graham. Nicht einen einzigen. Wenn ich mich nicht klar ausgedrückt habe, dann muss ich dir sagen, dass du … du mich ins Leben zurückgeholt hast. Das könnte ich *niemals* bereuen."

Er hielt den Atem an, denn was sie gesagt hatte, war genau das, was er selbst fühlte, sich aber nie erlaubt hatte, es zu genau zu überdenken. Seit dem Ende seiner Verlobung mit Meg – ja, sogar schon davor – hatte er sich gefangen gefühlt. Innerlich tot. Leer.

Aber in dem Moment, in dem er Lydia getroffen war, in dem Moment, in dem er mit Adelaide getanzt hatte, hatte sich das alles zu ändern begonnen. Das Eis um sein Herz, das ihn gefangen hielt, das ihn kalt und gebrochen erscheinen ließ, war mit jedem Blick und jedem Lachen und jeder heißen Berührung geschmolzen.

Es als *ins Leben zurückgebracht* zu bezeichnen, war die treffendste Beschreibung, die er sich vorstellen konnte. Er strich mit dem Daumen über ihre Unterlippe, bereit, ihr zu sagen, dass er dasselbe fühlte, aber bevor er das tun konnte, schlug die Tür hinter ihnen auf.

Beide sprangen auf die Füße und drehten sich zu dem Eindringling hin. Adelaide schwankte leicht und Graham ergriff ihren Ellenbogen, um sie zu stabilisieren, als ihre Tante Opal in den Raum stapfte, Emma ihr dicht auf den Fersen.

„Ihr habt *kein Recht*, in mein Haus zu platzen!", schnappte Emma und schickte einen entschuldigenden Blick in Grahams und Adelaides Richtung.

Lady Opal starrte Emma an. „Ihr sprecht von Euren Rechten, obwohl Ihr mir meinen Schützling regelrecht entwendet habt? Obwohl Ihr sie mit diesem … diesem … Tier allein gelassen habt, das wahrscheinlich die Hure an ihr riecht?"

Adelaide zuckte zusammen und Graham machte einen langen Schritt auf sie zu. „Seid vorsichtig, wie Ihr mit der Duchess of Abernathe und mit Adelaide sprecht, Lady Opal."

Die Augen der älteren Frau verengten sich und ihr faltiges Gesicht wurde lebendig mit etwas, das er nur als … *Wut* deuten konnte. Er kannte diese Wut. Er hatte sie schon oft im Gesicht seines Vaters gesehen. Er hatte sie in der Nacht gespürt, als er Sir Archibald angegriffen hatte. Und an jenem Morgen, als er erkannt hatte, dass Simon ihn verraten hatte.

Sie war außer Kontrolle. Sie war gewalttätig. Und diese Wut richtete sich gegen Adelaide. In diesem Moment wollte er sie hinter sich ziehen, sie in seine Arme schließen und sie vor all den gemeinen Worten schützen, die diese böse Frau im Laufe der Jahre geäußert hatte.

Aber Adelaide forderte ihn nicht dazu auf. Sie hob ihr Kinn und schritt um das Sofa herum zu ihrer Tante, mit dem ganzen Mut eines Soldaten, der in die Schlacht zog. „Was machst du hier, Tante Opal?“, fragte sie, wobei das leichte Zittern in ihrer Stimme das einzige Anzeichen für ihre Angst war.

„Sieh dich an, mit deinem bis zu den Brüsten ausgeschnittenen Kleid und deinem losen Haar. Wie ein leichtes Mädchen“, knurrte Lady Opal. „*Das* ist der Grund, warum ich dich die Nächte nicht auswärts verbringen lasse.“

Adelaide atmete tief durch, rau und müde, als wäre dies etwas, das sie schon einmal erlebt hatte. So viele Male. Er nahm an, dass das auch so war, basierend auf den Geheimnissen, die Adelaide ihm in der Nacht zuvor zugeflüstert hatte. Sein Herz schmerzte für sie.

„Warum bist du hier?“, wiederholte sie, wobei ihr Tonfall trotz der Grausamkeit ihres Vormunds sanft war.

„Um dich nach Hause zu holen“, knurrte Lady Opal. „Du *musst* nach Hause kommen, Adelaide.“

Graham legte den Kopf schief, weil der Tonfall der Frau fast verzweifelt klang. Sie war grausam, aber da war noch etwas anderes. Furcht. Besorgnis. Der Klang dieser Mischung ließ die Haare in seinem Nacken aufstehen. Das Verhalten dieser Frau hatte etwas Irrationales an sich.

Etwas, das ihm Angst machte.

„Adelaide", sagte er leise. „Du musst nicht alles tun, was sie sagt."

Adelaide warf ihm einen Blick über ihre Schulter zu. Es war ein ängstlicher Blick, einer, der mit Unsicherheit gefüllt war.

„Tante Opal", begann sie, aber bevor sie noch etwas sagen konnte, schritt James durch die Salontür, mit einem Mann, den Graham nicht erkannte, auf seinen Fersen.

„Wie ich es Euch schon dreimal gesagt habe, Inspektor", sagte James. „Der Duke of Northfield ist hier und ich bin sicher, dass er Euch mehr über seinen Aufenthaltsort sagen kann, wenn er es wünscht."

Graham runzelte die Stirn und James tat dasselbe, als er von Adelaide zu Opal zu Emma und schließlich zu ihm blickte.

„Es scheint, dass ich in meinem eigenen Haus zu einem unpassenden Zeitpunkt gekommen bin", sagte James. „Möchte mir jemand erklären, was hier vor sich geht?"

„Lady Opal ist gekommen, um Adelaide abzuholen", antwortete Graham und hob die Augenbrauen in der Hoffnung, dass James seine Andeutung verstehen würde.

Wenn er das finstere Stirnrunzeln seines Freundes richtig deutete, dann hatte er es auch verstanden. Er wandte sich an Opal. „Adelaide wird bei uns bleiben, Mylady. Meine Frau findet, dass sie ihre Gesellschaft genießt. Es steht nicht zur Debatte."

Emma lächelte, als sie den Arm ihres Mannes nahm und die beiden stellten sich Lady Opal entgegen, die nun lila anlief. „Ihr habt *kein Recht* dazu!", spuckte Opal.

„Tut mir leid, dass ich störe", sagte der Fremde, der James begleitet hatte, mit verwirrter Miene. „Aber ich bin in offizieller Angelegenheit hier."

„Und wer genau seid Ihr?", fragte Graham und war erleichtert, Opal für den Moment ignorieren zu können, auch wenn er Adelaide sorgfältig im Auge behielt. Sie sah geschockt aus, als ihr Blick von ihrer Anstandsdame zu ihren Freunden, zu ihm und dann zu diesem Fremden in ihrer Mitte schweifte. „Ich denke, ich habe ein Recht zu erfahren, wieso Ihr Abernathe nach mir gefragt habt."

„Captain Richard Black", stellte sich der Mann vor und ließ seinen Blick an Grahams Gestalt auf und ab gleiten. „Vom Innenministerium."

Graham warf James einen weiteren Blick zu, diesmal voller Fragen. „Das Innenministerium? Und Ihr habt nach mir gesucht?"

„Nach Antworten", korrigierte der Mann mit einem unangenehmen Grinsen. „Ich untersuche einen Vorfall, der sich vor zwei Nächten im Hampshire Theatre ereignet hat."

Graham hörte Adelaides scharfes Einatmen, schaute aber ganz bedacht nicht in ihre Richtung. Er hielt seinen Blick fest auf den Mann vor ihm gerichtet. Er mochte diesen Captain Black nicht. Black hatte eine schmierige Art an sich, die Graham verriet, dass er seinen Job mehr als genoss, vor allem, wenn er einen Mann von seinem hohen Ross zerren konnte.

„Einen Zwischenfall?", fragte Graham milde.

„Mit Sir Archibald", erwiderte Captain Black mit einem weiteren Lächeln.

Graham stemmte seine geprellten Hände in die Seiten. „Ich nehme an, Ihr meint die Auseinandersetzung, die ich mit ihm hatte, als der Mann versucht hat, eine Schauspielerin zu vergewaltigen?"

„Genau", murmelte Captain Black.

„Siehst du!", rief Lady Opal und stürzte sich mit ausgestreckten Händen auf Adelaide. Adelaide taumelte zurück und wich dem Griff ihrer Tante aus, als Graham sich wieder zwischen sie stellte. Opal schien es kaum zu bemerken. „Du verbündest dich mit der Art von Mann, die einen Gentleman angreift, Adelaide? Du verbündest dich mit einer solchen Bestie?"

Adelaide verzog das Gesicht, ihre Wangen wurden rot. „Bitte, Tante Opal, du musst aufhören."

„Ich *habe* den Mann geschlagen", gab Graham zu. „Ich leugne es nicht, obwohl ich schockiert bin, dass er so etwas bei den Behörden meldet."

Eigentlich war er nicht schockiert. Er konnte sich gut vorstellen, dass Sir Archibald sich mit großem Vergnügen an das Innenministerium wenden würde, um Graham schlecht aussehen zu lassen, nachdem er besiegt worden war.

„Er hat den Angriff nicht gemeldet", sagte Captain Black und verschränkte die Arme. „Wo seid Ihr nach dem Vorfall hingegangen?"

Wieder einmal sah Graham aus dem Augenwinkel, wie sich Adelaide versteifte. Ihre Hände zitterten und sie schob sie hinter ihren Rücken.

„Ich bin nach Hause gegangen", antwortete er leise.

„Nach Hause. Gab es dafür Zeugen?", drängte Captain Black.

Graham wölbte eine Braue. „Meine Diener werden meinen Aufenthaltsort bezeugen, wenn mein Wort als Gentleman kein Gewicht trägt, *Sir*."

„Das Wort Eurer Diener", spottete Captain Black mit einem Kopfschütteln. „Das hält vor Gericht selten stand, wenn man bedenkt, welchen Einfluss Ihr auf sie habt."

„Ich bitte um Verzeihung", warf James ein und trat vor. „Wollt Ihr damit andeuten, dass der Duke of Northfield Euch anlügt? Er hat zugegeben, dass er und Sir Archibald einen Streit hatten – warum sollte er lügen, wenn es darum geht, wohin er danach gegangen ist?"

„Weil Sir Archibald tot ist", erklärte Captain Black und hielt seinen Blick fest auf Graham gerichtet. „Ein Kopfschuss. Er wurde am Flussufer angespült aufgefunden, unweit von dem Theater, in dem der Duke ihn angegriffen hat. Und *Ihr*, Northfield, seid nun der Hauptverdächtige in einem Mordfall."

KAPITEL 17

Adelaides Ohren klingelten. Es kam ihr vor, als wäre die Zeit stehengeblieben. Graham brüllte. Captain Black tat es auch und deutete auf ihn. James und Emma bewegten sich im Gleichschritt vorwärts und mischten sich in die Diskussion ein. Und die ganze Zeit über konnte sie die Stimme ihrer Tante hören, die kreischte: „Er ist ein Mörder, Adelaide! Du kannst dich nicht mit einem Mörder einlassen!"

Sie zuckte zusammen, als sich diese Worte in ihre Seele bohrten. Sie wusste genau, dass Graham Sir Archibald nicht getötet hatte. In der Nacht ihres Streits war er bei ihr gewesen, ebenso in der letzten Nacht. Und selbst wenn er nicht bei ihr gewesen wäre, kannte sie sein Herz. Er war nicht die Art von Mann, der töten würde, auch wenn er angesichts von Sir Archibalds Misshandlungen ihrerseits die Kontrolle verloren hatte.

Aber der Captain war selbstgefällig und sie konnte sehen, dass es ihm großes Vergnügen bereitete, Graham zu beschuldigen. Wenn er diese Angelegenheit weiterverfolgte, wie er drohte, bestand durchaus die Chance, dass Graham, dieser schöne, wunderbare Mann – dieser Mann, den sie liebte, denn sie liebte ihn über alle Maße – abgeführt werden würde. Oder gar gehängt.

„Sagt mir einfach, dass Ihr ein besseres Alibi habt als die Diener, die Ihr bezahlt und ich werde meine Aussage zurückziehen", forderte Captain Black.

Adelaide schluckte schwer und trat vor. Ihre Hände zitterten, als sie sagte: „Stopp."

Keiner hörte sie. Die Kakofonie fuhr fort. Sie stemmte die Hände in die Hüften und schrie es diesmal. „Alle bitte aufhören!"

Die Stimmen wurden leiser und plötzlich richteten sich fünf Augenpaare auf sie. Sie blickte in Grahams Augen. Sie blickte in seine blauen Tiefen und ihr Herz schwoll an von den Gefühlen, die sie sich gerade erst eingestanden hatte, aber nicht mutig genug war, es ihm zu sagen.

Aber sie würde ihn beschützen. Bei Gott, das würde sie tun.

„Der Duke of Northfield kann Sir Archibald nicht getötet haben", sagte sie leise.

Captain Black legte den Kopf schief. „Und wer seid Ihr, Miss?"

Sie räusperte sich. „Mein Name ist Lady Adelaide, ich bin die Tochter des verstorbenen Earl of Longford."

Der Kiefer des Captains spannte sich an, als sei er von ihr genauso angewidert wie von den anderen im Raum, die einen Titel trugen. „Und woher wisst *Ihr*, dass Northfield Sir Archibald nicht getötet haben kann?"

Sie sah Graham wieder an und seine Augen wurden groß, als könnte er ihre Absichten, ihr Herz lesen. Sie nahm an, dass er das konnte. Das hatte er seit dem Moment, als er vor Wochen in ihre Garderobe eingedrungen war.

Sie war nur nicht mutig genug gewesen, sich dem zu stellen, bis zu diesem Moment, in dem er bedroht wurde.

„Adelaide", flüsterte er, seine Stimme brach. „Das darfst du nicht."

Sie ignorierte ihn. „Der Duke of Northfield kann Sir Archibald nicht umgebracht haben, weil er die letzten beiden Nächte mit … mit mir verbracht hat."

Ihre Wangen flammten auf, als Emma keuchte und James errötete und Graham den Kopf senkte. Der Captain starrte sie an. Sie wollte sich von ihren Urteilen und Vorwürfen abwenden, aber sie tat es nicht. Sie konnte es nicht. Adelaide musste weiter dafür sorgen, dass Graham voll und ganz beschützt war.

„Vor zwei Nächten schlich ich mich aus dem Haus meiner Tante, um bei ihm zu sein." Sie schluckte in der Hoffnung, ihre Stimme würde aufhören zu zittern. „Und letzte Nacht kam er hier in diesem Haus zu mir, nachdem alle zu Bett gegangen waren. Ich versichere Euch, Captain Black, wenn man mich bittet, diese Tatsache zu bezeugen, werde ich das tun. Und ich erwarte, dass man mir glauben wird, wenn man bedenkt, welchen Schaden es für meinen Ruf bedeutet, wenn ich zugebe, was ich getan habe."

Alle im Raum waren für einen Atemzug, oder zwei, mucksmäuschenstill. Dann stieß Adelaides Tante einen Schrei der Wut und der Qual aus und stürzte sich mit beiden zum Angriff erhobenen Händen auf Adelaide.

～

G raham sprang vor Adelaide, als James nach Lady Opal griff und sie an beiden Armen zurückhielt, während sie unverständliche Worte der Wut kreischte und Speichel aus ihrem Mund flog.

„Bring sie raus!", brüllte Graham. „Tun Sie etwas Sinnvolles, Mann, und helfen Sie ihm!"

Das zweite sagte er zu Captain Black, der den Schock abschüttelte und dann nach vorne trat, um James mit der sich wehrenden Lady Opal zu helfen. Sie schleppten Opal ins Foyer und Emma stürzte nach vorne, um die Tür hinter ihnen zuzuschlagen. Sie lehnte sich dagegen, bleich, als sie Graham und Adelaide anstarrte.

„Geht es euch gut?", fragte sie.

Adelaide eilte um Graham herum und schlang ihre Arme um Emma. „Es tut mir so leid", hörte er sie in Emmas Schulter schluchzen. „Es tut mir so leid für den Ärger, den ich in dein Haus gebracht habe."

Emma warf Graham einen spitzen Blick zu und führte Adelaide zum Sofa, wo sie sich zusammen setzten. „Liebes, du verursachst keinen Ärger. Das ist nicht deine Schuld. Aber diese Frau ist gefährlich. Nach dem hier, nach dem, was ich gestern gesehen habe …"

Graham setzte sich auf die andere Seite von Adelaide auf das Sofa. „Was ist gestern passiert?"

Adelaide schüttelte den Kopf. „Nichts. Meiner Tante geht es … ihr geht es nicht gut. Das ist offensichtlich."

Emma stieß einen langen Atemzug aus und alle drei drehten sich um, als James den Raum wieder betrat. Sein Gesicht war gezeichnet und blass, und er ging zu Emma, um sie zu umarmen.

„Bist du verletzt?", fragte er, sein Blick galt nur ihr, während er eine Hand auf ihren Babybauch legte.

„Nein", beruhigte Emma ihn, bevor sie sich für einen kurzen Kuss nach oben lehnte. „Uns geht es gut. Was um alles in der Welt hast du mit Opal gemacht? Und mit diesem schrecklichen Mann?"

James seufzte, als er in einen Stuhl sank und Emma auf seinen Schoß zog, während er mit seinen Fingern immer wieder über ihren Bauch strich. „Opal hat sich sofort beruhigt, als wir aus der Tür waren. Sie hat sich sogar für ihren Wutausbruch entschuldigt. Aber lieber Gott, Adelaide, warum hast du uns nicht gesagt, wie schlimm es geworden ist?"

Adelaide stieß einen erschütternden Seufzer aus, der Grahams Herz brach. Er nahm schweigend ihre Hand und hielt sie in seinen. Sie blickte ihn einmal an und sagte dann: „Normalerweise tobt sie nicht so. Aber meine … Tugend, oder der Mangel daran, ist ein Thema der Abscheu für sie."

Emma schürzte die Lippen. „Ist es denn wahr? Dass du und Graham eine Affäre habt?"

Graham rückte näher an Adelaide heran, wieder einmal getrieben von dem Wunsch, sie irgendwie zu beschützen. Vor Schaden, vor Verurteilung, vor allem, was sie verletzen könnte.

„Ja", gab er leise zu.

Adelaide wandte sich ihm zu und er sah die Sorge in ihren Augen. „Graham, wenn Sir Archibald tot ist, ermordet in der Nähe des Theaters, müssen wir …"

Er hielt eine Hand hoch. „*Wir* müssen nichts tun, *ich* gehe und untersuche den Fall."

Sie zog beide Augenbrauen hoch. „Das wird nicht funktionieren und das weißt du. Ich komme mit dir mit. Das ist keine Bitte."

Graham lächelte fast, trotz der schrecklichen Umstände, die sie alle gerade ertragen hatten. Bei Gott, diese Frau stellte ihn auf die Probe. Und er fand, dass ihm das gefiel. Er brauchte es. Er sehnte sich danach.

Mehr als das, er brauchte den Schutz, den sie angeboten hatte. Adelaide hatte sich vor ihn geworfen, um zu verhindern, dass er für einen Mord, den er nicht begangen hatte, verhaftet wurde. Sie hatte es mit dem offensichtlichen Wissen getan, was ihr Geständnis für ihre Zukunft und ihren Ruf bedeuten könnte.

Und es hatte sie nicht gekümmert.

Seit seiner Mutter, die für ihn gestorben war, hatte ihn niemand mehr so beschützt. Sein Herz schwoll an bei diesem Gedanken. Bei dem Gedanken an die Frau neben ihm.

„Möchte einer von euch mir erklären, wovon ihr sprecht?", fragte Emma leise.

Adelaide sprang auf, als hätte sie die Anwesenheit von James und Emma vergessen. Sie stellte sich ihnen mit erröteten Wangen gegenüber. „Ich weiß, dass ich das immer wieder sage, aber ich *werde* dir alles erklären, Emma. Das verspreche ich dir. Doch im Moment muss ich mit Graham gehen. Wir müssen die Wahrheit darüber herausfinden, was mit Sir Archibald geschehen ist."

Emma öffnete den Mund, als wolle sie widersprechen, aber James legte eine sanfte Hand auf ihr Knie. „Wir haben wenig Raum, um über Anstand zu reden, nicht wahr? Graham wird Adelaides Sicherheit garantieren, wo immer sie auch hingehen."

Emma errötete, als sie auf ihren Mann hinunterblickte. Dann

warf sie die Hände hoch. „Da ich keine Ahnung habe, was im Moment tatsächlich vor sich geht, habe ich keine Lust zum Diskutieren. Wenn du mit Graham gehen musst, werde ich dich nicht aufhalten. Aber ich hoffe, du weihst mich in all diese Geheimnisse ein.“

Adelaide und Graham erhoben sich, ebenso wie James und Emma. Adelaide ging auf die Duchess zu, um sie kurz zu umarmen. „Das werde ich“, versprach sie leise. „Und dein Mann sollte dich in der Zwischenzeit ins Bett begleiten. Es war viel zu viel Aufregung für eine schwangere Frau. Ich möchte, dass du und das Kind in Sicherheit seid.“

„Ach, sei still“, begann Emma. „Ich muss nicht …“

„Sie geht ins Bett, sobald ihr beide das Haus verlassen habt“, unterbrach James mit einem spielerisch strengen Blick in Emmas Richtung. Adelaide lächelte, als sie und Emma den Weg zum Foyer antraten. Aber sobald sie außer Hörweite waren, lehnte sich James an Graham. „Brauchst du Hilfe? Ich kann mitkommen. Ich kann auch drei oder vier von den anderen zusammentreiben, um zu helfen.“

Graham lächelte James an, den besten Freund, den er je gehabt hatte. Den, den er fast verloren hätte. Er konnte nicht umhin, an den zu denken, den er nicht mehr seinen Freund nannte. Und er wünschte sich, Simon wäre hier, um ihm beizustehen. In aller Freundschaft.

„Wir schaffen das“, antwortete er. „Ich glaube nicht, dass wir dort, wo wir hingehen, in Gefahr sein werden.“

„Und was ist mit Adelaide?“, fragte James leise. „Sie hat heute ein großes Opfer für dich gebracht.“

Graham spürte, wie ihm bei dieser Aussage die Luft wegblieb. Die Wahrheit erwärmte ihn. „Ich weiß“, sagte er, als sie das Foyer betraten. „Glaube nicht, ich wüsste es nicht. Und sobald diese andere Angelegenheit erledigt ist, verspreche ich dir, dass ich mich darum kümmern werde.“

Seine Kutsche wurde vorgefahren und er seufzte, als er Adelaide einen Arm anbot und ihr hineinhalf. Er würde sich um die Dinge kümmern *müssen,* und um die Art und Weise, wie sie ihn zu ihrem eigenen Nachteil beschützt hatte. Aber im Moment konnte er nur daran denken, sie in Sicherheit zu bringen.

Graham gab seinem Fahrer eine Anweisung und kletterte dann ihr gegenüber in das Gefährt. Er warf James einen Blick durchs Fenster zu, dann fuhren sie los und er konzentrierte sich wieder ganz auf Adelaide.

„Sie hat dich schon einmal geschlagen", sagte er, ohne zu fragen.

Adelaide versteifte sich. „Ja", gab sie leise zu.

Er verzog das Gesicht, als Wut ihn bei diesem Gedanken überflutete. „Wie oft?"

Sie rutschte auf ihrem Platz unruhig hin und her, weigerte sich, ihm in die Augen zu sehen. Ihre Wangen flammten auf, als ob sie sich schämte, obwohl es nichts gab, wofür sie sich schämen müsste. Sie konnte nichts für ihren Vormund.

„Sie hat mich einmal geohrfeigt, als sie erfuhr, dass ich mich einem Mann hingegeben hatte", erklärte sie. „Wie ich bereits sagte, war meine Tugendhaftigkeit immer eine Obsession für sie. Und ..." Sie zögerte und schließlich wanderte ihr Blick zu ihm. „Sie hat mir gestern Morgen die Hände um den Hals gelegt, weil sie glaubt, ich hätte sie angelogen, was ich natürlich auch getan habe."

Graham erstarrte. „Sie hat ihre Hände um deine Kehle gelegt?", wiederholte er schockiert und entsetzt.

Sie nickte. „Emma hat uns unterbrochen und deshalb habe ich sie gestern nach Hause begleitet."

„Du darfst nicht *keinesfalls* zu dieser Frau zurückgehen, Adelaide", knurrte Graham durch zusammengebissene Zähne.

Sie schloss kurz die Augen. „Rechtlich gesehen ist sie mein Vormund, Graham. Und in den vierzehn Jahren, in denen ich mit ihr zusammen gelebt habe, sind das die einzigen beiden Male, in denen sie mich geschlagen hat."

„Es eskaliert", sagte er. „Eine Ohrfeige. Ein Schlag. Das Würgen. Eine Verbrennung. Und dann ermordet er deine Mutter im Salon."

Adelaides Augen füllten sich bei diesem Vergleich ihrer Tante mit Grahams Vater mit Tränen und sie liefen über ihre Wangen. Dann überbrückte sie den Abstand zwischen ihnen und berührte seine Wange, strich mit dem Daumen über seine Kieferpartie. „Es tut mir so leid, Graham. Und ich weiß, dass du mich beschützen willst. Aber ich verspreche dir, dass meine Situation nicht wie deine eigene ist."

Er runzelte die Stirn, denn er war sich dieser Tatsache nicht so sicher wie sie. „Adelaide...", begann er.

Sie schüttelte den Kopf. „Im Moment müssen du und ich uns auf die Situation mit Sir Archibald konzentrieren."

„Ich habe ihn nicht umgebracht", versicherte Graham.

Sie wich zurück, Schock überflutete ihre Züge. „Natürlich hast du das nicht", keuchte sie. „Ich habe *nie* geglaubt, dass du es getan hast. Selbst wenn wir in den letzten beiden Nächten nicht zusammen gewesen wären, hätte ich es nicht geglaubt."

„Auch nachdem ich die Kontrolle verloren habe?", drängte er.

Sie beugte sich vor und drückte ihre Lippen auf seine. „Ich *kenne* dich."

Es war eine einfache Aussage, aber sie traf Graham mitten ins Herz. *Sie kannte ihn.* Ja, das tat sie. Trotz der kurzen Zeit ihrer Bekanntschaft hatte sie sich in ihn hineingewunden, sie hatte ihn dazu gebracht, Geheimnisse zu offenbaren, die er geschworen hatte, niemals zu erzählen. Sie war ein Teil von ihm geworden.

Und er fand, dass er diesen Teil nicht mehr verlieren wollte, egal was passierte.

Er schob diese Gedanken beiseite und seufzte. „Wie auch immer, ich denke, wir beide glauben, dass sein Mord mit dem Theater zusammenhängt."

„Wenn seine Leiche so nah beim Theater gefunden wurde, kann ich mir nicht vorstellen, dass das ein Zufall ist. Er hatte dort eine Menge Feinde."

„Wer auch immer diesen Mann getötet hat, sollte einen Orden

bekommen und nicht festgenommen werden", sagte Graham, legte einen Arm um sie und drückte sie an seine Seite.

Adelaide nickte. „Ja, ich neige dazu, dir zuzustimmen. Aber die Welt ist nicht immer fair."

„Nein", stimmte er leise zu. „Das ist sie nicht."

Die Kutsche wackelte ein paar Mal, während sie schweigend beieinander saßen und dann begann sie sich zu verlangsamen. Er spürte, wie Adelaide sich an ihn schmiegte, beobachtete dann, wie sie sich aufrichtete und als er in ihr Gesicht sah, war er schockiert, Lydia dort zu sehen. Es lag eine Härte in ihrem Ausdruck, eine Warnung. Das hatte er noch nie gesehen, selbst als er noch dachte, sie seien zwei verschiedene Frauen. Aber Lydia war … abgestumpft.

Und er merkte, dass er die echte Adelaide zurückhaben wollte. So sehr er Lydia auch genossen hatte, so sehr er sie am Anfang auch gebraucht hatte, nun war es anders. Lydia repräsentierte all den Schmerz, dem Adelaide zu entkommen versuchte. Ihre Anwesenheit hier brach ihm nur das Herz.

Als der Diener die Kutschentür öffnete, kletterte er zuerst herunter und half ihr herauszusteigen. Als das Gefährt wegfuhr, holte Adelaide tief Luft.

„Ich bin Lydia – nicht vergessen", sagte sie, als sie sich auf den Weg zum Theater machten.

„Natürlich."

Ihr Gesichtsausdruck veränderte sich für den Bruchteil eines Augenblicks, als ob sie darum kämpfte, die Maske aufrechtzuerhalten. Aber dann war sie wieder gelassen und konzentriert, als sie um die Seite des Theaters herum zu einer kleinen Tür gingen, von der er nicht wusste, dass sie überhaupt existierte.

„Schauspielereingang", erklärte sie, als sie in die kühle Dunkelheit traten.

Es dauerte einen Moment, bis sich seine Augen daran gewöhnt hatten, als sie die Tür schloss und sie in staubiger Dunkelheit zurückließ. Tagsüber war das Gebäude in Stille getaucht, ohne die Hektik oder den Lärm eines Abends voller Aufführungen.

„Ist hier jemand?", fragte Graham und flüsterte, als wären sie in einer Kirche oder auf anderem geheiligten Boden.

Sie nickte. „Ja, es ist immer jemand fleißig bei der Arbeit. Schauspieler, die proben, Bühnenleute, die an den Requisiten oder anderen Ausstattungsgegenständen arbeiten. Es ist eine Menge Aufwand, um die *feine Gesellschaft* zu unterhalten, Euer Gnaden."

Sie führte ihn durch schmale Gänge, die er bei seinen Besuchen hier nie gesehen hatte und schließlich tauchten sie hinter der Bühne auf. Eine Lady stand in der Mitte der Bühne und eine Näherin rückte ihren Saum zurecht, während sie Zeilen vorlas und verschiedene Möglichkeiten ausprobierte, dieselben Worte zu sagen.

„Katie?", rief Adelaide und die Schauspielerin drehte ihren Kopf. Als sie Adelaide sah, wurden ihre Augen weit.

„Großer Gott, Lydia! Melinda hat sich solche Sorgen gemacht." Ihr Blick wanderte zu Graham, neugierig, wachsam und er neigte den Kopf leicht zur Begrüßung.

„Habt Ihr von Sir Archibald gehört?", fragte Adelaide, ihr Tonfall war sorgfältig neutral.

Die Schauspielerin zuckte zusammen. „Aye, dieses ganze Gerede. Nach dem, was er dir, Melinda und einigen anderen angetan hat, kann ich nicht sagen, dass es irgendjemandem leid tut, dass dieser Bastard untergegangen ist."

Adelaide schürzte die Lippen. „Ja, es gab viele innerhalb unserer Mauern, die ihn vielleicht tot sehen wollten. Weiß jemand, was genau passiert ist?"

Katies Wangen wurde blass und die Art, wie ihr Blick abschweifte, ließ Graham glauben, *dass* sie mehr wusste. Aber da er anwesend war, hatte sie eindeutig nicht die Absicht, etwas zu offenbaren.

Adelaide seufzte. „Ist Melinda hier? Oder Toby?"

Katie deutete hinter die Kulissen. „Sie sind in der Garderobe."

Adelaide griff nach hinten und nahm Grahams Hand. „Danke!", rief sie, während sie ihn einen anderen Gang hinunterführte …

einen vertrauten, durch den er gegangen war, als er Lydia nach ihren Auftritten besucht hatte.

„Sie wollte vor mir nicht offen sprechen", erkannte er.

Adelaide nickte, ohne ihn anzusehen. „Für viele dieser Frauen bedeutet ein Titel nur einen reichen Mann, der macht, was er will. Es hat nichts mit Sicherheit zu tun."

Er schüttelte den Kopf. „Das Leben einer Frau ist so gefährlich."

Sie blieb vor ihrer Garderobentür stehen, drehte sich zu ihm um und lächelte. „Ja. Die meisten Männer erkennen das nicht, aber es ist wahr. Und je weniger Macht eine Frau hat, desto gefährlicher wird es. Es gibt nur wenige Gesetze, die uns schützen, also müssen wir uns darauf verlassen, dass die Männer tun, was richtig ist." Sie griff nach oben und berührte seine Wange. „Zum Glück tun das einige."

„Nicht genug", antwortete er leise.

Sie lehnte sich hoch, um ihn kurz zu küssen, dann straffte sie die Schultern und öffnete die Tür zur Garderobe. Als sie eintraten, stockte Graham der Atem. Adelaides Zweitbesetzung Melinda saß auf einem Sofa entlang der Wand mit einem jungen Mann, der Graham schon ein paar Mal zu Lydia geführt hatte. Toby, vermutete er aufgrund von Adelaides früheren Gesprächen. Melindas hübsches Gesicht war ramponiert, beide Augen blau und die Wangen geschwollen.

Adelaide gab einen Laut des Entsetzens von sich, ließ seine Hand los und stürmte in den Raum, während Melinda dasaß und stille Tränen über ihr Gesicht liefen.

„Oh, Lydia", schluchzte Melinda. „Ich habe mir solche Sorgen um dich gemacht."

„Mir geht es gut", beruhigte Adelaide sie, während Toby zur Seite trat und die beiden Frauen zusammen auf der Couch sitzen ließ. Graham bemerkte, dass der Mann ihn misstrauisch beobachtete.

Er nahm an, dass er das nach seinem letzten Besuch und seinem Verhalten verdient hatte. Alle, die hier arbeiteten, mussten ihn verdächtigen, Sir Archibald ermordet zu haben, genau wie der Captain. Wenn er in deren Position wäre, würde er das auch tun.

„Was um alles in der Welt ist mit deinem Gesicht passiert, Melinda?", fragte Adelaide und neigte den Kopf ihrer Freundin sanft, um den Schaden unter besserem Licht zu betrachten.

Melinda warf Graham einen Blick zu und er runzelte die Stirn. Hier war ein weiterer Beweis dafür, dass Männer seines Ranges eine Bedrohung für Frauen wie diesen waren. Sie lebten in Angst, bis sie wussten, dass ein Mann seine Macht nicht über sie ausüben würde.

Adelaide folgte Melindas Blick und lächelte Graham kurz an. „Seine Gnaden ist ein Freund, meine Liebe. Ich verspreche dir, er ist nicht hier, um Schaden anzurichten, sondern um zu helfen. Du darfst offen vor ihm sprechen."

Melinda sah nicht ganz sicher aus, aber sie schluckte hart und ihr Blick huschte zu Toby. „Wenn Lydia sagt, dass er in Ordnung ist...", sagte Toby leise.

„Also gut." Melinda holte tief und zittrig Luft. „Nachdem du und Seine Gnaden vor zwei Nächten von hier verschwunden wart, wurde Sir Archibald zu seiner Kutsche zurückbegleitet und auf den Weg geschickt. Aber er ... aber er ist nicht nach Hause gegangen."

Graham verschränkte die Hände hinter dem Rücken. Er konnte bereits ahnen, wohin diese Geschichte führen würde. Er kannte das Ende.

„Er kam also zurück", sagte Graham, als die junge Frau mit dem Erzählen zu kämpfen schien.

Frische Tränen füllten Melindas verbeulte Augen. „Ja", flüsterte sie. „Er hat sich hereingeschlichen und hat mich gefunden. Er ... er ..."

Sie neigte ihren Kopf und Adelaide schnappte nach Luft. „*Er* hat dir das angetan?"

Melinda nickte langsam und es war Toby, der nun nach vorne trat. Der junge Mann war schlank und trug eine Brille und sah auf den ersten Blick nicht nach viel aus, aber nun erkannte Graham einen tiefen Beschützerinstinkt in seinem Blick. Und eine tiefe Liebe, als sein Blick auf Melinda fiel.

„Das hat er getan und noch mehr", knurrte Toby, wobei der Schmerz seine Stimme scharf klingen ließ. „Als ich hereinkam, war er …"

Er unterbrach sich und wandte sich ab, seine Schultern zitterten vor Wut und Liebeskummer. Graham konnte nicht anders – er streckte die Hand aus und legte sie dem Mann tröstend auf die Schulter.

„Du konntest es nicht wissen, Toby", keuchte Melinda. „Wenn du es gewusst hättest, wärst du früher gekommen. Du hättest es verhindert …"

„Aber das habe ich nicht, oder?", fragte Toby und wandte sich ab.

Adelaide schüttelte den Kopf. „Es tut mir so leid, Melinda. Es tut mir so leid, dass dir das passiert ist. Aber was ist dann geschehen? Denn der Mann wurde im Fluss treibend gefunden, gleich hinter dem Theater, mit einer Kugel zwischen den Augen."

Es herrschte eine schwere Stille im Raum, eine Stille, die ewig zu dauern schien. Schließlich hob Toby sein Kinn und sagte: „*Ich* habe ihn erschossen. Ich habe Sir Archibald getötet. Und es tut mir verdammt nochmal nicht leid."

KAPITEL 18

Adelaide erhob sich langsam und starrte von Toby zu Melinda und zu dem verzerrten, entsetzten Gesicht von Graham. Schmerz und Mitgefühl überfluteten sie, für das, was ihre Freundin ertragen hatte. Für das, was ihre *beiden* Freunde durchgemacht hatten, denn sie konnte sehen, dass der Mord an einem Mann, selbst wenn er gerechtfertigt war, auf dem freundlichen und sanften Toby lastete.

„Mein Gott", flüsterte sie. „Oh, Melinda. Oh, Toby. Es tut mir so leid."

„Mir nicht", wiederholte Toby, genauso stark wie beim ersten Mal, als er es gesagt hatte. „Es tut mir nur leid, dass ich es nicht getan habe, bevor er sie berührt hat."

Dann erhob sich Melinda und eilte zu ihm, schlang ihre Arme um ihn, während sie gemeinsam erzitterten. „Es ist nicht deine Schuld. Nein, gewiss nicht."

Adelaides Augen wurden groß, als sie erkannte, dass sie nicht zwei Freunde sah, die sich gegenseitig trösteten. Sie sah zwei Menschen, die sich liebten und fast das Schlimmste, was man sich vorstellen konnte, durchgemacht hatten. Sie lehnten sich aneinander, spendeten Trost und schöpften Kraft. Adelaide konnte nicht anders, als Graham in diesem Moment anzuschauen und sich zu wünschen, sie wäre so frei, das Gleiche mit ihm zu tun.

Aber sie hatten nicht über Gefühle gesprochen. Oder irgendetwas anderes, das mit dem zu tun hatte, was auch immer aus ihrer Beziehung in den letzten Wochen geworden war.

„Wir haben uns hier seit zwei Tagen versteckt", erklärte Melinda, als sie sich aus Tobys Armen löste. „Wenn der Captain des Innenministeriums kommt, um uns zu befragen, was er schon ein paar Mal getan hat, bringen uns die anderen an einen Ort, an dem wir nicht gefunden werden können. Aber wir wissen beide, dass das nicht von Dauer sein wird. Sie werden irgendwann herausfinden, was passiert ist, und dann … dann …" Sie beugte ihren Kopf und begann leise zu schluchzen.

Toby hob sein Kinn. „Ich habe dir gesagt, Melinda, ich werde nicht zulassen, dass sie von deiner Rolle beim Verstecken der Leiche erfahren. Ich lasse mich mit Freuden hängen oder in die Kolonien abtransportieren."

Melinda starrte ihn an. Das war offensichtlich ein Streit, den sie schon mehr als einmal geführt hatten. „Als ob ich dich die Schuld allein tragen lassen würde. Wir werden zusammen untergehen."

Graham hatte seit dem Betreten des Raumes meist geschwiegen und es Adelaide überlassen, den Austausch zu leiten, aber nun straffte er die Schultern und seine Anwesenheit erfüllte den Raum.

„Ich werde das nicht zulassen", erklärte er. „Ich werde meine ganze Macht einsetzen, um es zu verhindern."

Toby und Melinda starrten ihn beide an, Verwirrung und Unglauben in ihren Blicken. „Warum solltet Ihr das tun?", fragte Toby.

Graham zögerte. „Weil ich den Drang verstehe, eine Frau zu beschützen, die man … die man …" Sein Blick huschte zu Adelaide. „Eine Frau zu beschützen, die einem am Herzen liegt."

Adelaide atmete unsicher ein. Lag sie ihm am Herzen? Es war nicht gerade eine große Liebeserklärung, nicht dass sie eine erwartet hätte. Dass er sich um sie sorgte, war vielleicht das Beste, was ihr jemals widerfahren würde. Und doch fühlte es sich hohl an.

„Außerdem", fuhr er fort, ohne auf ihre Gedanken zu achten. „Ich wurde vor Monaten gebeten, Sir Archibald zu beobachten, wegen genau der Art von schlechten Taten, die er an Euch verübt hat, Miss Melinda. Ich war … ich war von dieser Pflicht *abgelenkt*. Wenn ich es nicht gewesen wäre, hätte ich das vielleicht verhindern können. Oder wenn ich ihn in der Nacht, als er auf Ade … Lydia losging, nicht angegriffen hätte, wäre er nicht zurückgekommen und hätte seine Wut an Euch ausgelassen. Wie auch immer, ich sehe es als meine Pflicht an, dafür zu sorgen, dass Ihr nicht für ein Verbrechen bezahlt, das meine Schuld war."

Melinda starrte ihn an, dann zu Adelaide. „Er würde das wirklich für uns tun?"

Adelaide nickte, ihren Blick fest auf Graham gerichtet. „Das würde er, denn er ist der beste aller Männer."

Graham schritt in dem kleinen Raum umher. „Ich werde eine Kutsche organisieren, die Euch abholt, und Euch zu einem kleinen Anwesen bringt, das mir vor den Toren Londons gehört. Dort könnt Ihr Euch verstecken, während ich einen Anwalt kontaktiere und wir den besten Plan ausarbeiten."

„Könnten wir auf Eurem Anwesen heiraten?", fragte Toby, sein Blick huschte zu Melinda.

Ihre Lippen öffneten sich, genau wie die von Adelaide. „Du willst mich heiraten, Toby?", flüsterte Melinda. „Meinst du das ernst?"

Er stellte sich ihr gegenüber und schob nervös seine Brille hoch. „Ich liebe dich, Melinda. Das habe ich immer getan. Wenn wir untergehen sollten, möchte ich ein paar Momente des Glücks erleben, bevor es passiert. Wenn du mich haben willst."

Sie nickte ohne zu zögern, Tränen fluteten erneut ihre Augen, obwohl es diesmal Tränen des Glücks waren. „Natürlich. Ich liebe dich auch, Toby."

Sie streckte eine Hand aus, und er ergriff sie und zog sie an seine

Brust. Graham bewegte sich, als ob er sich bei dieser Zurschaustellung von Emotionen unwohl fühlte. Er sah Adelaide nicht an, als er sagte: „Eine Heirat könnte eine Verteidigung sehr wohl erleichtern. Ich wäre gerne bereit, eine spezielle Lizenz zu besorgen und die Trauung in der Kapelle auf meinem Anwesen vornehmen zu lassen.“

Adelaide lächelte ihre Freunde an, glücklich in diesem Moment, trotz der Schrecken, die sie vor kurzem durchgemacht hatten. Sie kannte die beiden seit Monaten und hatte keine Ahnung von ihren Gefühlen füreinander gehabt. Und doch waren sie da, so klar und so echt auf ihre Gesichter geschrieben. Sie fühlte sich dumm, weil sie sie nicht früher gesehen hatte.

„Ihr seid zu freundlich“, sagte Melinda, löste sich aus Tobys Umarmung und streckte Graham die Hand entgegen. Er nahm sie mit einem sanften Lächeln.

„Ich glaube nicht, dass Ihr noch mehr leiden solltet, als Ihr es bereits getan habt, meine Liebe“, sagte Graham sanft. „Wenn ich es verhindern kann, werde ich alles tun, was in meiner Macht steht, um das zu veranlassen. Wenn Ihr also Vorkehrungen treffen müsst, schlage ich vor, dass Ihr es tut. Ich schicke Euch in einer Stunde eine Kutsche zum Theater.“

Toby trat vor, streckte seine Hand aus und die beiden Männer schlugen fest ein. In diesem Moment waren sie gleichberechtigt. Männer, die diejenigen beschützen würden, die sie liebten. Dann sah Toby Melinda an. „Es gibt ein paar Dinge in meinem Büro zu erledigen.“

Sie nickte. „Ja, ich komme und helfe dir.“ Sie wandte sich an Adelaide und ihre Lippen zitterten. „Du bist mir eine wunderbare Freundin gewesen, Lydia. Ich finde nicht die Worte, um dir zu danken.“

Adelaide hielt ein Schluchzen zurück, so gut sie konnte. „Ich bin es, die dir danken sollte. Du hast mir geholfen, als ich eine blutige Anfängerin war, die Angst vor der Bühne und vor sich selbst hatte. Ohne dich hätte ich nicht … *ich* werden können.“

„Ich hoffe… ich hoffe, wir sehen uns wieder.“

Adelaide umarmte sie sanft. „Das werden wir, Melinda. Wir *werden* uns wiedersehen."

Sie beobachtete, wie die beiden den Raum verließen und sie mit Graham alleinließen. Als sie die Tür hinter sich schlossen, lief sie in die Arme, die er für sie öffnete. Er hielt sie einen Moment lang so, seine Hände strichen über ihr Haar, während sie darum kämpfte, zu begreifen, was passiert war.

Dann trat sie einen Schritt zurück. „Es war so nett, ihnen deine Hilfe anzubieten", flüsterte sie.

Er zuckte mit den Schultern, als hätte er nicht gerade zwei Ertrinkenden eine Rettungsleine angeboten. „Wir alle wissen, dass Sir Archibald verdient hat, was er bekam. Wenn ich ihnen helfen kann, werde ich es tun."

Adelaide schürzte die Lippen und sah sich im Raum um. Sie hatte es geliebt, hierherzukommen, um dem leeren Leben zu entfliehen, das sie mit ihrer Tante geführt hatte. In das Kostüm von Lydia Ford zu schlüpfen, hatte ihr das Gefühl gegeben, selbstbewusst, mächtig und frei zu sein. Aber nun schien es nicht mehr so schrecklich, Adelaide zu sein.

Wegen Graham.

Und in diesem Moment begann sich ein Plan in ihrem Kopf zu formen. Ein Plan, der ihre Freunde noch besser und verlässlicher retten könnte als jeder Anwalt oder mächtige Verbündete.

Sie lächelte und nahm dann seinen Arm. „Komm, wir sollten zu Emma und James gehen. Ich weiß, dass sie sich Sorgen machen werden."

Graham holte tief Luft und sah sich im Raum um. „Das war der erste Ort, an dem ich dich geküsst habe", sagte er.

Sie nickte, denn alle Erinnerungen an diese erste Nacht kamen zurück. „Das stimmt."

Er drehte sie zu sich, neigte den Kopf und strich mit seinen Lippen über ihre. Sie legte ihre Hände auf seine Unterarme und klammerte sich dort fest, nicht überwältigt wie in der ersten Nacht, sondern vollkommen in der Gegenwart verankert. Verankert durch seine Stärke und durch ihre Liebe zu ihm.

Und obwohl sie wusste, dass sie das verlieren könnte, und zwar bald, klammerte sie sich in diesem Moment dennoch daran und betete, dass sie irgendwie die Kraft finden würde, weiterzumachen, egal was passieren würde.

~

Graham war fast völlig still gewesen, als sie in der Kutsche fuhren. Er saß Adelaide gegenüber und beobachtete sie einfach. Sie konnte nicht deuten, was in seinen Gedanken vorging, aber sie rang ihre Finger unter dem Gewicht seines sehr konzentrierten Blicks.

Schließlich räusperte er sich und sagte: „Deine Freunde sind nicht die einzigen, die bald heiraten werden. Du und ich werden das Gleiche tun müssen, Adelaide.“

Sie hielt den Atem an, als sie ihn schockiert anstarrte. „Was?“

Er legte den Kopf schief. „Du weißt, dass es wahr ist. Du hast unsere Affäre nicht nur unseren Freunden und deiner Tante gestanden, sondern auch Captain Black. Der Mann führt einen Rachefeldzug gegen alle, die einen Titel tragen, das kann jeder sehen, der ihm nur begegnet. Er wird mich vielleicht nicht mehr wegen des Mordes verfolgen, aber ich würde es ihm zutrauen, die Wahrheit über unsere Beziehung ans Licht zu bringen.“

„Das ist nicht der Grund, warum ich gesagt habe, was ich gesagt habe“, protestierte sie. „Ich habe nicht versucht, dich in eine Falle zu locken, Graham. Das würde ich nie tun.“

„Ja, ich weiß“, sagte er, seine Stimme immer noch weich und gleichmäßig. „Indem du dein Doppelleben nicht bekennen wolltest, bis du mir mit Sicherheit sagen konntest, dass es kein Kind gibt, das durch meine Unvorsichtigkeit entstanden ist. Indem du mich nie um irgendetwas gebeten hast, weder als Adelaide noch als Lydia. Indem du dich ins Feuer wirfst, ohne jemals Schutz im Gegenzug zu verlangen. Es gibt viele Dinge, die ich im Moment fühle, Adelaide, aber ich fühle *nicht*, dass dies eine Falle ist."

Er stieß einen langen Seufzer aus, und sie spürte seine Erschöpfung und seine Kapitulation. Nicht gerade Dinge, die sie sich von einem Mann inmitten eines eher unromantischen Heiratsantrags wünschte.

„Wenn es keine Falle ist, was ist es dann?", fragte sie und verschränkte ihre Arme als Schutzschild gegen seine Gleichgültigkeit.

Er begegnete ihrem Blick. „Als James vor all den Jahren meine Ehe mit Margaret arrangierte, war ich wie erstarrt. Ich habe so sehr versucht, Gefühle für sie zu entwickeln. Irgendeine Art von Leidenschaft. Aber es war ein Fehlschlag. Für uns beide."

Adelaide dachte an Meg. Sie hatte etwas Ähnliches gesagt und nichts davon ergab für Adelaide einen Sinn. „Wie konnte sie dich küssen und nichts fühlen?", fragte sie, fast mehr sich selbst als ihn.

Er ruckte mit dem Kopf hoch und begegnete ihrem Blick. „Ich habe sie nie geküsst."

Adelaide starrte ihn an, eine Mischung aus Unglauben und purer Freude kochte in ihrem Blut. „Nein?"

Er schüttelte den Kopf. „Ich ... wollte es nie. Ich konnte mir diese Zukunft nicht vorstellen, nicht einmal im Geringsten. Diese Ehe wäre also eine schreckliche Fallgrube für uns beide gewesen. Aber mit dir ist es anders."

„Wie meinst du das?", quiekte sie heraus, denn plötzlich erschienen seine Worte weit weniger unromantisch.

Er griff nach ihrer Hand. „Ich will dich, Adelaide. Auf eine mächtige Art, die ich nie verstanden habe, sogar bevor ich dich geküsst habe."

Sie versteifte sich. „Du willst Lydia", korrigierte sie.

„Nein", sagte er und sein Kiefer spannte sich. „Ich spreche nicht von Lydia. Ich habe dir gestern Abend gesagt, dass *du* es bist. Als ich Lydia zurückkommen sah, als wir heute Morgen ins Theater gingen, war ich nicht glücklich, sie zu sehen."

„Aber du hast mir gesagt, du wärst hin- und hergerissen zwischen Lydia und mir", flüsterte sie. „Das war es doch, was dir solchen Ärger eingebracht hat, nicht wahr?"

Er nickte. „Aber nun weiß ich, warum du Lydia erschaffen hast – um dich zu verstecken. Sie war ein Schutzschild gegen Ärger, eine Barriere zwischen dir und dem Unglücklichsein. Sie war eine Ecke, in die du gezwungen wurdest. Und ja, ich habe mich für sie interessiert. Aber mir ist klar geworden, dass alles Wunderbare an ihr auch das Beste an *dir* ist. Das wahre *Du*. Nicht das jungfräuliche Mauerblümchen, nicht die kühne Schauspielerin. Sondern *du*. Ich habe Lydia Ford nicht meine Geheimnisse verraten. Ich habe sie *dir* erzählt. Und du bist die Frau, die ich will. *Meine* Adelaide. Die Frau, die mich kennt und deren Geheimnisse ich mit meinem Leben beschützen werde. Die Frau, die das Gleiche für mich tun würde. *Dies* ist die Frau, die ich will. Also werden wir heiraten, Adelaide."

Es war keine Liebeserklärung, nein. Und das schmerzte sie immer noch, denn ihre eigene Liebe zu diesem Mann war so stark und so mächtig. Aber was er ihr anbot, war trotzdem magisch. Eine Zukunft mit ihm. Und sie konnte sehen, wie sie sich vor ihr ausbreitete, glücklich, wenn sie es so gestalten konnte. Wenn sie akzeptieren könnte, was er geben konnte und was nicht.

In diesem Moment hoffte sie, dass sie es könnte.

„Fragst du mich oder sagst du es mir?", fragte sie mit einem leichten Lächeln.

Er grinste als Antwort, und dieser seltene Gesichtsausdruck erhellte den ganzen Wagen. „Ich frage", antwortete er. „Aber ich sage dir auch, dass ich kein Nein als Antwort akzeptiere."

Adelaide neigte den Kopf. Sie würde Sicherheit haben. Sie würde Leidenschaft spüren, zumindest so lange, bis er ihrer überdrüssig wurde. Sie würde Stabilität haben.

Und sie ertappte sich dabei, wie sie nickte. „Ja. Ich werde dich heiraten, Graham."

Er schloss den Abstand zwischen ihnen in der Kutsche und presste seinen Mund in einer sanften Bewegung auf ihren, hart und schwer und voller Leidenschaft. Ihre Arme legten sich um seinen Hals, ihr Körper schmiegte sich an seinen, als sie dieses Angebot mit allem, was sie war, annahm.

Graham hielt inne, als die Kutsche langsamer wurde und in die Einfahrt von James und Emma einbog. „Ich muss viel für Melinda und Toby vorbereiten", sagte er. „Und auch für uns muss ich ein paar Dinge vorbereiten. Aber ich werde zum Abendessen wieder hier sein."

Sie nickte, als der Diener die Tür öffnete. „Ich freue mich schon darauf."

Er küsste ihre Hand und ließ sie dann aussteigen. Sie drehte sich um, um ihn wegfahren zu sehen, hin- und hergerissen zwischen Freude und Enttäuschung. Ihr ganzes Leben lang hatte sie nie mit der großen Liebe gerechnet. Und nun hatte sie sie gefunden, zumindest was ihre Seite anging. Und doch fuhr er wieder davon.

Sie betrat das Foyer und wurde von Grimble begrüßt. „Ist die Duchess zu sprechen?", fragte Adelaide, als er ihr die Handschuhe abnahm.

„Der Duke und die Duchess haben sich zur Nachmittagsruhe begeben", erklärte Grimble. „Der Duke war sehr deutlich, dass Ihre Gnaden bis zum Abendbrot nicht gestört werden sollte."

Adelaide lächelte. „Nach der Aufregung des heutigen Morgens ist das wahrscheinlich das Beste für sie und das Kind."

Sie sah sich um. Dieses Haus war ein gutes Zuhause für Emma, aber es war nicht Adelaides Zuhause. Sie dachte an ihre Tante, die so am Boden zerstört war von Adelaides Entscheidungen. Sie war die einzige Bezugsperson, die Adelaide seit dem Tod ihrer Eltern gekannt hatte. Die einzige Person, die sich um sie gekümmert hatte. Und sie *hatte* sich um Adelaide gekümmert. Sie erinnerte sich an Momente der Zärtlichkeit zwischen ihnen, obwohl sie lange her waren, als sie noch ein Kind war.

Erst als sie älter wurde, nahm Opals Wut zu. Erst dann wurden ihre Ängste und Anschuldigungen geboren. Aber vielleicht würde eine Verlobung mit einem mächtigen Duke sie besänftigen. Vielleicht gab es noch eine Möglichkeit, eine Art Beziehung zu der einzigen Familie, die sie je gekannt hatte, aufrechtzuerhalten.

„Gibt es etwas, das ich für Euch tun kann, Mylady?", fragte Grimble.

Adelaide blinzelte und merkte, dass sie im Foyer neben dem armen Mann gestanden hatte und in Gedanken abdriftet war. „Es tut mir leid, Grimble, ich war in Gedanken versunken. Aber meinst du, du könntest eine Kutsche für mich kommen lassen?"

Grimble nickte. „Natürlich, Lady Adelaide. Welche Richtung soll ich dem Fahrer nennen?"

„Ich würde gerne zu Lady Opal fahren", erklärte sie. „Ich muss meine Tante sehen."

KAPITEL 19

Graham saß in dem ruhigen, hübschen Salon und sah sich um, während sein Herz laut pochte. Er war vor einer Stunde in sein Haus zurückgekehrt und hatte seine Vorbereitungen getroffen, aber eine treibende Stimme hatte seit Tagen in seinem Kopf gehämmert. So war er schließlich auf sein Pferd gestiegen und hierhergekommen. An diesen Ort, von dem er sich einst geschworen hatte, niemals zurückzukehren.

Er ging zum Kamin und schaute hinauf. An der Wand war ein Gemälde mit den Bewohnern dieses Ortes angebracht – dem Duke und der Duchess of Crestwood. Simon und Meg. Sein bester Freund und seine ehemalige Verlobte.

Vor nicht allzu langer Zeit hätte der Anblick ihres Porträts Graham angesichts von Simons Verrat zusammenzucken lassen. Nun sah er das Bild mit ganz anderen Augen. Er sah die Liebe, die zwischen den beiden bestand, sogar auf dem gemalten Bild. Sie saß und Simon stand hinter ihr. Seine Hand ruhte auf Megs Schulter und ihre eigene war angehoben, um die seine zu bedecken. Er blickte mit einem kleinen Lächeln auf sie herab, als sei er vollkommen von ihr hingerissen.

Was er natürlich war. Das war er schon immer, wie sich herausgestellt hatte. Und Graham verstand das nun viel besser.

Die Tür hinter ihm öffnete sich und er drehte sich um, um Meg dort stehen zu sehen, die ihn mit großen Augen anstarrte. Sie war reizend, das war sie immer schon gewesen, mit kastanienbraunem Haar und dunklen Augen und einem lebhaften, ausdrucksstarken Gesicht. In diesem Moment sah er ihren Schock darin widergespiegelt. Ihr Misstrauen.

„Graham", hauchte sie. „Mein Gott, als Finley sagte, du seist gekommen, dachte ich, er hätte zu tief in den Glühwein geschaut. Aber du bist hier."

Graham machte einen Schritt auf sie zu. „Das bin ich. Möchte Simon nicht mit mir sprechen?", fragte er, während sich eine Woge von Schmerz in seiner Brust ausbreitete. Vielleicht hatte er zu lange gewartet, um mit seinem Freund zu sprechen. Vielleicht war es zu spät.

Meg schüttelte den Kopf. „Oh nein, das ist es ganz und gar nicht. Simon ist unterwegs, das ist alles. Er müsste jeden Moment zurück sein und ich weiß, dass er dich sehen will. Mein Gott, du bist wirklich hier. Bitte setz dich. Ich bringe dir Tee."

Graham wollte ihr gerade sagen, dass er keinen Tee wollte, aber sie war schon zur Anrichte geeilt, schenkte aus dem dortigen Service ein und versüßte sein Getränk genau so, wie er es mochte. Denn natürlich hatte sie sich dieses Detail gemerkt. Sie war schließlich Meg.

Er lächelte, als er wieder Platz nahm und griff nach der Tasse, die sie ihm anbot. „Danke, Euer Gnaden."

Sie setzte sich ihm gegenüber und schüttelte den Kopf. „Oh, bitte tu das nicht. Nenn mich Meg. Ich war immer Meg für dich. Da du hier bist, wage ich zu hoffen, dass ich wieder Meg für dich sein kann."

Er neigte kurz den Kopf. „In Ordnung, Meg. Du siehst gut aus. Du siehst glücklich aus."

Sie zögerte und er konnte sehen, dass sie sich fragte, wie sie antworten sollte. Aber schließlich nickte sie. „Ich *bin* glücklich, Graham. Am Anfang war es natürlich schwierig. Simon und ich hatten unsere Auseinandersetzungen. Selbst jetzt gibt es Gerüchte, von denen ich weiß, dass du sie genau kennst. Aber ich bin glücklich."

„Gut", sagte er sanft. „Ich würde es hassen, wenn all der Aufruhr und der Schmerz kein glückliches Ende für dich nehmen würden. Du *verdienst* Glück und Liebe."

Bei dieser Aussage holte sie scharf Luft. „Ich danke dir, Graham. Du verdienst das Gleiche und mehr."

Er schluckte. Er war gekommen, um Simon aufzusuchen, aber nun, da er hier bei der Frau war, die er einst hatte heiraten wollen, erkannte er, dass sie Antworten für ihn hatte, auf Fragen, von denen er nie gedacht hätte, dass er sie stellen würde.

„Wann wusstest du, dass du Simon liebst?", fragte er.

Meg zuckte bei dieser direkten Frage zusammen. Es war ihr eindeutig unangenehm, so als würde sie ihn verraten, wenn sie einen Teil der Wahrheit zugab. Aber schließlich zog sie ihre Schultern zurück und begegnete seinen Augen. „Du willst Ehrlichkeit, ja?"

„Das tue ich."

„Ich war fünfzehn, als mir zum ersten Mal klar wurde, dass ich ihn liebe", flüsterte sie, ihre Stimme rau vor Emotion, aber nicht vor Bedauern. „Ein Jahr bevor James meine Heirat mit dir arrangierte. In Wahrheit hatte ich ihn wahrscheinlich vom ersten Moment an geliebt, als ich ihn traf."

„Woher wusstest du das?", fragte er.

Sie neigte den Kopf und er konnte sehen, wie sie ihn las. Meg war immer in der Lage gewesen, es bei jedem um sie herum zu tun. Sie konnte sehen, was die Menschen im Innersten fühlten, sie konnte sehen, was sie brauchten. Das war stets ihr größtes Kapital.

„Als ich mir meine Zukunft ausmalte und sie mir ohne ihn nicht vorstellen konnte, wusste ich es." Sie lehnte sich vor. „Und es tut mir so sehr leid, dass ich nicht mutig genug war, James in diesem

Moment etwas zu sagen. Wenn ich mutiger gewesen wäre, hätte nichts von dem, was vor ein paar Monaten passiert ist, passieren müssen. Und du und Simon wären beide nicht verletzt worden."

Graham dachte einen Moment darüber nach. Vielleicht wären das vor Monaten oder sogar Wochen die Worte gewesen, die er hätte hören müssen. Die Entschuldigung. Das Eingeständnis der Schuld. Aber jetzt …

„Ich habe damals nicht verstanden, was passiert ist. Ich konnte nicht verstehen, *wie* ihr zwei tun konntet, was ihr getan habt. Aber nun, Monate nach diesem Moment und … und mit anderen Dingen, die dazwischenkamen, glaube ich, dass ich es verstehe."

Ihr Gesichtsausdruck wurde weicher. „Tust du das? Wirklich?"

„Ja." Er stieß einen langen, schweren Seufzer aus. „Das Herz ist nichts, was man kontrollieren kann, oder? Wir wollen, was wir wollen, darüber lässt sich nicht streiten oder verhandeln. In unserem Fall waren wir alle von dem Bedürfnis getrieben, niemandem wehzutun. Und stattdessen wurden wir *alle* verletzt. Ich behaupte nicht, dass du und Simon durch das, was passiert ist, nicht verletzt wurdet. Ich kann mir auch nicht vorstellen, dass es anders hätte enden können. Hätten wir beide geheiratet, wäre das für uns alle verheerend gewesen. Deshalb möchte ich, dass du etwas verstehst, Meg."

Sie starrte ihn an, Tränen glitzerten in ihren Augen. „Was denn?"

„Ich bin *froh*, dass es passiert ist." Er sagte die Worte und er meinte sie. All seine Wut, all sein Schmerz, verblassten mit dieser Akzeptanz. „Ich würde es nicht ändern wollen. Wir sind alle da, wo wir hingehören und das wäre ohne diese Nacht im Cottage zwischen dir und Simon nicht möglich gewesen."

Sie holte tief Luft. „Heißt das, du vergibst uns? Du verzeihst *ihm*?"

Graham nickte und es war genau das, was er im Moment brauchte. Es war wahr. Frieden erfüllte ihn, erfüllte jede Faser seines Wesens, füllte jeden Raum in seinem Geist und das Universum fühlte sich klar an. Ohne den Verrat, der ihn so tief getroffen hatte, hätte er Meg geheiratet. Sie wären unglücklich gewesen. Er wäre nie ziellos durch London gestreift, er wäre nie auf Lydia getroffen, er hätte nie Adelaide gefunden.

Sein Leben wäre kalt und leer und erbärmlich gewesen. Aber nun hatte er eine Zukunft vor sich. Eine, die klar und kraftvoll war und gefüllt mit … Liebe.

Er liebte Adelaide. Er liebte sie mit einer Macht, von der er nicht wusste, dass er sie besaß. Und es war erschreckend und wunderbar und perfekt und aufregend zugleich. Es brachte ihn dazu, alles zu verstehen, was Simon getan hatte, denn die Vorstellung, dass jemand sie ihm wegnehmen würde, dass jemand sie ihm vorenthalten würde, ließ seine Gedanken rasen und seine Hände zittern.

„Du bist hier."

Graham stand auf und drehte sich um, als Simon den Raum betrat. Sein Freund mit der schelmischen Ausstrahlung, mit der Freundlichkeit, die alles durchdrang, was er tat, mit dem Licht, das die Dunkelheit in Graham immer ein wenig erträglicher gemacht hatte, starrte ihn an. Auf seinem Gesicht war Schmerz zu sehen, aber auch Hoffnung.

Graham sagte nichts, er trat einfach um das Sofa herum und durchquerte den Raum in drei langen Schritten. Simon versteifte sich, sein Gesichtsausdruck zeugte von Unsicherheit, aber als Graham seinen Arm ergriff und ihn in eine Umarmung zog, schlang Simon die Arme um ihn. Einen Moment lang blieben sie so stehen, dann wich Graham zurück und lächelte, als Meg mit Tränen in den Augen auf sie zukam.

„Ich lasse euch beide allein", sagte sie und drückte Grahams Hand, bevor sie sich auf die Zehen stellte, um Simon sanft auf die Wange zu küssen. Die Augen des Paares trafen sich, und ein Austausch der Liebe und des Verständnisses spielte sich zwischen ihnen ab. Graham erkannte es nun, wie er es vorher nicht erkannt hatte, weil er noch nie solch eine Liebe gefühlt hatte. Aber nun tat er es. Und er verstand alles so viel besser.

Sie ging und Simon trat einen Schritt zurück, um die Tür zu

schließen. „Ich kann nicht glauben, dass du hier bist", sagte er. „Setz dich. Sie hat dir bereits Tee angeboten, oder? Meg und ihr Tee. Möchtest du etwas Stärkeres?"

Graham gluckste. „Nein, ich brauche nichts."

„Aber *ich* brauche vielleicht etwas Stärkeres", murmelte Simon, während er zur Anrichte ging und etwas Whiskey in ein Glas goss. „Finley sagte, du wärst hier und ich dachte …"

„Er wäre betrunken? Das war auch Megs Reaktion."

„Nun, wir sind oft einer Meinung", sagte Simon achselzuckend.

„Das seid ihr", bestätigte Graham. „Ich habe es nur nie verstanden. Wenn ich das hätte, wäre ich schon lange vor jener Nacht im Cottage zur Seite getreten."

Simon zuckte zusammen, als er langsam den Platz gegenüber von Graham einnahm, auf dem Meg zuletzt gesessen hatte. „Du hattest recht, als du das letzte Mal mit mir gesprochen hast. Du hattest recht, als du sagtest, dass ich etwas hätte tun müssen. Es war nicht deine Verantwortung."

„Als ich das letzte Mal mit dir gesprochen habe, war ich sehr betrunken", gab Graham kopfschüttelnd zu, als er an einen trüben Nachmittag bei Whites dachte, als er versucht hatte, Simon zu zwingen, mit ihm zu kämpfen. „Und ich war grausam."

„Nein, du warst ehrlich", entgegnete Simon. „Das ist mehr, als ich dir zuteilwerden lassen habe. Aber deine Worte an diesem Tag haben mich zu Meg zurückgetrieben. Sie haben mich dazu gebracht, für das zu kämpfen, was ich wollte, auch wenn ich mich weigerte, gegen dich zu kämpfen. Und du hast uns gerettet, Graham. Ich werde diese Schuld nie begleichen können. Und ich kann mich auch nicht genug für meinen Verrat entschuldigen. Ich habe unsere Freundschaft zerstört, nicht nur in jener Nacht, als Meg und ich in diesem Cottage gefangen waren, sondern schon Jahre davor. Weil ich dir nicht in die Augen sehen und dir sagen konnte, was ich wollte."

„Verzweiflung kann einen Mann dazu bringen, Dinge zu tun, die er normalerweise nicht tun würde", sagte Graham. „Und Liebe auch. Ich … ich verstehe das nun besser."

Simon runzelte die Stirn. „Willst du damit sagen, dass du verliebt bist?"

Graham atmete tief durch. „Ja", gab er zu, dann fuhr er sich mit der Hand durch die Haare. „Mein Gott, das ist das erste Mal, dass ich es laut ausspreche."

Simon lachte. „Liege ich richtig in der Annahme, dass es Lady Adelaide ist, die dir den Kopf verdreht hat?"

Grahams Augen wurden groß. „Woher weißt du das?"

„Meg und Emma stehen sich nahe, mein Freund", erklärte Simon achselzuckend. „Und Adelaide hält nicht viel von Meg. Da *alle* meine Frau anhimmeln, machte ihre Zurückhaltung deutlich, dass Adelaide dich mag und in dieser Angelegenheit auf deiner Seite steht."

„Nun, ihr Zögern gegenüber Meg wird sich ändern, sobald sie merkt, dass ich dir verziehen habe", meinte Graham mit einem Lächeln, als er an seine Kämpferin dachte, die immer auf seiner Seite war. „Sie ist sehr beschützend."

„Das ist sie." Simon beugte sich vor. „Verzeihst du mir wirklich?"

Graham nickte. „Ja."

„Und hast du vor, diese Frau zu heiraten, die dich zur Liebe verführt hat?", drängte Simon, sein Tonfall nun viel unbeschwerter. Es war in der Tat wie in alten Zeiten. Alte Zeiten, in denen Simon derjenige gewesen war, dem er bestimmte Dinge sagen konnte. Dinge, die Sanftheit oder Finesse oder Leichtigkeit erforderten.

„Das werde ich", stimmte Graham langsam zu. „Wir haben es heute Morgen besprochen, obwohl ich ihr meine Gefühle noch nicht mitgeteilt habe."

Simon runzelte die Stirn. „Nicht? Warum nicht?"

„Wir wurden ein bisschen dazu gezwungen", sagte Graham mit einem Kopfschütteln. „Das scheint sich in unserem Freundeskreis so zu ergeben, nicht wahr?"

„Wir wurden bisher alle in unsere Zukunft hineingezogen, ja", räumte Simon ein. „Aber es war ein sehr lohnendes Unterfangen für James und für mich. Wenn du sie liebst, wirst du einen Weg finden, damit es funktioniert. Und ich sage dir, sie zu lieben ist jeden Preis wert."

Graham nickte. „Ja, das kann ich nun erkennen. Ich kann es zum ersten Mal verstehen. Wahrlich, abgesehen von meiner mangelnden Ehrlichkeit, was mein Herz angeht, gibt es nur ein Problem hinsichtlich unserer gemeinsamen Zukunft."

Simon legte den Kopf schief. „Um was geht es?"

„Ihre Tante", knurrte Graham und dachte an die Wut in Lady Opals Gesicht, als sie sich auf Adelaide gestürzt hatte. Er dachte an Adelaides Geständnis, dass diese Frau in der Vergangenheit ein paar Mal körperliche Gewalt ausgeübt hatte. „Die Frau ist eifrig auf die Tugend ihres Schützlings bedacht. Und sie ist wütend über Adelaides Handlungen."

„Aber wenn deine Absichten wahr sind... ist es nicht möglich, dass du sie für dich und Adelaide erweichen kannst?", schlug Simon vor. „Wenn du mit ihr redest?"

Graham hielt inne. Es war ihm unmöglich gewesen, über die Wut hinwegzusehen, die Lady Opal zum Ausdruck gebracht hatte. Es hatte eine Reaktion in ihm ausgelöst, die sich seiner Kontrolle fast entzogen hatte. Aber er wusste, dass Adelaide ihre Tante immer noch als ihre einzige Familie betrachtete. Ihre Verteidigung dieser Frau bewies das. Und Simon könnte recht damit haben, dass ein Gespräch die Reaktion abmildern könnte.

Und wenn nicht, konnte Graham der Frau mit Nachdruck sagen, dass es ihr sehr leidtun würde, wenn sie jemals wieder Hand an Adelaide legte.

Er blickte zu Simon. Er war der Friedensstifter ihrer Gruppe und hatte schon so manche raue Begegnung gemeistert. „Ich nehme nicht an, dass du mich auf dieser Mission begleiten willst?"

Simons Lippen teilten sich. „Du würdest meine Hilfe wollen?"

Graham nickte. „Du weißt nicht, wie oft ich in den letzten

Monaten mit dir reden wollte. Aber nun brauche ich deinen Rat mehr denn je."

Simon streckte die Hand aus und drückte Grahams Unterarm. „Natürlich. Denn wie könnte diese Frau überhaupt auf die Idee kommen, zwei mächtige Dukes abzulehnen? Von denen einer tatsächlich Charme hat ..."

Graham neigte den Kopf zurück und lachte, und es war, als ob diese Bewegung alle verbliebenen Spuren seines Schmerzes und des Verrats wegwischte. Es erinnerte ihn daran, wie sehr er seinen Freund liebte. *Seinen Bruder.*

„Gut", sagte er und richtete sich auf. „Dann lass uns gehen."

„Jetzt?", wiederholte Simon lachend. „Du liebst diese Frau wohl wirklich."

„Das tue ich", versicherte Graham und jedes Mal, wenn er es sagte, wurde das Gefühl in seiner Brust stärker. „Also hilf mir, sie für mich zu gewinnen, ja?"

~

A delaide hatte lange genug auf ihre Tante im Salon gewartet, dass sie langsam nervös wurde. Zumal es in der letzten halben Stunde im Haus immer stiller geworden war. Die Geräusche der geschäftigen Dienerschaft waren verklungen und niemand war gekommen, um nach ihr zu sehen oder zu fragen, ob sie Erfrischungen benötigte.

Sie konnte nur annehmen, dass das auf Anweisung ihrer Tante geschah. Was bedeutete, dass Opal immer noch wütend auf sie war.

Sie holte bei dem Gedanken tief Luft. Was würde sie tun, wenn ihre Tante anfing zu wüten? Wenn sie sich weigerte, ihr zu verzeihen oder die Zukunft zu akzeptieren, die Adelaide nun anstreben würde?

„Ich werde gehen", sagte sie seufzend, während sie sich mit einer Hand über das Gesicht wischte. „Ich werde zu Graham gehen. Ich werde akzeptieren, dass meine Zukunft an seiner Seite ist."

Sie sagte die Worte und lächelte, denn in diesem Moment fühlte sich die Zukunft in der Tat sehr hell an.

Die Tür hinter ihr öffnete sich und sie drehte sich zu Opal um. Ihre Tante trug dasselbe Kleid, das sie anhatte, als sie am Vormittag zu James und Emma gekommen war. Nur waren nun Flecken darauf, als hätte sie in der Kleidung irgendeine Art von Arbeit verrichtet.

Adelaide runzelte die Stirn. „Guten Tag, Tante Opal."

Sie spannte sich an, als sie darauf wartete, dass ihre Anstandsdame reagierte. Dass sie wütend aufbrauste. Dass sie sie schlug. Stattdessen legte ihre Tante nur den Kopf schief. „Hallo, Adelaide. Es tut mir so leid, dass ich nicht früher gekommen bin. Ich hatte dich nicht erwartet nach der schrecklichen Szene beim Duke und der Duchess of Abernathe."

Adelaide atmete kurz ein, als sie den sanften Tonfall ihrer Tante hörte. Sie sah tatsächlich bedauernd aus und klang auch so. Das gab Adelaide Hoffnung. „Ja. Es *war* schrecklich. Es tut mir so leid, dass du dich darüber aufgeregt hast, dass ich zu Emma nach Hause gegangen bin. Du musst wissen, dass ich nie vorhatte, für immer wegzubleiben. Dies hier ist das einzige Zuhause, das ich fast mein ganzes Leben lang gekannt habe."

Opals Lippe zuckte und sie hielt Adelaides Blick für eine gefühlte Ewigkeit stand, bevor sie sagte: „Warum kommst du nicht mit hoch in dein Gemach?"

Adelaide runzelte die Stirn bei dieser seltsamen Bitte. „Warum?"

„Ich möchte dir etwas zeigen", beharrte Opal und bedeutete Adelaide, vorweg zu gehen. „Ich will mit dir darüber reden, was wir in Zukunft tun müssen. Diesmal ganz ruhig und vernünftig."

Adelaide presste die Lippen aufeinander. Sie fühlte sich oft unwohl bei Opal, besonders in den letzten Jahren, aber im Moment wunderte sie sich über die Ursache für den Aufruhr in ihrem Magen. Immerhin war Tante Opal gerade vernünftig, sogar freundlich.

Adelaide nickte schließlich. „Nun gut. Lass uns in meine

Kammer gehen."

Sie ging mit Opal neben sich die Treppe hinauf, vorbei an Porträts von Familienmitgliedern an der Wand. Opal zögerte neben dem von Adelaides Eltern. „Mein lieber Bruder", sagte sie mit einem Seufzer. „Und seine reizende Frau. Sie haben sich so sehr um mich gekümmert. Sie haben versucht, mich zu retten."

Adelaide runzelte die Stirn. In den ganzen anderthalb Jahrzehnten, die sie unter dem Dach ihrer Tante gelebt hatte, konnte sie an einer Hand abzählen, wie oft Opal von Adelaides Eltern gesprochen hatte. Wenn sie es getan hatte, dann nicht mit der Wehmut, die ihr Tonfall nun innehatte.

„Sie haben versucht, dich zu retten?", wiederholte sie. „Das klingt seltsam. Wie haben sie das gemacht?"

Opal ignorierte sie und ging wieder die Treppe hinauf. „Was heute passiert ist, ist sehr wahrscheinlich etwas, das wir nicht vertuschen können, Adelaide. Nicht so wie beim letzten Mal."

Adelaide zuckte zusammen, als ihre Tante Graham mit einem Mann verglich, der sie nach einer unangenehmen gemeinsamen Nacht verlassen hatte. „Nein, da hast du wahrscheinlich recht", sagte sie leise. „Aber die Umstände sind ganz anders. Weißt du …" Sie holte tief Luft, unsicher, wie ihre Tante auf ihre nächsten Worte reagieren würde. „Graham wird mich heiraten", stieß sie schließlich hervor.

Sie hatten das obere Ende der Treppe erreicht, und ihre Tante erstarrte und drehte sich mit großen Augen zu ihr um. „Ist es das, was er gesagt hat?"

„Ja. Er fragte mich, nachdem du gegangen bist und ich stimmte zu. Du siehst also, es ist nicht so schlimm, wie du heute Morgen im Salon dachtest. Dieses Mal habe ich einen sehr anständigen Mann gefunden. Einen, der mich nicht im Stich lässt."

Ihre Tante nickte langsam und ging weiter ins Schlafgemach. Adelaide sah sich um. Es war ein einfaches Zimmer, ja. Ihre Tante hatte sie nie ermutigt, es übermäßig zu dekorieren. Aber es gehörte ihr schon lange und sie hasste es nicht, hier zu sein.

Opal schritt zum Fenster und blickte hinunter auf den Garten hinter dem Haus. „Wenn du heiratest, wird er Erben haben wollen."

Adelaide musste lächeln bei dem Gedanken, mit Graham eine Familie zu gründen. Dass er der Vater für ihre Kinder werden würde, den er selbst nie gehabt hatte. Dass sie in die Augen ihrer Kinder blicken und darin das Echo des Mannes sehen würde, den sie liebte. All das Gute.

„Ja", sagte sie. „Ja, ich bin sicher, das werden wir. Er hat Verpflichtungen, natürlich. Und ich möchte eine Mutter sein."

Opal schürzte die Lippen. „Dann wird es nicht aufhören."

Adelaide runzelte verwirrt die Stirn. „Was wird nicht aufhören?", fragte sie. „Tante Opal, ich bin heute hierher zurückgekommen, um dir von meiner bevorstehenden Heirat zu erzählen, aber auch um dich zu fragen, ob du sie unterstützen wirst. Immerhin bist du mein einziges lebendes Familienmitglied. Ich weiß, dass wir unsere Differenzen hatten und dass ich dich mit meinem Verhalten enttäuscht habe, aber ich möchte deinen Segen haben."

Opal ging einen Schritt auf sie zu. „Deine einzige Familie", wiederholte sie mit einem Kopfschütteln. „Meine Güte, wie recht du hast. Mehr Recht, als du überhaupt weißt."

Die Haare in Adelaides Nacken begannen zu kribbeln, als sie ihre ruhige Tante anstarrte. Viel zu ruhig in Anbetracht ihres morgendlichen Ausbruchs. Plötzlich fühlte sich ihr Gemach nicht mehr so sicher an wie früher und sie begann sich zu fragen, ob es wirklich so klug war, hierherzukommen.

„Ich verstehe nicht, was du meinst", flüsterte sie und schaute zur Tür.

Opal seufzte. „Ich weiß. Und ich dachte, ich müsste es dir vielleicht nie sagen. Aber es scheint, ich muss es tun. Um die Sache zu beenden, muss ich alles preisgeben."

„Was meinst du?"

Opal deutete in Richtung des Sofas. „Setz dich."

Es war ein Befehl, keine Bitte, und ihre Tante versperrte ihr den Weg zur Tür. Adelaide hatte keine andere Wahl, so schien es, als zu gehorchen. Sie sank in das Sofa und faltete ihre plötzlich zitternden Hände in ihrem Schoß.

„Ich war einst wie du", begann Opal. „Als ich jung war. Töricht und eigensinnig. Und ich traf einen jungen Mann und dachte, er sei ein Ritter in glänzender Rüstung. Und dass er mich heiraten würde."

Adelaides Lippen öffneten sich vor Überraschung. „Ich habe deine Porträts gesehen, als du jung warst. Du warst so schön. Es überrascht mich nicht, dass du Verehrer hattest, aber wir haben nie über sie gesprochen."

„Dieser Mann war kein Verehrer", spuckte ihre Tante, ein Aufblitzen von Zorn in ihrem Ton und in ihren Augen. „Er war ein Dieb in der Nacht, gekommen, um ein unschuldiges Mädchen zu verführen und zu stehlen, was sie niemals hätte geben sollen."

Adelaide richtete sich auf. „Sprichst du von dem jungen Mann, der meine Tugend genommen hat?", fragte sie völlig verwirrt.

„Nein, der, der meine genommen hat", antwortete Opal. Ihre Lippen begannen zu zittern. „Ich habe nicht gegeben, aber er hat genommen."

Adelaide schloss die Augen und verstand endlich. Sie dachte an Melinda, ihr zerschlagenes Gesicht, ihre gequälten Augen. Sie dachte an ein Dutzend anderer Frauen, die sie kannte und die so misshandelt worden waren. Sie dachte an Sir Archibalds fette Hände auf ihr, an den Moment, als sie ihr Schicksal kannte, bevor Graham wie ein Held aus einer Geschichte durch die Tür stürmte, um sie zu retten.

„Es tut mir so leid, Tante Opal", hauchte sie. „Ich hatte keine Ahnung, dass du so etwas erleiden musstest."

Opals Blick war weit weg, Jahre entfernt. „Oh ja, ich habe gelitten. Mein Vater hat mich verstoßen, da ich keine Hoffnung mehr auf eine gute Partie hatte. Und als ich mit dem Kind dieses Bastards anschwoll, war ich gezwungen, mich in das Haus meines Bruders zurückzuziehen."

Adelaide erstarrte. Das war keine Geschichte, die sie kannte. Niemand hatte ihr das erzählt. „Du hattest ein Kind?"

Opal nickte ruckartig. „Das habe ich. Keiner wusste es. Mein Bruder und seine Frau verheimlichten der Welt, was ich getan hatte. Und als das Baby kam… taten sie so, als ob."

Die Worte ihrer Tante zeigten Wirkung und Adelaide erhob sich von der Couch, ihre Hände zitterten, als alles Blut aus ihrem Gesicht strömte und ihr vor Entsetzen und Verständnis schwindelig wurde. „Sie haben es vorgetäuscht? Willst du damit sagen … willst du damit sagen, dass dein Bruder und seine Frau das Kind bei sich aufgenommen haben? So getan haben, als wäre das Baby ihr eigenes?"

„Ich wollte dich nicht", zischte Opal, stand ebenfalls auf und starrte Adelaide an. „Ich sah dich an und sah diese schreckliche Nacht. Eine Erinnerung an *ihn*."

Adelaide hob eine Hand an ihre Lippen. „Du lügst", sagte sie. „Du bist geistesgestört. Sie *waren* meine Eltern. Niemand hat je etwas anderes angedeutet. Ich gehörte zu ihnen."

Opal schüttelte den Kopf. „Nein, du warst *mein*. Du hast meine Zukunft und meine Hoffnungen gestohlen, und ich habe dich geliebt und zugleich so sehr gehasst."

Adelaide zitterte so stark, dass sie sich kaum aufrecht halten konnte. Sie starrte ihre Tante an. Oh, sie hatte immer die Ähnlichkeiten zwischen ihnen gesehen. Die schwache Erinnerung daran, dass die Haare ihrer Tante blond gewesen waren, bevor sie grau wurden. Die Hände, die die gleichen waren. Die Lippen.

Aber sie hatte diese Dinge immer der Familienähnlichkeit angekreidet. Sie hatte nie gedacht, nicht ein einziges Mal, dass die Frau, die sie aufzog, die sie auf Armeslänge hielt, die ihr nur das absolute Minimum an Unterstützung gab, ihre leibliche Mutter war.

„Wenn das wahr ist, warum hast du mich mitgenommen, als sie starben?", flüsterte sie, ihre Stimme brach bei jedem Wort, denn die Wahrheit dessen, was gesagt wurde, begann sich in ihren Körper, ihre Haut, ihre Seele zu bohren.

Es riss sie Stück für Stück auseinander.

„Weil niemand sonst dich wollte. Und ich wusste, dass ihr Tod meine Buße war, die auf mich zurückfällt. Also nahm ich dich. Und ich betete, dass du nicht so sein würdest wie er."

„Er?" Adelaide drehte sich der Magen um, als sie begriff, was Opal meinte. „Wie kannst du mich mit einem Mann vergleichen, der sich dir aufgedrängt hat?"

„Du bist schamlos, Adelaide!", rief ihre Tante. „Das warst hin und weg für den Jungen, der sich hier herumgetrieben hat. Ich habe gesehen, wie du damals warst. Ich dachte, ich könnte es verhindern, indem ich ihn aufhalte."

„Ihn aufhalten", wiederholte Adelaide und trat einen Schritt zurück. „Was soll das heißen? *Wie* hast du ihn aufgehalten? Er ist gegangen."

Ihre Tante schüttelte langsam den Kopf. „Ich habe dich das glauben lassen, in der Hoffnung, dass du deine wahre Natur erkennst und daran arbeitest, dich zu verbessern. Um dich über deine natürlichen Neigungen zu erheben."

„Was hast du getan?", fragte Adelaide.

„Ich habe ihn getötet", sagte Opal. „Ich habe ihn getötet."

Adelaide taumelte rückwärts, so weit wie möglich von ihrer Tante weg. Bis sie mit dem Rücken gegen das Fenster stieß, bis sie nirgendwo mehr hinlaufen konnte. Keine Möglichkeit, sich vor dem Grauen zu verstecken, das ihre Tante ihr entgegenschleuderte.

„Nein", sagte sie. „Nein, das ist nicht möglich."

„Das ist es sehr wohl." Ihre Tante nickte und nickte und nickte, als ob ihr Kopf nur eine Bewegung machen konnte. „Wenn man einem Mann genug zahlt, wird er dir helfen, eine Leiche loszuwerden und es so aussehen zu lassen, als hätte der Tote London freiwillig verlassen. Also habe ich es getan."

Adelaide bedeckte ihren Mund mit beiden Händen und betete, dass sie sich nicht auf der Stelle übergab. Sie dachte an diesen Mann, Charlie, den zu hassen sie sich selbst beigebracht hatte. Sie hatte sich eingetrichtert, ihn zu vergessen, weil sie geglaubt hatte, er hätte sie nur benutzt und weggeworfen.

Nun wusste sie es besser.

„Armer Charlie", schluchzte sie. „Oh, mein Gott, Tante Opal, wie konntest du nur?"

„Ich wollte, dass du aufhörst!", platzte ihre Tante heraus. „Ich musste dich zum Aufhören bringen. Und du hast es getan, für eine lange Zeit. Du trugst die geeignete Kleidung, um deine Scham zu verbergen, du standest an der Wand, wie es sich gehört. Du hast dich versteckt, wie es dein Schicksal war. Aber dann erschien *er*."

„Graham", flüsterte Adelaide und trat einen langen Schritt vor. „Du wirst ihm nicht wehtun, Opal. Das werde ich nicht zulassen. Du wirst ihm nicht *ein einziges* Haar krümmen."

„Nein", stimmte ihre Tante zu und ging quer durch den Raum. Sie hob eine kleine Statue auf, die sie Adelaide vor Jahren geschenkt hatte. Eine Figur von Persephone, für immer zwischen zwei Welten hin- und hergerissen. Für immer bestraft von ihrem Geliebten und ihrer Mutter.

Nun starrte Adelaide sie an und alles ergab einen perfekten Sinn.

„Ich werde ihm nicht wehtun", fuhr ihre Tante fort, während sie sich vorwärts bewegte. „Denn mir ist klar, dass *du* es bist, die zum Schweigen gebracht werden muss. Die gestoppt werden muss. Sonst wirst du noch mehr Brut wie dich zeugen, die nur noch Schlimmeres tun wird. Wir sind beschädigte Frauen, Adelaide. Und der einzige Weg, sie zu stoppen, ist zu sterben."

Sie schwang die Statue, und Adelaide hob mit einem Schrei die Hände. Aber sie konnte die schwere Statue nicht abwehren, als diese sie an der Seite des Kopfes traf. Sie rutschte die Wand hinunter und starrte ihre Tante – ihre Mutter – an. Die Welt drehte sich und wurde schwarz. Sie musste es bekämpfen, musste es aufhalten, aber es war zu mächtig. Zu stark.

Adelaide glitt in die Bewusstlosigkeit mit einem einzigen Gedanken im Kopf.

Graham.

KAPITEL 20

Graham und Simon lachten, als sie ihre Pferde in die Einfahrt von Lady Opals kleinem, aber feinem Londoner Haus lenkten. Graham konnte sich nicht erinnern, wann er sich das letzte Mal so gelassen gefühlt hatte. Er liebte Adelaide, er war wieder mit Simon vereint und wenn alles gut ging, konnte er sogar einen Weg finden, Opal zu handhaben, damit Adelaide noch etwas Familie haben konnte. Aber als sie sich dem Haus näherten, wurde sein Lächeln schwächer.

„Das ist James' Kutsche", sagte er und deutete auf den Stall, vor dem eine Kutsche geparkt war. Es waren keine anderen Bediensteten in der Nähe, aber er erkannte das Wappen und den Kutscher seines Freundes, der sich an das Gefährt lehnte, während er rauchte.

Simon sah ihn an. „Hätte James einen Grund, hierherzukommen? Vielleicht, um mit Lady Opal zu sprechen, wie wir es geplant haben?"

Grahams Herz hatte zu klopfen begonnen, als die beiden Männer sich in der Auffahrt von ihren Tieren hinunterschwangen. „Nein", sagte er leise. „Ich glaube nicht, dass es James ist, der sich mit der Kutsche herbringen ließ. Ich glaube, es ist Adelaide."

Simon blickte zum Haus hinauf. „Inzwischen hätten doch

Diener herunterkommen müssen, der Butler hätte die Tür öffnen müssen. Es ist alles furchtbar still."

„Zu ruhig", stimmte Graham zu. „Verdammt, ich hoffe, sie ist nicht allein hierhergekommen. Ihre Tante ist … unberechenbar."

„Ist sie in der Lage, Adelaide zu verletzen?", fragte Simon.

Graham nickte und seine Brust schmerzte. „Ja."

„Komm schon", sagte Simon und nahm die Treppe zur Tür in zwei Stufen. „Es gib keine Zeit zu verlieren."

Graham überholte ihn mit voller Geschwindigkeit und hielt nicht an, um an die Tür zu klopfen. Er stieß sie auf und knurrte, als er sie verschlossen vorfand. Er lehnte sich zurück und trat zu, einmal, zweimal. Das Schloss gab nach und die Tür schwang nach innen in ein unheimlich stilles Foyer, das dicht mit Rauch gefüllt war.

„Mein Gott!", stieß Simon aus und wedelte mit der Hand. „Das Haus steht in Flammen! Ich lasse James' Mann nach der Feuerwehr rufen, dann komme ich wieder rein und helfe bei der Suche."

Aber Graham antwortete nicht. Er sprang in das rauchgeschwängerte Foyer, duckte sich tief und versuchte, unter das Schlimmste des süßlichen, erstickenden Qualms zu kommen.

„Adelaide!", rief er, Panik erfasste ihn. Sie war hier. Er wusste es, er spürte es bis in seine Knochen. Sie war hier und dieses Feuer war kein Zufall, nicht wenn man die Abwesenheit der Diener bedachte.

„Adelaide!", schrie er und erstickte fast, als der Rauch seine Lungen füllte. Er rannte die Treppe hinauf, obwohl er keine Ahnung hatte, ob sie oben oder unten war. Aber der Rauch füllte das Haus und er wusste, dass er erst aufsteigen würde, bevor er die unteren Etagen vollständig einnahm. Seine beste Chance war, oben anzufangen und zu hoffen.

Er kam um die Ecke in den Korridor am oberen Ende der Treppe und schlitterte zum Stillstand. Direkt vor einer Tür war ein Feuer gelegt worden, das an den Wänden hoch und über den Rahmen leckte.

Adelaides Gemach. Darauf hätte er wetten können. Er stürmte

vorwärts und stampfte gegen die wachsenden Flammen, während er versuchte, die Tür zu erreichen.

„Adelaide!", schrie er aus vollem Halse.

Einen Moment lang herrschte Stille, dann hörte er eine schwache Stimme auf der anderen Seite der Tür. „Graham! Graham, bitte."

Er dachte nicht mehr an die Flammen oder an die Gefahr. Adelaide war in diesem Raum und er stürmte vorwärts, ignorierte den stechenden Schmerz, als das Feuer an seiner Kleidung und seiner Haut leckte. Er trat gegen diese Tür, so wie er gegen die Eingangstür getreten hatte und sie flog auf.

Was er drinnen sah, ließ ihm fast das Herz zerspringen. Flammen krochen an den Wänden empor und in der Mitte des Raumes, gefesselt an einen Stuhl, saß Adelaide. Ihr blondes Haar fiel ihr ins Gesicht, an der Schläfe hatte sie eine riesige Platzwunde, die durch den Ruß des Feuers noch hervorgehoben wurde. Sie hob den Kopf, ihr Blick war trübe vom Rauch und ihrer Verletzung.

„Hilf mir", flüsterte sie, ihre Stimme in dem heißen Raum fast nicht zu hören.

Graham rannte zu ihr und band sie vom Stuhl los, bevor er sie in seine Arme zog und an seine Brust drückte. Dann rannte er mit Adelaide durch den Raum, gerade als die Balken über ihm unter dem Gewicht des Holzes knarrten und ächzten. Dann durch die brennende Tür, die höllisch heiß war. Er duckte sich, rannte die Treppe hinunter und durch die Vordertür hinaus, wo er verzweifelt Luft einatmete.

Simon war bereits da und half den benachbarten Bediensteten, die mit einer Eimerkette die Flammen bekämpften. Graham eilte mit Adelaide vom Haus weg und setzte sie behutsam auf dem Gras jenseits der Einfahrt ab.

„Sie atmet nicht!", schrie er, als ihm die Wahrheit klar wurde. „Helft mir!"

Simon fiel neben ihm auf die Knie und starrte auf den reglosen Körper von Grahams großer Liebe. Er sah so hilflos aus, wie

Graham sich fühlte. „Lucas hat mir einmal etwas erzählt", sagte Simon, sein Blick leuchtete auf. „Er sprach davon, seinen Atem mit einer verletzten Person zu teilen. Leg deinen Mund auf ihren und atme in sie hinein."

Graham hob sie hoch, positionierte seinen Mund über ihrem, während er sanft Luft über ihre Lippen blies. Einmal, zweimal, aber sie rührte sich nicht. Dreimal, als ihm die Tränen in die Augen stachen und über die Wangen tropften.

„Bitte", flehte er, bevor er ihr einen letzten langen Luftstoß einhauchte.

Zu seiner Erleichterung hustete sie, drehte den Kopf, während sie keuchte und verzweifelt Luft einatmete. Er brach neben ihr zusammen, zog sie an sich und drückte Küsse auf ihr blutiges und schmutziges Gesicht, während das Feuer hinter ihnen brannte und alles außer das für ihn Wichtigste auf der Welt zerstörte.

Adelaide drehte ihren Kopf und Schmerz explodierte in ihrem Schädel. Sie stöhnte dagegen an und hob eine Hand, um ihr Gesicht zu berühren. Es schmerze höllisch und sie öffnete vorsichtig ihre Augen.

Sie lag in einem Bett, auf die Kissen gestützt und neben ihr lag Graham auf der Seite, ihr zugewandt. Er schlief. Seine Wangen waren rußverschmiert und seine Hand ruhte unter den Decken auf ihrem Bauch.

Erinnerungen kehrten zurück, dunkel und grausam. An die schrecklichen Geständnisse ihrer Tante. An den Schmerz, als sie von der Statue getroffen worden war. An das Erwachen in ihrem brennenden Gemach. Sie konnte ein Schluchzen nicht zurückhalten, während all diese Dinge sie bedrängten.

Graham öffnete bei diesem Geräusch die Augen und griff nach ihr, zog sie fest an seine Brust, während er ihr einen Kuss auf die unverletzte Schläfe drückte. „Ich weiß", flüsterte er. „Es ist alles in Ordnung. Ich bin da."

Sie weinte eine Weile an seiner Schulter, aber er sprach nicht. Er verlangte nichts. Er tat nie etwas anderes, als sie sanft zu wiegen und ihr Trost zu spenden, wo es keinen gab. Erst als er eine Hand hob, um ihr Gesicht zu berühren, bemerkte sie die Verbände an seinen Armen und seinen Händen.

Sie stieß einen Laut des Entsetzens aus und versuchte, sich aufzusetzen, wurde aber von einer weiteren Schmerzexplosion in ihrem Schädel getroffen.

„Es ist alles in Ordnung", beruhigte er sie. „Die Verbrennungen sind nicht sehr schlimm. Und dir geht es gut. Du bist in Sicherheit. Ich hätte mich ohne zu zögern komplett ins Feuer gestürzt, um das sicherzustellen."

Adelaide spürte, wie ihr heiße Tränen über die Wangen liefen und vergrub ihr Gesicht wieder an seiner Schulter. Sie roch den Rauch an seiner Kleidung und das brachte sie wieder zurück zu den schrecklichen, trüben Momenten in dem Haus, als sie gewusst hatte, dass sie sterben würde.

Und warum sich dies alles ereignet hatte.

„Erzähl mir, was passiert ist", flüsterte er, seine Lippen sanft an ihrem Ohr.

Sie stieß einen erschütternden Seufzer aus und erzählte ihm alles. Er sagte nichts, erlaubte ihr nur, innezuhalten, wenn sie Luft holen musste, ließ sie weinen, wenn die Tränen kamen. Als alles vorbei war, hielt er sie einfach fest und zitterte genauso wie sie.

„Glaubst du, es ist wahr?", fragte Adelaide und ließ sich mit einem schaudernden Seufzer in die Kissen zurücksinken.

Er rollte sich auf die Seite und fuhr mit seiner Fingerspitze über ihre Wange. „Ich weiß es nicht. Es gibt zu viele Details, um es als Lüge zu entlarven. Und es würde ihre starken Reaktionen auf mich, auf Charlie und auf dich erklären."

Sie starrte an die Decke. „Ich *weiß*, dass es wahr ist."

Er war lange Zeit still und sie schätzte sein Schweigen. Er

erlaubte ihr, zu verarbeiten, was sie durchgemacht hatte. Graham erlaubte ihr zu fühlen, was auch immer ihr Herz verspürte, anstatt zu versuchen, es wegzuschieben und falschen Trost anzubieten, bevor sie bereit dafür war.

Doch endlich beruhigten sich ihre Gedanken ein wenig. Sie blickte ihn an. „Warum warst du dort?"

Er lächelte, nur ein winziges Anheben seiner Lippen. „Ich bin mit Simon gekommen, um zu versuchen, deine Tante zur Vernunft zu bringen."

„Mit Simon?", wiederholte sie. „Heißt das …"

Er nickte und in diesem Moment sah sie, welche Last von seinen Schultern genommen worden war. „Ich ging zu ihm. Ich habe lange mit Meg und mit ihm gesprochen. Und obwohl es wahrscheinlich noch Zeit braucht, bis wir alle vollständig geheilt sind, sind wir doch auf dem Weg dahin. Er gab mir die Werkzeuge, um dein Leben zu retten. Gott sei Dank war er da." Sie berührte sein verrußtes Gesicht und er lächelte wieder. „Ich entschuldige mich für den Dreck. Aber sie konnten mich nicht dazu bringen, von deiner Seite zu weichen."

„Die Asche und der Ruß sind mir egal. Ich bin so froh, dass du hier bei mir bist. Aber was ist mit den Dienern meiner Tante?"

Er seufzte und ihr Herz machte einen Sprung. „Sie hatte sie alle weggeschickt, als du zurückkamst. Ihr Butler, Finley, fand es seltsam und beeilte sich, jemanden zu finden, der helfen konnte. Wir hatten Glück, dass jemand vom Innenministerium schon unterwegs war und die Feuerwehr bald nachkam. Sie konnten das Haus deiner Tante nicht retten, aber sie verhinderten, dass das Feuer auf die umliegenden Gebäude übergriff."

„Gott sei Dank", sagte Adelaide mit einem Kopfschütteln. „Meine Tante hätte die ganze Nachbarschaft auslöschen können. Die halbe Stadt gar. Und wofür? Um mich daran zu hindern, … *ich* zu sein?" Sie zögerte und begegnete seinem Blick. „Was ist mit ihr?"

Er runzelte tief die Stirn. „Es tut mir so leid, Adelaide, aber … aber man hat sie im Salon gefunden. Sie hat nicht überlebt."

Adelaide schloss die Augen, die Tränen flossen erneut. „Wir hatten eine so komplizierte Beziehung. Gleichgültigkeit, Grausamkeit, auch gelegentliche liebevolle Zuneigung, als ich ein kleines Mädchen war … aber sie war alles, was ich in dieser Welt noch hatte. Ich sollte mich wohl damit trösten, dass sie nun ihren Frieden gefunden hat. Welche Probleme sie auch immer geplagt haben mögen, welche Wahrheit auch immer in ihren Lügen und Wahnvorstellungen steckte, sie leidet nun nicht mehr."

„Du bist ein besserer Mensch als ich", sagte Graham. „Ich könnte ihr keinen solchen Frieden bieten, nachdem, was sie dir angetan hat."

„Aber ich bin hier. Und du bist hier. Und am Ende hat sie nur sich selbst geschadet, auf irgendeine Art und Weise." Sie fuhr sanft über seine Lippen, liebte es, wie nah er ihr war. Sie liebte ihn von ganzem Herzen. Und da sie ihn fast verloren hatte, wusste sie, was sie zu tun hatte. „Ich muss dir etwas sagen."

Er nickte langsam. „Alles. Das solltest du doch inzwischen wissen."

Sie räusperte sich und spürte Hitze in ihren Wangen aufflammen. Dieser Moment war so furchtbar furchterregend. Aber sie musste ihn ergreifen. Im Moment wusste sie besser als die meisten, dass es vielleicht keinen anderen mehr geben würde. Das Leben konnte ihr so unerwartet genommen werden. Sie wollte nichts bereuen, *nie wieder.*

„Ich habe mich in dich verliebt, Graham", gestand sie. Sie hielt eine Hand hoch, um ihn am Sprechen zu hindern. „Ich erwarte nicht, dass du dasselbe fühlst. Ich will nicht, dass du etwas sagst, was du nicht so meinst – wir wissen beide, wie schädlich das sein kann. Aber es gab heute einen Moment, in dem mir klar wurde, dass ich nicht überleben würde. Und die Vorstellung, dass ich sterben würde, ohne dir mein Herz zu schenken, war schmerzhafter als alles andere, was ich ertragen musste. Ich schwor mir, dass ich, wenn ich überlebte, keine Angst vor deiner Zurückweisung haben würde. Dass ich dir die Wahrheit sagen würde."

„Bist du fertig?", fragte er.

Sie wandte den Blick ab. „I-ich denke schon, ja."

„Ich hätte dich auch fast verloren", sagte er. „Aber das hat mich nicht dazu inspiriert, dir zu sagen, dass ich dich liebe."

Ihr Herz sank. Sie hatte nicht erwartet, dass er es so direkt sein würde. „Ich verstehe."

Er schüttelte den Kopf. „Nein, tust du nicht. Ich wollte dir sagen, dass ich dich liebe, als ich dich das nächste Mal sah, Adelaide, lange *bevor* ich das Feuer sah und erkannte, dass du gefangen warst. Ich wollte es dir sagen, genau wie ich dir nun sage, dass du mein Herz in jeder Hinsicht besitzt."

Ihr Mund öffnete sich und Unglaube schüttelte sie. „Nein", sagte sie und setzte sich auf, so gut sie konnte.

Er fing ihren Arm sanft auf. „Wage es nicht, nun vor mir wegzulaufen. Keiner von uns beiden hat in seinem Leben viel Liebe erfahren. Glaube nicht einen Moment, dass mich dieses Gefühl nicht genauso erschreckt wie dich. Oder dass ich keine Angst habe, dass ich alles zerstöre, was wir uns aufbauen könnten. Das befürchte ich auch. Aber ich fürchte mich mehr davor, dir fernzubleiben. Ich liebe dich, Adelaide. Dich und nur dich. Und die Zukunft kann viel besser sein als die Vergangenheit. Das hast du mir vom ersten Moment an gezeigt, als ich dich vor Wochen auf die Bühne gehen sah."

Wieder spürte sie die Hitze der Tränen auf ihren Wangen, aber diesmal waren es keine Tränen des Schmerzes oder der Trauer. Es waren Tränen der Freude. Tränen der Akzeptanz, dass alles, was er sagte, real und wahr und richtig war. Dass sie sich lieben würden und sich gegenseitig lehren würden, wie man liebte. Dass sie den Rest ihres Lebens Zeit haben würden, um zu erforschen, was es heißt, voll akzeptiert und angebetet zu werden.

Denn sie betete ihn an. Und als sie in seine strahlenden Augen blickte, konnte sie sehen, dass all ihre Gefühle erwidert wurden.

Sie sprach nicht. Sie lehnte sich nach vorn, zog ihn zu sich, legte ihren Mund auf seinen und küsste ihn voller Leidenschaft und voller Liebe und Hoffnung.

Als er sich zurückzog, grinste er und es erhellte den ganzen Raum mit Glück und Licht. „Oh, da ist noch eine Sache. Meine Kutsche hat Melinda und Toby abgeholt und sie sind ohne Zwischenfälle auf meinem Anwesen eingetroffen. Ich dachte, das würde dich erfreuen."

Adelaide kämpfte damit, sich aufzusetzen und alles in ihrem Kopf drehte sich. Als dieses Gefühl vorüber war, sah sie ihn unbeirrt an. „Eigentlich glaube ich, dass es einen Weg für uns gibt, sie zu retten, ohne Verstecke und Anwälte und all die anderen wunderbaren Dinge, die du in deinem brillanten Kopf geplant hast."

Er runzelte die Stirn. „Du durchkreuzt schon wieder meine Pläne, was? Sag es mir."

Sie holte tief Luft. „Ich gehe davon aus, dass es Lydia Ford nicht mehr geben wird, wenn ich dich heirate."

„Daran habe ich nicht gedacht. Wärst du unglücklich, wenn du dich von der Bühne abwenden müsstest?"

Sie blinzelte bei dieser Frage. Bei der Vorstellung, dass er kein Problem damit haben würde, dass sie weitermachte. Und ihre Liebe für ihn verstärkte sich nur noch.

„Du weißt, dass ich aufgetreten bin, um meinem wirklichen Leben zu entkommen, aber ich hätte nie gedacht, dass es wirklich von Dauer sein würde", erinnerte sie ihn. „Selbst wenn es das sein könnte, möchte ich dir nicht entkommen. Niemals. Also habe ich mir gedacht, dass Lydia eine letzte große Rolle spielen muss."

Er nickte. „Ich höre."

„Jeder weiß, was zwischen Sir Archibald und Melinda und Toby in der Nacht, in der er mich angegriffen hat, passiert ist. Aber sie wissen auch, dass *Lydia* unter seinen Händen gelitten hat. Folgt daraus nicht, dass sie ihn zurück ins Theater gelockt haben könnte, um sich zu rächen?"

Er lehnte sich zurück und überlegte einen Moment, dann grinste er. „Das ist … *brillant. Du* bist brillant."

„Danke", sagte sie mit ihrem kleinen Lächeln. „Also wird Lydia einen Brief schreiben, in dem sie erklärt, was sie getan hat und dann zum Ausdruck bringt, wie die Schuld sie zerreißt und sie nicht mehr weitermachen kann. Sie wird in der Themse ertrinken, als Buße für ihr Verbrechen."

„Sehr dramatisch", sagte er ernst, obwohl seine Augen vor Schalk funkelten. „Aber was ist mit Melinda und Toby? Sie verehren ihre Freundin … sie wären untröstlich."

Sie schürzte ihre Lippen. „Ja, das stimmt. Ich würde es hassen, sie in dem Glauben leiden zu lassen, ich sei tot. Aber was, wenn wir … ihnen die Wahrheit sagen?"

„Können wir ihnen denn unbedingt vertrauen?", fragte er.

Sie nickte ohne zu zögern. „Ja."

„Nun, ich brauche einen neuen Verwalter für das Anwesen, zu dem ich sie geschickt habe", sagte er. „Ich könnte Toby eine Anstellung anbieten, wenn er eine möchte. Er hat Erfahrung mit dem Theater. Und dann wirst du Melinda immer noch sehen können."

Sie konnte sich ein begeistertes Grinsen nicht verkneifen und zuckte dann zusammen, als der Schmerz in ihren Kopf zurückkehrte. Graham runzelte die Stirn und schlang seine Arme um sie. Er ließ sie mit dem Rücken auf die Kissen sinken, während er besorgt über ihr Gesicht strich.

„Ich nehme an, Emma hat darauf gewartet, mich zu sehen", sagte sie. „Sie macht sich bestimmt große Sorgen. Ich habe ihr so viel zu erzählen."

„Das stimmt", sagte er mit einem sanften Lächeln. „Aber das kann warten. Habe ich in den letzten fünf Minuten erwähnt, dass ich dich liebe, Adelaide?"

Sie lachte trotz all des Schmerzes, der ihr in den letzten achtundvierzig Stunden zugefügt worden war. Schmerz, von dem sie wusste, dass er mit der Zeit verblassen würde. Aber sie fühlte nur Glück darüber, was sie für den Rest ihres Lebens mit diesem glorreichen Mann teilen würde.

„Schon sechs oder sieben Mal", antwortete sie.

„Dann wäre ich nachlässig, wenn ich dir nicht noch einmal sagen würde, dass ich dich wirklich liebe, Adelaide.“

Sie zog ihn zu sich herunter, um ihn noch einmal zu küssen. Und bevor sich ihre Lippen trafen, flüsterte sie: „Ich liebe dich auch, Graham. Von ganzem Herzen.“

Graham betrat Emmas und James' Frühstücksraum und fand Adelaide mit einer vor ihr ausgebreiteten Zeitung sitzend vor. Sie lächelte ihn an und seine Welt schien sich in diesem Augenblick zu erhellen.

Seit dem Feuer eine Woche zuvor war er kaum von ihrer Seite gewichen. Er hatte es nicht gewollt, nachdem er sie fast verloren hatte. Irgendwie hatte er Emma sogar davon überzeugt, ihm zu erlauben, jede Nacht in Adelaides Kammer zu bleiben. Zuerst hatte er sie nur gehalten, aber in den letzten beiden Nächten, als ihre Verletzungen geheilt waren, hatte sie sich ihm wieder geöffnet und seine ganze Leidenschaft kehrte zurück. Es schien, als würde sie nie vergehen und er war froh darüber. Sie vor Vergnügen stöhnen zu lassen, war eine der besten Erfahrungen seines Lebens.

„Es steht heute Morgen in der Zeitung", erklärte sie und zeigte auf die Worte, um seine Aufmerksamkeit wieder auf den gegenwärtigen Moment zu lenken.

„Londons berüchtigtste Schauspielerin gibt Mord zu", las er laut vor. „Selbstmord vermutet, Leiche noch nicht gefunden."

Sie nickte, obwohl sie den Mund leicht verzog. „Ich hätte nie gedacht, dass ich Londons *berüchtigtste* Schauspielerin bin."

Er lachte über ihr unerwartetes Schmollen. „Das bist du. Man wird noch jahrelang über dich reden."

„Wahrscheinlich in meiner Gegenwart, ohne zu wissen, dass ich es bin, von der sie sprechen", brummte sie.

Er beugte sich vor und küsste sie, was sie auf die beste Art zum Schweigen brachte. „Das ist es, was du willst, meine Liebe, vergiss das nie."

Sie zuckte mit den Schultern. „Ich nehme an, du hast recht."

„Gehst du heute mit Emma und Meg aus?", fragte er.

Ihr Lächeln wurde breiter. „Ja. Mein erstes Mal seit dem Brand. Ich muss sagen, ich mag Meg sehr. Sie ist sehr nett."

Er nickte, zögerte aber, bevor er sagte: „Das ist sie. Das war sie schon immer."

„Weißt du, du scheinst dich wirklich viel wohler zu fühlen, nun da du deine Fehde mit Simon beendet hast", sagte sie.

Er legte den Kopf schief. „Ist es das, was du denkst? Dass mein Wiedersehen mit Simon die Ursache für meine Sorglosigkeit ist?"

„Das ist es doch, nicht wahr?"

Er nahm ihre beiden Hände in seine und zog daran, bis sie von ihrem Stuhl in seinen Schoß taumelte. „Ich gebe zu, dass das Wiedersehen mit meinen Freunden eine Last von meinen Schultern genommen hat, die furchtbar schwer war. Aber wenn ich glücklich bin, wenn ich dir sorglos vorkomme, im Frieden mit der Zukunft … das, meine Liebe, ist alles *deinetwegen*."

Adelaide beugte sich herunter und strich mit ihren Lippen über seine. Als sie sich von ihm löste, sagte sie: „Ich habe gehört, wie du und James gestern Abend über die Hochzeit gesprochen habt, als wir uns wieder zu euch gesellt haben. Weißt du, nun, da meine Tante tot ist, gibt es keinen Grund zur Eile."

Er zog beide Brauen hoch. „Ich lege Einspruch gegen diese Aussage ein. Es besteht definitiv ein Grund zur Eile. Ich bete dich an und möchte dich so schnell wie möglich zu meiner Frau machen."

Sie errötete. „Wenn du das sagst, fühlt es sich für mich manchmal immer noch nicht real an."

Er vergrub seine Finger in ihrem Haar und umfasste sanft ihren Kopf. Langsam führte er ihre Lippen wieder zu seinen und kurz bevor er ihren Mund noch einmal beanspruchte, sagte er: „Nun, dann muss ich mich wohl bemühen, damit es sich *sehr* real anfühlt … genau jetzt."

Und er küsste sie und vertrieb damit alle anderen Gedanken. Alles nur ihretwegen.

Charlotte warf ihrem Dienstmädchen einen entschuldigenden Blick zu, während die Kutsche auf der glatten, eisigen Straße vor sich hin ruckelte. Sylvie sah erschrocken aus und Charlotte konnte es ihr nicht verdenken. Es waren die denkbar schlechtesten Bedingungen. Die Kälte durchdrang die Kutsche und die Decken, die sie um sich geschlungen hatten, und der Regen glitt an den Fenstern herunter und wurde innerhalb weniger Augenblicke zu Eis, sodass man nicht mehr nach draußen sehen konnte.

Nicht, dass Charlotte das Haus hätte sehen müssen, um es zu erkennen. Als Ewan es vor drei Jahren geerbt hatte, hatte seine Tante auf einen Ball bestanden, um dies zu feiern. Sie war mit Nathan gekommen und hatte sich davongeschlichen, um sich jede Nische und jeden Winkel von Ewans Haus einzuprägen.

Sie schüttelte den Kopf und streckte die Hand aus, um Sylvies Hand zu berühren. „Wir sind fast da, Liebes.“

Die Zähne des Mädchens klapperten, als sie sagte: „J-Ja, Mylady.“

Und als hätte sie es abgestimmt, kam die Kutsche genau in diesem Moment zum Stehen und schwankte, als ihr Kutscher und Diener begann, abzusteigen. Charlotte hörte Stimmen, sowohl die ihrer Dienerschaft als auch die von anderen, die zu Hilfe eilten. Sie ließ die Hand ihres Dienstmädchens los und richtete sich auf. Ihr Herz raste, als sie draußen mit der zugefrorenen Tür kämpften. Schließlich sprang sie auf und ein Wirbel kalter Luft begrüßte sie. Sie wandte ihr Gesicht ab, aber als sie zurückblickte, sah sie Hargrove Castle, Ewans Anwesen, hinter ihrem Fahrer aufragen.

„Seid vorsichtig, Mylady, die Treppe ist recht rutschig", sagte Watson, während er ihr nicht einen, sondern zwei Arme zum Abstützen anbot.

Charlotte trat vorsichtig hinunter, streckte ihren Rücken und ignorierte den eisigen Regen, der ihr ins Gesicht schlug und ihr Haar durchnässte. „Zuhause", flüsterte sie.

„Wie bitte, Mylady?", fragte Watson über seine Schulter, während er Sylvie auf dem gleichen Weg nach unten half.

„Nichts, Watson. Besorg dir so viel Hilfe wie möglich beim Abladen. Es gibt keine Eile, sei nur vorsichtig. Ich will nicht, dass jemand verletzt wird, nur damit ich zusätzliche Kleider habe, in Ordnung?"

Er begegnete ihr mit einer Verbeugung. „Natürlich, Mylady. Möchtet Ihr, dass Reggie Euch die Treppe zum Haus hinauf hilft?"

Sie warf einen Blick auf die Steinstufen. „Nein, sie sehen aus, als hätte Smith sie gesalzen. Ein kluger Mann. Ich sollte es wohl allein schaffen. Und Sylvie, geh hinein und wärme dich auf! Es gibt wahrlich keinen Grund zur Eile meiner Sachen wegen."

Ihr Dienstmädchen nickte und folgte einem anderen Diener zum Hintereingang des Hauses, als ein halbes Dutzend Männer herbeieilte, um beim Ausladen der Koffer und Schachteln zu helfen.

Die Tür öffnete sich, als sie oben ankam und sie schritt ins warme Foyer. Smith wartete auf sie. Er schloss die Tür und damit die Kälte aus.

„Oh, Smith. Wir haben überlebt", sagte sie lachend, während sie nach oben griff, um ihr nasses Haar zu berühren. Wahrscheinlich sah sie wie ein begossener Pudel aus, während sie vor ihm stand, aber er lächelte sie trotzdem einladend an.

„Mylady, wie schön, Euch zu sehen", sagte er. „Darf ich Euren Mantel und Eure Handschuhe nehmen? Ich sehe keinen Hut?"

„Ich habe ihn in der Kutsche abgenommen und wie ein Einfaltspinsel vergessen, als ich ausgestiegen bin“, erklärte sie. „Ich war wohl zu aufgeregt darüber, endlich hier anzukommen.“

„Und wir sind begeistert, Euch hier willkommen zu heißen, Mylady. Die Straßen sind tückisch und wir haben uns Sorgen gemacht.“

Sie nickte. „Das waren sie in der Tat. Wir sind die ganze letzte Viertelmeile gerutscht. Ich bin mir sicher, meine Diener haben sich nun eine gute warme Mahlzeit und eine Pause verdient.“

„Wir sind bereit für sie“, versicherte Smith ihr. „Und ihr Abendessen wird in der Tat wärmend sein.“

Er wollte sie wahrscheinlich noch mehr fragen. Ihr Tee anbieten oder sie auf ihr Gemach führen. Aber bevor er das tun konnte, trat Ewan ins Foyer und blieb stehen, starrte sie nur von der anderen Seite des Raumes her an.

Und sie starrte zurück. Sie konnte nicht anders. Jedes Mal, wenn sie Ewan sah, war er noch schöner als beim letzten Mal. Er war groß, weit über einen Meter achtzig, mit breiten Schultern und schlanken Hüften. Er hatte blondes Haar, aber es war zu lang und er trug es nie zurückgebunden, sodass es ihm ins Gesicht fiel. Ein Gesicht, das er versuchte, hinter einem Bart zu verdecken, aber das funktionierte nie. Es gab keine Möglichkeit, Perfektion zu verbergen.

Sein Blick und seine braunen Augen wichen nicht von ihr und Charlotte schluckte schwer, als ihr Körper auf seine Anwesenheit reagierte und … Sie reagierte immer so auf ihn. *Nur auf ihn.* Immer er. Nur er. Er war ihr Ein und Alles, und das war er schon ihr ganzes Leben lang.

Sie erzitterte und schüttelte ihre Gedanken ab. „Lauerst du mir etwa auf, lieber Ewan?“, fragte sie und zwang sich, leicht und beiläufig zu klingen, damit er nicht sah, dass er sie weit mehr zum Zittern brachte, als es jeder stürmische Wintertag könnte.

Er lächelte. Ein kleines Lächeln, aber es erhellte sein Gesicht und machte ihn noch ansehnlicher als zuvor. Es war eigentlich ziemlich unfair.

Smith nickte ihr zu. „Entschuldigt, Mylady, ich werde das Entladen beaufsichtigen."

Er verließ das Foyer und ließ sie allein. Charlotte schluckte schwer, als Ewan näherkam, immer näher, bis er direkt vor ihr stand, sie überragte, auf sie herabblickte und nach Wärme und Mann und sauberer Haut roch.

„Du bist durchnässt", sagte er in der alten Sprache, die sie im Laufe der Jahre zusammen ausgeheckt hatten. Sie sollte es ihm erleichtern, mit seinen Freunden zu kommunizieren, aber sie war so kompliziert geworden, dass niemand mehr in der Lage zu sein schien, sie zu lernen.

Sie schüttelte den Kopf bei den Worten, die er benutzt hatte. *Wenn er nur wüsste.* Sie war durchnässt, aber nicht nur von dem Sturm. Sie wollte ihn. Und seine Doppeldeutigkeit, auch wenn sie ungewollt war, half der Sache nicht.

„Das bin ich", flüsterte sie, ihre Stimme klang heiser in dem stillen Raum.

Ein Flackern zog über sein Gesicht, aber dann war es weg. Per Zeichensprache sagte er: „Smith wird sich um alles kümmern. Ich bringe dich auf dein Zimmer, damit du dich aufwärmen kannst."

Sie nickte. „Das wäre wunderbar, danke, Ewan."

Sie standen einen Atemzug lang nur da, dann streckte er langsam seinen Ellenbogen aus. Sie griff nach ihm und als sie ihn berührte, zuckte ihr Körper voller elektrischem Bewusstsein. Es war immer so mit ihm.

Er führte sie durch das Foyer und die Treppe hinauf, während sie sinnlose Worte über die Straßen und das Wetter und die Brücke sagte, die man überqueren musste, um zu seinem Anwesen zu gelangen.

Er nutze dieses Mal nicht ihre Zeichensprache um zu antworten, sondern nickte an den entsprechenden Stellen ihres Geplappers. Schließlich erreichten sie eine Tür und er ließ sie los, um sie zu öffnen. Charlotte trat ein und holte tief Luft. Es war das gleiche Gemach, in dem sie bei ihrem letzten Besuch geschlafen hatte. Eine wunderschöne Kammer mit Blick auf den Garten und auf das Meer. Oder zumindest würde sie es sehen, sobald der Sturm nachließ.

Als sie in früher besucht hatte, war das Gemach schlicht eingerichtet gewesen, aber nun war es hell und fröhlich. Die Wände waren in einem zarten Rosa gehalten, auf dem Tisch standen Blumen, trotz der Jahreszeit. Alles war perfekt.

Und wieder einmal hatte sie das Gefühl, dass sie zu Hause war.

Sie schob die Emotionen beiseite und wandte sich ihm zu. „Wunderschön, Ewan. So schön."

Er hielt ihrem Blick einen Herzschlag zu lange stand und nickte dann.

„Wann erwartest du die anderen?", fragte sie und fuhr mit einem Finger über den Rand eines Kruges, der auf dem Tisch neben dem Fenster stand. „Ich hoffe bald, denn die Straßen sind so tückisch, ich mache mir Sorgen um Baldwin und Mutter und Matthew und deine Tante."

Noch einmal flackerte etwas in seinen Augen auf, dann bedeutete er: „Ich fürchte, sie werden es nicht schaffen, Charlotte. Siehst du, meine Diener haben die Brücke hinter dir geschlossen, nachdem du sie überquert hast. Es ist zu tückisch, sie nun zu überqueren. Der Rest der Gruppe wurde im Gasthaus in Donburrow aufgehalten und dort untergebracht, bis es sicher ist, wieder zu reisen."

„Oh", sagte sie und blinzelte, als sich der Schock über diese unerwartete Nachricht über sie legte. „Ich verstehe. Nun, natürlich war das Wasser des Flusses unter der Brücke so hoch, dass sie überflutet werden könnte."

Er nickte. „So war es letztes Jahr."

Sie fuhr fort. „Und das ganze Eis. Also morgen dann?"

Er schluckte und sie beobachtete die Handlung fasziniert. Jede Bewegung, die er machte, war so ... elegant. Und doch so stark und männlich. Selbst ein Schlucken brachte sie jenseits von Vernunft und Anstand.

„Der Regen wird noch für ein oder zwei Tage anhalten", bedeutete er. „Es könnte sogar noch länger dauern, bis das Wasser genug zurückgegangen ist, um die Brücke zu passieren. Es könnte bis zu einer Woche dauern, bis sie zu uns stoßen können."

Charlotte blieb der Mund offen stehen. Was er sagte, erfüllte ihren Geist und ihre Reaktion war so kompliziert, dass sie kaum zwischen Schrecken, Freude und Aufregung unterscheiden konnte. „Oh. Oh, ich verstehe. Willst du damit sagen, dass du und ich ... eine Woche lang allein sein werden?"

Er nickte und zu ihrer Überraschung huschte sein Blick langsam über sie, von ihrem Kopf bis zum Saum ihres Kleides. In diesem einen langsamen Blick sah sie, was sie nicht leugnen konnte. Begehren. Ewan begehrte sie und es schien, dass es keiner Verführung bedurfte, um dieses Verlangen in ihm zu wecken.

Und plötzlich schien diese Reise, dieser Sturm, alles, was geschah, wie ... *Vorsehung.*

„Nun, wir beide waren schon immer gute Gesellschaft füreinander", sagte sie und versuchte, eine gewisse Normalität aufrechtzuerhalten, um ihn nicht zu verschrecken, obwohl sie kurz davor war, das zu bekommen, was sie wollte. „Es macht mir nichts aus, wenn dir das recht ist?"

„Es macht mir nichts aus", bedeutete er schnell und ohne zu zögern.

Sie nickte. „Sehr gut. Dann mache ich mich fertig und wir sehen uns beim Abendessen?"

„Sieben Uhr."

„Sieben", wiederholte sie, stolz darauf, dass sie das Zittern aus ihrer Stimme halten konnte.

„Ich werde dein Dienstmädchen hochschicken", bedeutete er. Dann winkte er ihr kurz zu und verließ den Raum. Er ließ die Tür hinter sich ins Schloss fallen.

Als er weg war, ließ sie sich gegen den Tisch sinken. Seit ihrem schockierenden Gespräch mit Meg letzte Woche war sie hin- und hergerissen, was sie in Bezug auf Ewan tun sollte. Sollte sie das

Risiko einer Verführung eingehen oder die Dinge auf sich beruhen lassen und nie wieder eine Zurückweisung riskieren?

Sie war in der vergangenen Woche nicht in der Lage gewesen, sich zu entscheiden, aber nun schien das Universum zu ihren Gunsten eingegriffen zu haben. Als ob eine größere Macht *wollte,* dass sie diesen Mann umwarb.

Und die Chance ergriff, die immer so unmöglich schien.

Und in Wahrheit wollte sie das auch. Mehr als alles andere. Mehr als zu atmen. Wenn dies ihre Chance sein sollte, musste sie sie ergreifen und hoffen, dass die Ergebnisse alles sein würden, was sie sich jemals erhofft oder erträumt hatte.